水浒丛话

林 岗 著

广东高等教育出版社
Guangdong Higher Education Press
·广州·

图书在版编目（CIP）数据

水浒丛话 / 林岗著. -- 广州：广东高等教育出版社，2025．5．--ISBN 978-7-5361-7910-3

Ⅰ. I207.412

中国国家版本馆 CIP 数据核字第 20257L3E45 号

SHUIHU CONGHUA

出版发行	广东高等教育出版社
	地址：广州市天河区林和西横路
	邮编：510500　营销电话：（020）87553735
	网址：http://www.gdgjs.com.cn
印　　刷	佛山市浩文彩色印刷有限公司
开　　本	787 mm × 1092 mm　1/16
印　　张	22
字　　数	328 千字
版　　次	2025 年 5 月第 1 版
印　　次	2025 年 5 月第 1 次印刷
定　　价	48.00 元

（版权所有，翻印必究）

目 录 MULU

001　替天行道解 … 001
002　妖魔出世 … 003
003　小人的运气 … 005
004　小人有维持之功 … 007
005　孝子的出路 … 009
006　小人难过什么关 … 012
007　史进暗通华山 … 014
008　以暴易暴 … 016
009　资本的原始积累 … 018
010　文殊院的副业 … 020
011　英雄与俗人 … 022
012　造反与色欲 … 024
013　官军也禁他不得 … 026

014　大相国寺衙门 … 028
015　泼皮只欠揍 … 030
016　再论泼皮 … 032
017　体制内外 … 034
018　林冲休妻 … 037
019　杀人可恕，情理难容 … 039
020　干一行，吃一行 … 041
021　林冲杀人之后 … 044
022　小旋风柴进是什么人 … 046
023　山寨政治与王伦 … 049
024　杨志与牛二 … 051
025　林冲何以逃脱追捕 … 054
026　取那一套富贵 … 056
027　造反有理 … 058
028　成瓮吃酒，大块吃肉 … 061
029　山寨的出路 … 064

- 030 杨志何以被劫生辰纲 … 067
- 031 老千的伎俩 … 069
- 032 府尹的"高招" … 071
- 033 天下谁人不爱财 … 073
- 034 天网恢恢 … 075
- 035 晁盖逃脱说明了什么 … 077
- 036 林冲恩将仇报 … 079
- 037 林冲为何不坐第一把交椅 … 081
- 038 也说吴用坐第二把交椅 … 083
- 039 流官守土 … 085
- 040 事情做半截 … 087
- 041 老娘慢慢地消遣你 … 089
- 042 不知死活的唐牛儿 … 092
- 043 论杀人胆大 … 094
- 044 柴进的夸口 … 096
- 045 武松的杀气 … 098
- 046 宋江爱武松 … 100
- 047 人善被人欺 … 102
- 048 武大郎的善弱 … 104
- 049 吃过天鹅肉以后 … 106
- 050 为什么是武二郎 … 108
- 051 西门庆的哲学 … 110
- 052 饱暖思淫欲 … 112
- 053 穷不跟富斗 … 114
- 054 说报应 … 116
- 055 人以多为贱 … 118
- 056 暴力的报应 … 120
- 057 施恩的发财之道 … 122
- 058 争夺快活林的背后 … 124
- 059 江湖义气 … 127
- 060 成名之累 … 129
- 061 说义气 … 132
- 062 请君入瓮 … 134
- 063 礼尚往来 … 136
- 064 血溅鸳鸯楼 … 138
- 065 谁是水浒第一条好汉 … 140
- 066 金钱非万能 … 143
- 067 宋江凭什么死里逃生 … 145
- 068 好汉当戒色 … 147
- 069 黑白两道通吃 … 149
- 070 清风寨的政治 … 151
- 071 兵者,诡道也 … 153
- 072 无毒不丈夫 … 155
- 073 刘高与秦明 … 157
- 074 忠孝不两全 … 159
- 075 话说排座次 … 161

076 宋江上山 … 163
077 与吏共天下 … 165
078 "揭阳三霸" … 167
079 为何枷上没了本州的封皮 … 169
080 宋江如何不怕戴节级 … 171
081 造反的情谊 … 174
082 李逵识宋江 … 176
083 宋江浔阳楼题反诗 … 179
084 历史上的反诗 … 182
085 何物黄文炳 … 184
086 昏庸蔡知府 … 186
087 童谣与谋反 … 188
088 杀人快活 … 190
089 千古第一难题 … 192
090 哥哥正应着天上的言语 … 194
091 为主全忠仗义，为臣辅国安民 … 197
092 可信而不可任 … 199
093 曹太公因何致祸 … 201
094 盗亦有道 … 203
095 强龙不压地头蛇 … 205
096 和尚缘何称贼秃 … 207

097 石秀精明 … 209
098 《水浒传》佛牙考 … 211
099 兄弟之义的背后 … 213
100 梁山为何要打祝家庄 … 215
101 面子与上山 … 218
102 梁山也有纪检 … 220
103 以造反的名义 … 222
104 为富不仁解 … 224
105 近火先焦 … 227
106 中国版的特洛伊之战 … 229
107 狗仗人势 … 231
108 皆是宋公明哥哥将令 … 233
109 也吃我杀得快活 … 235
110 李逵的哲学 … 237
111 和尚与道士 … 239
112 以毒攻毒 … 241
113 直指人心 … 243
114 公孙胜下山 … 245
115 呼延灼报捷 … 248
116 败将的待遇 … 251
117 山寨里的技术人才 … 253
118 宋江架空晁盖 … 255
119 兄长义气过人 … 257
120 天下无解不得的冤仇 … 259

121	晁盖之死 … 261
122	聚义厅改为忠义堂 … 264
123	梁山泊寨中若得此人 … 266
124	"中国的根柢全在道教" … 268
125	吴用的营销术 … 270
126	千古绝骂 … 273
127	梁山抬举卢俊义 … 275
128	宋江削山头 … 278
129	谁是梁山始祖 … 280
130	恶人自有天收 … 282
131	梁中书的犹豫 … 284
132	鬼神有灵 … 286
133	梁中书放灯 … 288
134	山寨双簧戏 … 290
135	兵不厌诈 … 292
136	晁盖的遗嘱 … 294
137	宋江何以堪当山寨之主 … 296
138	平民的末路 … 298

139	罗天大醮 … 300
140	钻入正南地下去了 … 302
141	梁山杏黄旗 … 304
142	宋江为何盼招安 … 306
143	排座次的秘密 … 308
144	人情练达 … 311
145	早招安,心方足 … 313
146	宋江为什么看中李师师 … 315
147	官家走地道 … 317
148	礼失求诸野 … 319
149	宋江的忍德 … 321
150	招安如生意 … 323
151	枕头上关节最快 … 325
152	利动人心 … 327
153	为何三招始成安 … 329
154	进入体制 … 331
155	庙食与封侯 … 334
156	四夷未尝尽灭 … 336
157	何天之不可飞耶 … 339
158	飞鸟各投林 … 341

后记 … 344

001　　替天行道解

《水浒传》讲述三教九流粗豪好汉凭一句"替天行道",便将大宋江山闹个天翻地覆,最后又归于风流云散的故事。好汉的故事历代都有,而在坊间流传的,则以《水浒传》为广,且兼脍炙人口。然而坊间又有说法:少不读水浒,老不读三国。后半句且不去管它,单说前半句。年少气盛,少不更事,便意气风发,出门便模仿英雄豪杰,怀抱天下兴亡之心,以取人天下为豪志,实际上往往看重了自己的斤两,而看轻了问鼎的不易。一旦"窃国"不成,只落得"窃钩",其结果也就可想而知了。所以古人劝谓少不读水浒,实在是良药苦口,寓含规劝少年人要安分守己走正路的意思。虽然有燕雀安知鸿鹄之志之嫌,然而前车可鉴,水浒众好汉的凄凉晚景就是明证。

不过有意思的是英雄豪杰揭竿而起,举起替天行道的大旗与官府对抗,在众生百姓的心目中均以正面居多。中国有汤武革命而"诛一夫"的传统,百姓也有暴力抗衡苛政的权利,故而"下克上"保有伦理的正面价值。这实在是传统的政治伦理的基础。揭竿而起的事中外均有,但此种行为获得正面的道德价值,在整个古代世界,以笔者的了解,咱们中国真是"只此一家,别无分店"。由此看来,革命无罪,造反有理,在中国的确是源远流长。历代奋身而起,铤而走险也好,大济苍生也罢,如此英雄豪杰既有出身贫贱,也有门庭显赫,总之是代不乏人,可见其在崇尚造反的国度有深广的"群众基础"。这或许揭示了替好汉们树碑立传的《水浒传》获得广泛喜爱和传诵的心理原因。不信,可以读一读明代容与堂本《水浒传》第一回前的引首诗:

> 万姓熙熙化育中，三登之世乐无穷。
> 岂知礼乐笙镛治，变作兵戈剑戟丛。
> 水浒寨中屯节侠，梁山泊内聚英雄。
> 细推治乱兴亡数，尽属阴阳造化功。[1]

礼乐笙歌之治猛然间化作群雄并起的乱世，直接的原因当然就是"梁山泊内聚英雄"。但由治及乱的转变，最后被理解为阴阳造化之功。换言之，这是一种超越人为的自然之势的推移，非人力可以阻挡。《水浒传》中粗豪的造反行为也就纳入了自然之势而获得自然的正当性。揭竿而起当然不是掌权者所乐见，也不符合天下太平时的伦理。然而在这一切之上还存在高于伦理原则的自然天道，它仿佛天理流行，纵然人所不愿意也无可奈何。因为它是孕育于天地的自然正当。

此种理念在中国文明出现甚早。武王伐纣之后，周人在自得天命骄傲的同时，也意识到"天命靡常"。既然周人可以革殷命，后人凭此理念亦可以革周命。凭借诛罚无道、革命夺权而有正当性，此种观念在战国之世已经深入人心。《孟子·梁惠王下》记齐宣王问孟子："汤放桀，武王伐纣，有诸？""臣弑其君可乎？"孟子对曰："闻诛一夫纣矣，未闻弑君也。"由"弑"变"诛"，一字之易，革命的自然正当性赫然可见。这种伦理转化为历史观，就是阴阳五行的学说。五行相生相克的学说问世，驱散了笼罩特定的人间政治秩序的庄重性和神圣的迷雾，政权被视为人皆可夺之物。正所谓逐鹿中原，鹿死谁手？一部中国史某种程度上遂围绕着逐鹿问鼎来展开，兴亡更迭，生生不息。《水浒传》所写固是虚构，然亦可以当成其中一段唏嘘而已。

---

[1] 施耐庵、罗贯中：《容与堂本水浒传》，凌赓等校点，上海古籍出版社，1988年，第3页。至于本书其他出自《水浒传》的引文，均引自齐鲁书社1991年之施耐庵著、金圣叹评《水浒传》，不再一一注明。

002 妖魔出世

天罡三十六、地煞七十二，统共一百单八个好汉是如何横空出世的？金圣叹贯华堂本"楔子"和正文有截然不同的说法。后来的故事读者耳熟能详，说好汉上梁山都是因为官逼民反，没了活路，权且上山。但是"楔子"所写，则是因为洪太尉误走了妖魔。此回"张天师祈禳瘟疫 洪太尉误走妖魔"所写妖魔出世的隐喻，常为说《水浒》者忽视。而故事本身亦十分有趣：傲慢的洪太尉奉旨去龙虎山请张天师祈禳瘟疫，游玩之际来到一处层层封闭的无名大殿。他坚持要道士开门让他进去。拆开重门，又看见石碣上写着"遇洪而开"四个大字，故而坚持要放倒石碑，看个究竟。只见石板底下一个万丈地穴，刮剌剌一声响亮，"一道黑气，从穴里滚将起来，掀塌了半个殿角。那道黑气，直冲到半天里，空中散作百十道金光，望四面八方去了"。

不用问，这一道冲天的黑气就是天罡地煞了。自从黑气散到四面八方，大宋的江山就渐渐地不太平了。这种妖魔出世象征式的写法，与正文官逼民反写实式的写法，立场有大不同。后者秉持造反有理的自然正当性，前者则以扰乱既有正常秩序者为不祥之人。前者取贬义而后者赋予褒义。叙述者的矛盾立场折射了中国古代世界面临一个不可调和的困局：一方面以太平秩序为世俗政治的最高价值追求，另一方面又对破坏社会现实秩序的暴力行为赋予自然的正当性。于是梁山之上忠义堂内的一众粗豪，他们既是替天行道的堂堂好汉，又是扰乱太平营生的不法之徒。正面和负面价值兼而有之。毕竟是社会之内一股"不和谐"的力量，宜其有不同的名称。施耐庵一会儿以英雄、好汉和豪杰目之，一会儿又以他们为妖魔和贼人。叙述者不协调的叙述视角根源于中国古代世界相互冲突的价值理念。

妖魔因了什么而来到世上？施耐庵没有明说，似乎是将原因归结为洪太尉的傲慢和不慎。如果他听从道士的劝告，或许就不会发生上面骇人的一幕。如果洪太尉不那么自以为是，那么道士的规劝就会起作用。当然这都是文学手法，而真正的社会学的解释还须深入中国历史一治一乱循环更替的模式里去。数千年来中国社会脱离不了治乱循环。既然有天下大治，那秩序和谐当然也就是社会价值很重要的一部分。然而治乱相生，乱世忽然又到，英雄豪杰当然也在历史展开中有一席之地。或许可以说，治时有治时的眼光，乱时有乱时的取法吧。

关于中国历史一治一乱的因缘宿命，康有为《大同书》说得最为言简意赅："盖生人之数日繁而无尽，养物之数有限而无多，以有限之数供无尽之生，其必不给矣。若新法不日出，则人生之多，即为致乱之患，……故中国二三百年必一大乱，以生齿已足故也。"康有为这段话，颇有一点马尔萨斯"人口论"的味道。或许是康有为道听途说，听闻一代英儒马尔萨斯的一星半点。无论如何，这也算是解释中国社会治乱交替，聊备一说吧。自然资源是有限的，无论它是自然赋予的还是我们借助自然力生产出来的。如果人类不能控制自身，让自身的增长超过自然力所能提供的极限，则等待在前的，只有毁灭。妖魔出世不过是上天自行其道的假手。

003 小人的运气

《水浒传》开篇讲高俅的变态发迹史,恐怕看得读者诸君义愤填膺。想想古今多少仁人志士都是栽在"运气"二字上面,看着高俅游手好闲居然也取富贵如探囊取物,气就不打一处来。正人君子天生一副好皮囊,练就一身好本领,半生发奋图强,却运气屡屡欠佳,致使郁郁而终。章学诚《文史通义·感遇》有一段妙言,讲尽豪杰穷通显晦的辛酸:"周人学武,而世主尚文,改而学文,主又重武;方少而主好用老,既老而主好用少,白首泣途,固其宜也。"然而看看原本的市井浮浪子弟高俅,其运气何等的好。一无钱,二无权,三无势,又兼戴罪之身,无论如何不像有光宗耀祖的发达迹象。怎奈运气垂青,人要发达,势不可当。高俅从正人君子不肯收留的"人球",被踢来踢去,几年之间,终于踢到了端王府,也就是日后的宋徽宗那里。从此云开日出,半年后官拜殿帅府太尉,相当于当今的中央卫戍司令。施耐庵可能想借高俅的故事表达奸邪当道而贤人路塞的社会情状,但是征诸我们对社会的了解,高俅的发迹绝对有它的道理,不服不行。

传统伦理教人立身处世,要做有德有才的人。有德,即走正路;有才,即能做事,至少不会寄食他人。但是自从盘古开天地,君子小人就同戴昊天。就如《圣经》上说:"日头照好人,也照歹人;降雨给义人,也给不义的人。"如果事实上德才兼备才能立足在世,那小人岂非无容身之地?所以道德教诲仅仅是一种"应然判断",讲的不是事实存在而是理想的状态。实际上人世间之立身处世,有德无德可以悬而不问,有才无才方是至关重要。高俅发迹全凭一种我们正道人看不起的本领:踢得一脚好气毬。也许有人不服气，说这算什么本事？是的，若是正经人家教子弟，当然要学堂堂正正对社会大众有益的本领。但是才之为物，如同百般武艺，无论刀枪剑棒，只要能胜过他人，就是佼佼者。做得到第一，自然有人刮目相看，不论君子还是小人。为什么呢？因为做到第一，就成了稀缺之物，而物以稀为贵。别人对你的本事有需求，就意味着机会来临。

　　高俅不能及早发迹乃是未曾遇到"识货"的人。他早年混迹的人群都是汲汲于两餐温饱的下层百姓。人品行业不论，碌碌众生，温饱是第一要义。在这个草根阶层踢得一脚好气毬，叫作游手好闲，被谴责被埋没是理所应当的。用学术的话说，就是不能在其中发现有效的社会需求。所以他被荐来荐去，无人愿意收留，唯恐避之不及。等他机缘巧合被荐到端王府，就遇到知音了。公子王孙毫无衣食的拖累，有的是闲暇精力，弄出各种花样打发无聊的时光。高俅恰当其时，又恰当其用。早年不算本领的本领，如今大放异彩，使个"鸳鸯拐"就让端王好生喜欢。试问在此之前，高俅的亲朋食户，有谁赏识他的踢毬功夫？端王不是慧眼识英雄，而是臭味相投，一拍即合。高俅在端王府发现了有效需求，小人因而有了用武之地，于是就平步青云。在人世间，无论品德良莠，皆是以本事立足的。小人有小人的本事，小人也有小人的运气。

004 小人有维持之功

《宋史》高俅无传，自然无从查考历史上他可靠的出身。《水浒传》的高俅可是一个奸佞至极的小人，但《宋史》见之于他人传记写到高俅的片言短语，虽有指责贬斥，然也不如蔡京、贾似道等被径直列入《奸臣传》。最详细的一段记载在《宋史·李若水传》，靖康元年，高俅死，徽宗欲为之挂服举哀。太学博士李若水上书指陈："俅以幸臣躐跻显位，败坏军政，金人长驱，其罪当与童贯等。得全首领以没，尚当追削官秩，示与众弃；而有司循常习故，欲加缛礼，非所以靖公议也。"后徽宗罢举哀，追削高俅官职。由此可见，高俅之属小人，《水浒传》的"讲史"，还是有根据的。一部中国历史由古至今，固然有不少仁人志士、忠臣孝子，但也有数之不尽的奸佞小人。我等读史阅世之人，当本着"同情的理解"，究明小人层出不穷的缘故。

征诸历史，能够为祸一时的奸佞小人其实都是各有本领的人。这些人的所作所为给国家和民生带来了灾难，然而有一点我们必须认识到，小人的作为从另一方面讲，起着维持体制、贯彻意图的作用。人间的秩序不论我们喜欢不喜欢，局面的维持是首要的。有时候奸佞出道来维持局面，反倒比君子更加干净、彻底贯彻某种政治的意图。君子碍于道德教诲，思虑既多，束缚即在所难免。或者一事当前，以仁慈为念，错失实施的良机。随便举个例子，唐朝武则天以女主临朝，首先惹得亲贵宗枝多有不服，看她不顺眼。其次老臣勋旧盘踞日久，树大根深，寒门之士进身之路被堵塞。两面夹攻，使得武则天施政无从下手。百般无奈之下，武则天杀心大起。一方面要剪除敌对势力；另一方面需腾出空缺，招揽草莽寒士。她手法狠毒，但可一举两得。既要如此，担任她"杀戮机器"的人，最好就是酷吏了。所以武氏一朝，酷吏遍于刑狱。臭名昭著的要数司仆少卿来俊臣，就是那个"请君入瓮"的发明者。他总管刑狱断案。《旧唐书·刑法志》说他主司期间，"前后枉遭杀害者，不可胜数"。还著有罗织罪名的教科书《告密罗织经》。其书"皆有条贯支节"，"其意旨皆网罗前人，织成反状"。凡经来俊臣鞫讯，无有不认罪服死。往往并非真的有罪，乃是因为用刑惨酷，令被讯者生不如死。

  站在天地正义的立场，无道之甚，莫此为最。可是平心静气一想，对贯彻武氏的政治意图和治理国家的理念来说，来俊臣等酷吏其实是立了大功的。杀戮过后，寒门登进，为朝政扫清前路，又有谁说这不是奠定了"盛唐气象"的基础？但是如此狠毒的角色，饱读儒家经籍且有济世忧怀的正直之士，谁肯站出来担当呢？有谁只顾一时的衣食禄位而甘愿背负万世的骂名呢？舍小人而无有也。道德教诲有时而穷，最能表现此种历史时刻。《老子》有言："天地不仁，以万物为刍狗；圣人不仁，以百姓为刍狗。"恩格斯赞同黑格尔的说法——恶也是历史发展动力的形式。说恶是历史的动力。恶之为恶，最终都是落实到人，代表那些不仁而恶的力量，小人当然也列在其中。武则天愿意任用酷吏，盖因酷吏其人，无是非无善恶，唯上意是从。但是从推动施政落实的角度说，就是执行力强，能实现目标。也就是说，小人有维持之功。而这就是小人自有其历史地位的缘由所在。尽管小人也会无好下场，来俊臣在武氏一朝，即"以罪伏诛"，但这并不意味着小人的绝迹。小人只要有其社会作用，也会像仁人志士一样生生不息。回到当年宋徽宗之拔擢高俅一事，当然有复杂的历史情境，又岂是"奸佞"二字所能尽道？

005　孝子的出路

　　现代水浒评论，几乎不见有人提起开篇第一回"王教头私走延安府"中的教头王进。而这个用墨甚少、写得有头无尾的人物，被金圣叹誉为"圣人之民"，是"王道"的隐喻。他的头衔和豹子头林冲一模一样：东京八十万禁军教头。王进在前而林冲在后，照情节推测，林冲似乎是补王进"私走"而留下的空缺。更有甚者，两人的人生坎坷也几近相同，他们同是被高俅挟私构陷。高俅未发迹时，曾在东京耍枪弄棒，被王进的父亲打翻在地。待他做了殿帅府太尉，看见了仇家之子，焉有不逞私报复的道理。王进"起来抬头看了，认得是高俅，出得衙门，叹口气道：'俺的性命，今番难保了！俺道是甚么高殿帅，却原来正是东京帮闲的圆社高二！'"高俅官拜太尉，对王进来说，正是冤家路窄。

　　然而王进的选择却和林冲正好相反。林冲在一逼再逼之下，怒上梁山，落草为寇。王进却是"三十六着，走为上着"。他耍了一个金蝉脱壳之计，以拜祭为名，支开了两个亲随牌军，趁着五更天色未明，与老娘一道，"取路望延安府来"。两个教头截然不同的选择，恰好让我们联想到人生立身处世的际遇。当我们年少气盛、豪气干云的时候，不免相信天无绝人之路，正所谓"莫愁前路无知己，天下谁人不识君"。但是这样的时候毕竟不多，更常见的却是"屋漏偏逢连夜雨，船迟又遇打头风"。当着难以逾越的人生之坎，其实并无太多的选择。笼统而言只有三条路：一是反，二是忍，三是走。反是水浒英雄不约而同走的路。走上这条路，既有"成瓮饮酒，大块食肉"的欢乐，也有凋零散伙的悲凉。百忍成精，而忍要行得通，也要在不伤害生存的前提下才有意义。如果明知忍下去的结果是死路还要忍，那就是引颈就戮，愚不可及了。高俅要为其义子高衙内霸占林冲的妻子，必欲置林冲于死地以绝后患。而高俅欲报当年屈辱之仇，王进也是命悬一线。所以忍对这两个教头来说，都是行不通的。禁军教头，浑身武功，似乎选择反才更合理，但王进选择走，他的背后也有不容挑战的价值观做支撑。天理在上，不可同归于尽，因为自我生命的存在相比毁灭，价值更高。王进遭遇的情形就像无意中上了一辆驶入毁灭之途的车，你既可以夺过方向盘由自己来驾驶，也可以跳车逃生。但你既夺了方向盘，你也会变得像前任驾驶员一样穷凶极恶，结果车还是驶向毁灭。王进选择了跳车逃生，他"私走"而奔投延安府的老种经略。谁说这不是一条合乎天理人性的出路呢？小说写王进是个孝子，宜其选择这样的出路。孝是一种基于血缘的道德义务。一个人可以不履行道德义务，却没有办法割断血缘亲情。若是一定要割断，在中国文化的脉络下，就成了"禽兽"。孝子当然不愿意背负恶名，但又不能任人宰割，于是只好放下世俗的责任，生活在恢恢的"天网"之下，做一个仇家找不到的"顺民"。这就是古人教诲里一再提及的，天下无道，仁人归隐。

005 孝子的出路

王教頭私走
延安府

黃宏光

006 小人难过什么关

《水浒传》第一回"九纹龙大闹史家村"写了一个小人物，以打猎为生，唤作猎户李吉。史进是一方豪杰，在未曾与华山草寇朱武等人暗通款曲之时，经常收买李吉猎来的野兔。史进贵为一方庄主，而李吉只是猎户，两人并无过节。可以想见日子过下去，李吉的人生不会起什么波澜，既不会大富大贵，也不会穷困潦倒。恰好一件事让李吉起了发大财的歹念：一日打野兔，看见醉倒在地的史进的庄客王四，从衣袖里露出一锭银子，由银子扯出书信，再由书信知道史进与华山强盗暗中往来。于是想到："我做猎户，几时能彀发迹，算命道我今年有大财，却在这里！"二话不说，马上"银子并书都拿去了，望华阴县里来出首"。因为之前华阴县出过文书，捉拿到山寨的贼人，赏钱三千贯。如今贼人加史进，恐怕不止三千了。

李吉灾难的人生就从这个发大财的念头开始。出首告官，都头带着李吉来到史进的庄上捉人。史进无路可退，清白做人的形象无法维持，只得与官府撕破脸皮，领着朱武等人冲出捕快的包围。史进一路杀出，"李吉也却待回身，史进早到，手起一刀，把李吉斩做两段"。可怜一个李吉，赏银还未曾拿到手，就已经赶赴黄泉，向阎王爷报到了。

故事这样写或许给人一个因果报应的嫌疑，但征诸我们的生活经验，事情往往八九不离十。人生在世，冷不丁会受到意想不到的诱惑。要是小的诱惑，也就罢了。要命的是大诱惑，所谓大诱惑，就是那些完全超过自己生活经验能够把持得住的诱惑。若是中了大诱惑的魔法，就不可救药了。就像李吉一个小小猎户，他的人生活动范围也就在村庄、山林之间，他的生活经验无非有限的人际交往以及猎兔的知识，大字不识几个的人如何能够懂得出首告官本身的利害？如何能够合理评估出首之后史进的愤怒，以及这种愤怒带来的后果？他简直就是财迷了心窍，猪油蒙了心肝。光追逐幻想中的银子，身子却跌进了万丈深渊而不知晓。欲望是人生的双刃剑，它激起我们追求未知目标的热情，同时也使得我们不切实际地想入非非，因想入非非而陷入毁灭之途。

  人生而有欲望，每一种人都有难过的关口。俗话说英雄难过美人关。英雄的生活圈子和经验当然远远超越小小猎户，但他们也会遇到超过其经验的大诱惑，因为英雄也有理智把持不住的大欲望。莎士比亚千古不朽的悲剧《麦克白》，所讲述的不就是将军麦克白经受不住巫婆预言的诱惑而走上弑君叛逆之途的故事吗？其实，巫婆的预言正是麦克白将军心中的欲望，巫婆讲出了连他自己都未能意识到的"心里话"。这个诱惑是古今第一诱惑：王位的诱惑。麦克白贵为将军，也没有把持住自己。古今多少豪杰，不是在石榴裙下抛头颅洒热血，就是因石榴裙败走麦城。英雄豪杰难过的关口不止美人关，还有权力关、名气关。这些都是英雄豪杰的大劫。若问小人难过什么关，以《水浒传》为证，小人难过碎银关。

007 史进暗通华山

史进出身清白却做起了强盗落草梁山，违背常人所想。这个结局完全是一系列违背初衷的事态发展的结果，这并不是他本意。他生在广有田宅的富足之家，如果要给他评个阶级出身，应该是大地主或大庄园主之类。故事没有提到史家有多少田宅，但说到史进为了宴享全村庄户，轻易就杀了两头肥牛，可见家底之雄厚。史进为人，只是不肯务农，而好耍枪弄棒。气死了母亲，父亲死后，就不治家产，只往枪棒上使劲。即使戴上不孝的污名，上山之前史进还是一个清白的正道人家，与落草的强盗是完全不同的两类人物。就算与官府撕破脸皮，夜走少华山朱武的山寨避难，他还说："我是个清白好汉，如何肯把父母遗体来点污了！你劝我落草，再也休提。"这说明落难中的史进，还是有不同的"阶级意识"。

然而史进毕竟做了强盗，"点污了"父母的遗体。这是缘于他兼染黑白两道的处世做人的习惯。史进并非不知朱武一伙华山强梁所做事情的性质，看他如何骂不知死活前来"讨粮草"的陈达："汝等杀人放火，打家劫舍，犯着弥天大罪，都是该死的人。"但他如何又与这些"该死的人"你来我往呢？施耐庵写史进年少气盛，好尚义气，感于对方结义同死的豪爽之气，于是就礼尚往来。然而征诸我们对社会的观察，其实还有更深一层的原因。

中国古代社会是"不怕官，只怕管"的社会。官府的统治从来就难以落实到社会的草根底层。官府的管治只讲求"大致的秩序"，任何事态只要不涉及县衙门以上的权力，官府多是得过且过。为什么"不怕官"？只为官府离得远，不明实情，可以隐而瞒之，欺而骗之，甚至收而买之。即使惹怒了官府，官府也要讲几分道理。但是那些"管"到身边而非官府身份的力量，就非常可怕了。那些强盗、流氓、恶霸、黑帮、地痞诸色人等，占山为王，划地为界，在官府管治不到的地方，鱼肉善良，欺行霸市，予取予求。就像朱武一伙人，盘踞少华山，名曰官府逼迫，不得已而树立山寨，实质"讨个出身，求半世快活"。史进的田庄，就在少华山下，强梁既在家门口不远，他应该懂得"既来之，则安之"的道理。终于要两面苟且，在官府面前维持清白良民的形象，暗中却和强盗交好，这样就把连官府都不能除去而又离自己不远的祸水引向他方，至少不要流到家门口。假如你是个草根良民，要自食其力，开门做生意讨个生活，遭遇到史进的情境，大半的选择都离不了兼通黑白两道。白天做人，晚上做鬼。官府不能得罪，黑道也不能得罪。如果得罪了黑道，那种来自身边的欺压和逼迫，远比无能的官府"刀刀到肉"。

　　史进之暗通华山，实在是出于自卫自保的不得不然也。我的姨公早年在西贡华人社区经商，后来到香港养老。听他讲起早年风光得意的事，记得曾问他做生意最重要是的什么，——"捞地盘。"他不假思索答道。同生意所及的地面上各路人马都交际熟络，只有这样才能对付不测的意外。史进之要交结朱武，盖朱武也是他地盘上的有头面的人物，不得不如此。史进这样做并无不妥，他只因年少轻狂，把握不住底线，一时失足而已。

008 以暴易暴

人世间最可哀可叹的事情莫过合于天理的而未必见得行于人世，而可行之于人世的又于天理或有违碍。《马太福音》第五章说："只是我告诉你们，要爱你们的仇敌，为那逼迫你们的祷告。"又说："有人打你的右脸，连左脸也转过来由他打。"这种非暴力主义的教诲，不仅见于基督教，也见于佛家慈悲的宗旨。无疑这是合于天理的至道，但是它几曾通行于人间世界呢？翻开历史，臣弑君，子虐父，仇敌相杀戮以致血流成河之类数之不尽。在我们生活的这个人世间，既有高高在上的浩浩天理，也有通行于人世的"人之道"。要问"人之道"是什么，答曰：以暴易暴。

《水浒传》第二回"鲁提辖拳打镇关西"，是一个写得极好的以暴易暴的故事。也许宅心仁厚的君子对暴暴相易有微词，以为鲁智深暴力太过，无论如何镇关西罪不至死。但凡有血气之性者读了这个故事莫不额手称快。笔者每读至此，一种酣畅痛快之感，如夏日饮冰，醍醐灌顶，开卷的好处淋漓尽致。其实鲁智深早就认识卖肉户郑屠，只是不知道他有如此风光的绰号而已。他们的顶头上司或荫庇人都是镇守代州的小种经略相公。不同的是鲁智深直接投在经略的门下做个提辖。至于提辖一职，《宋史·职官志》无载，或是施耐庵杜撰，或是小到不见史籍，总之是门下小官一类。而卖肉户郑屠虽职业贱微，但有贵为边防司令的经略相公的撑腰，故而气焰十分嚣张。鲁智深要除暴安良，其中的利害关系他是想明白了的。所以打死镇关西之后，他拔腿就跑，走上逃亡之旅。

伦理原则是要追求普遍正义的，它不随任何时间地点的转移而有改变。所以慈悲为怀和非暴力主义可以成为人类良知的普遍正义原则。但是人作为一个个体，只能生活在经验世界之中，受时空条件所局限。这意味着普遍正义的阳光未必会照亮我们渺小人生的门槛，当暴虐和欺凌降临到头上的时候，我们不仅仅渴求正义的来临，更焦虑于正义何时来临。如果正义在身后来临，那对个体已毫无意义。若要即时诉诸正义，要现世现报，则暴力成了唯一可能的选择。就像金老和他的孤女，受尽镇关西的鱼肉欺凌，如果不是遇到鲁智深路见不平拔刀相助，他们的命运是终身为奴。鲁智深以暴易暴，不见得合乎天理，却有人事之功，起码解救了金氏父女。鲁智深以违碍天理的方式，让被压迫和被欺凌的人体会到正义的降临，让压迫者和欺凌者得到罪恶的报应，虽然以暴易暴，但又何妨？笔者既认同慈悲为怀的宅心仁厚，亦不愿深责以暴易暴。所易之暴和所施之暴当须具体分析，若果旗鼓相当，那毫无疑问是人间正义。像鲁智深此案，打死了郑屠户，略有过分，但不失天真血性。人类社会的早期阶段，无不将"以牙还牙，以眼还眼"作为正义的最高原则。因为如果失去这个正义原则，人间的现实生活就无法过下去了。陈义再高，不能落实，等于白搭。

我们认同慈悲的价值，但必须深察生活着的这个经验世界的天然缺陷。这种缺陷使得易暴的暴力，就像鲁智深诉诸那种暴力不但有其正当性，而且也是千百年来人类生活的一部分。和平虽好，慈悲价更高，相比而言易暴的暴力是不完满的，但我始终都不赞成那种对以暴易暴的轻侮。或许正因为它不完满，才可行于同样不完满的经验世界。

009 资本的原始积累

原始积累俗称第一桶金。遍阅人间第一桶金的故事，里面鲜少不含血泪和辛酸。马克思谓资本的每一个毛孔都充满了血泪。诚哉斯言！状元桥下卖肉的郑屠，《水浒传》写来，虽然着墨不多，但三言两语却透尽了微贱之人如何进行原始积累的个中消息。

杀猪屠狗本为贱业，不像有发达的迹象。作者给他取名曰屠，也透着轻视的意思。既是杀猪卖肉，操刀之人，想必有些气力。郑屠首先就用他的气力欺负比他更弱小的金老父女。俗话说柿子挑软的捏，郑屠找孤老寡女下手，专捏软柿子，人性的诡谲由此可见一斑。金老父女流落异乡，无依无靠。郑屠看准这个弱点，先"强媒硬保"，将金老的女儿娶为妾，付金老三千贯。但是这三千贯仅仅是文书一张，并无现钱交割，是"虚钱实契"。就是说金老将女儿嫁给郑屠做妾，并无得一文的实际好处。待到女儿嫁过去，未及三月，花玩谢，人玩残，便找个理由，赶将出来。这样郑屠便有理由诬金老父女不履行当初的契约，"追要原典身钱三千贯"。可怜金老哪里去找三千贯钱给郑屠呢！当下无钱还，正好慢慢奴役。于是金老父女成为郑屠生钱的工具，沿街卖唱，"每日但得些钱来，将大半还他，留些少子父们盘缠"。或许有读者会给他们出主意：三十六计，走为上计。但是既然想得出如此歹毒的主意发财，一定想到用线眼看管这"生财工具"的。金老住所的店小二，就是郑屠的线眼。如果不是鲁智深做主，弱小父女如何脱得了身！

微贱之人做这些伤天害理的事，背后必定有人撑腰，正所谓背靠大树好乘凉。官商两道，在古代中国社会从来都是打通的。所谓打通，不是混为一体，而是相互勾结。官中有商，而商中有官。只官不商，官无以富贵阔绰；只商不官，商无以挣大钱，发大达，亦无以基盘永固。郑屠所找的撑腰人就是小种经略相公。这个官职也就是宋代的"边防武警司令"罢了。有他撑腰，郑屠便可以狐假虎威，而行走在外，任何人也会给他几分面子。一个卖肉户，给自己取个"郑大官人"的名号，又叫作"镇关西"。这些拉大旗作虎皮的名号很可以吓唬一些无知无识的平头百姓，以维持他行霸一方的劣迹。为恶多年的"郑大官人"，家底也很有些可观。"开着两间门面，两副肉案"，又有"十来个刀手卖肉"，他却不需亲力亲为。

资本积累的伎俩，正途的不算，从来无多，只有两手。一曰暴力奴役，二曰荫托包庇。从前报刊揭发出山西黑砖窑的故事，其所作所为，与数百年前的"郑大官人"并无二致。当年的"郑大官人"是今天山西黑砖窑主的祖师爷。那些奴役童工、欺压残疾弱智的砖窑雇主，是今天活着的"郑大官人"。大大小小的"郑大官人"遍于逐利的社会，只可惜人间已无鲁智深。

010 文殊院的副业

鲁智深路见不平，为解救金老父女犯下杀人勾当而被官府通缉，一时英雄无路。在赵员外的建议下，"不如就了这条路罢"，遂削发剃度，上五台山当和尚。鲁智深寄身的文殊院，规模宏大，有"整整齐齐五六百僧人"。可是，这个文殊院和任何前现代的社会组织一样，不免角色混淆，主业之外还兼营副业。它对于自己作为宗教组织所应当担负的使命和目的，并没有充分的认识。作为宗教道场，它除了给个人提供一个沉思悟世、修炼身心的场所之外，对于社会大众，它本是一个博施济众、救济贫民的社会组织。然而五台山上的文殊院，既是慈悲为怀的修炼道场，又是一个放债取息的牟利佛寺。

鲁智深与文殊院的冲突，导火线就是佛寺僧人修炼而兼顾放债取息的矛盾政策。寺院长老为了教义，不准和尚喝酒。鲁智深静极思动，想买酒吃，卖酒的汉子却有自己的苦衷："我这酒，挑上去只卖与寺内火工道人、直厅轿夫、老郎们做生活的吃。本寺长老已有法旨，但卖与和尚们吃了，我们都被长老责罚，追了本钱，赶出屋去。我们见关着本寺的本钱，见住着本寺的屋宇，如何敢卖与你吃？"又有一次，鲁智深在镇上一连走了三五家，都不肯卖酒与他，解释都是一样的："师父少罪，小人住的房屋也是寺里的，本钱也是寺里的。长老已有法旨，但是小人们卖酒与寺里僧人吃了，便要追了小人们本钱，又赶出屋，因此只得休怪。"从这个解释中，我们知道，文殊院其实也是兼做生意的。它拥有许多物业，将这些物业放租出去取得利息。不但如此，打本给当地人开酒店，又兼放债。文殊院不仅是一个大地主，又是大债主。

这种情形与史书上描述的历代佛寺基本上是吻合的。沙门披剃出家，号称化外之民，自古以来便不必负担国家的课役，国家也不向寺庙征税。许多寺庙便利用这种免税的特权，一方面广纳愿意出家之人，只要有檀越布施赞助，任是何人，也不拒绝；另一方面广置田产物业，成为雄踞一方的本地财主。当寺庙的人丁和财势发展到让国家感受到威胁的程度，就产生了灭佛的事变。佛寺自我膨胀，与民争利的做法，在历史上曾给自己带来很大危机。有些寺庙表面香火鼎盛、梵呗绕梁，假象的背后却与世俗无异，一样的追金逐利。推求佛祖创教的本意，无非是创造一种脱离俗世原则的"神圣生活"，好来沉思默想人生的真谛。但既然它存在于人间，人间的烟火气市井气也无由不熏进入侵这种人为创设的"神圣生活"。师徒相传，久而久之，当初梵呗之音缭绕的"神圣生活"也被熏得不成样子，神圣褪尽，成为另一种世俗生活。举目所见，教堂、寺庙、宫观何尝不是另一种世俗生活的世界。

现代社会学的知识告诉我们，一个社会组织若要运作良好，一定不可功能混淆。就像企业不是慈善组织一样，寺庙也不是牟利的机构。如果企业只做慈善，就会被市场淘汰。如果寺院兼牟利，自身就必然腐败。政府是提供公共服务的机构，它是所有社会活动的规则制定者和仲裁者，但是如果它同时又兼赛场的运动员，那它也会像文殊院那样，主业副业兼营，久而久之，什么是主业、什么是副业也分不清楚了。

011　英雄与俗人

俗话说："物以类聚，人以群分。"英雄与俗人虽然同在大千世界，但他们的本性、情怀天生而有天壤之别，属于不同的类。本来车走车路，马走马道，英雄与俗人各不相干，人世间庶几相安无事。可是偏偏冤家路窄，在这个熙熙攘攘的人世，不同的类有时难免聚首，许多轰轰烈烈的热闹就是因为这样而生出来。

鲁智深与文殊院本无瓜葛，"大闹五台山"之事本亦不会发生。这倒不是说鲁智深生来与佛无缘，其实鲁智深是水浒好汉里面罕有慈悲心的一位，而是说鲁智深"禅杖打开危险路，戒刀杀尽不平人"的做人宗旨，与那个汲汲于牟利的文殊院是属于"两股道上跑的车"。鲁智深自去做他的仗义行侠，文殊院自去发它的大财。苍天之不幸就在于阴差阳错，让他们在狭窄的时空相逢，热闹的好戏就上演了。赵员外介绍鲁智深来文殊院削发剃度，在鲁智深是走投无路，在文殊院是多得一笔"赞助费"。因为各取所需而要同在屋檐下，价值观的不同、本性的差异难免就要显露出来。偌大一个文殊院，除了智真长老慧眼识英雄，知晓鲁智深"上应天星，心地刚直"，日后"证果非凡"之外，其余诸人，上至首座，下至寺监、职事、众僧，都是一般的狗眼看人低。他们想拒绝收留鲁智深，理由是"却才这个要出家的人，形容丑恶，相貌凶顽，不可剃度他，恐久后累及山门"。如果不是长老喝停，鲁智深与初上梁山时林冲的命运就相同了。

长老其实没有说错，鲁智深是"心地刚直"。长老对他说"三归""五戒"。鲁智深答曰："洒家记得。"他不是有意违背寺庙的规矩，他只是遵从本心，率性而行，无意冲撞了为那些缺少慧根的俗人而设的种种修行的规矩。鲁智深的种种行为在本来就看不起他的众僧面前当然就是大逆不道了，这更加剧了鲁智深的"逆反心理"。鲁智深一再酒后乱性，大耍棍棒，把文殊院的金刚都打坏了，实在有报复众僧对他轻贱的成分在内。说到底，这种冲突也不是谁对谁错就能解释清楚的。站在寺庙的立场，山门有山门的规矩；而站在鲁智深的立场，洒家好汉一条，饮酒吃肉，关你屁事。似乎只有长老晓得这场冲突的悲剧性，他一再以日后证果非凡的说法来对付与鲁智深作对的寺监与众僧，又一再训斥鲁智深日后不可再违反规矩。但是长老的策略最终也以失败告终，一纸修书让他转投东京去了。

在人群之中确实存在着天性的不平等。各人禀赋不同，天性自然有别。如果各自的生活轨道不相交，天下就太平无事。如果他们的生活轨道不幸交汇在一起，冲突就无可避免。同在屋檐下，有时是一件幸事，有时却是不幸的根源。笔者不知道施耐庵是否明白这个道理，或者无意间道出真谛也未可知。总之，曹雪芹是知道的，他精心结撰了一个王国维说的没有"蛇蝎之人物"，完全是"通常之道德、通常之人情、通常之境遇"的悲剧，故成为千古不磨灭的杰作。

012 造反与色欲

有道是"革命无罪,造反有理"。但理在何方,从来就没有好好交代过。倒是圣人说过,"食、色,性也"。这个自古以来对人性的基本观察,适不适合用在所谓有理的造反好汉身上呢?《水浒传》第四回"小霸王醉入销金帐　花和尚大闹桃花村"提供了一个实例,让我们观察色欲与造反之间有趣的关系。

明媒正娶而结婚生子是社会自然形成的通过制度安排来解决人类性欲和繁衍的机制。它虽有缺陷,却不可没有。人各出身不同,贫贱与富贵、贤明与不肖、美貌与生而有缺,其间的差别可以在霄壤之间,实际上并非人人都可以利用社会的自然机制满足性的欲求。桃花山上靠造反起家的"小霸王"周通,本来就是这样一个无福消受之人。强盗的前身大都非贱即贫,如何有资格娶刘太公的独女?施耐庵虽然没有交代给我们周通原来是何方神圣,但落草桃花山之前属于"引车卖浆者流",虽不中亦相差不远。刘太公虽然懦弱兼人丁不旺,但好歹是正道人家,有一庄院,数十庄客,称得上小康殷实之家。看他给鲁智深上的酒菜,一会儿一盘牛肉,一会儿一只熟鹅,一会儿又宰猪。如果遇上20世纪50年代土改,八成是个地主。一个身外别无长物的周通,如何能够娶上地主的娇女呢?

办法是有的,揭竿造反是正道之外唯一的办法。揭竿造反,练起摊来,人气一聚,就有了势力,有钱的人就怕有势力的人。俗话说有钱有势,但是财主佬的势力是要依靠社会的正常渠道来施加的,而造反好汉的势力却溢出了社会的常规,再大的财主也怕手里拿刀拿枪的。周通和李忠上了桃花山安营扎寨，"聚集着五七百人，打家劫舍，此间青州官军捕盗，禁他不得"。闹到官府都奈何他不得，区区一个刘太公，又如何胆敢不屈服？揭竿聚众成势之后，"小霸王"性欲的释放就有希望畅通无阻了，而且不是胡乱讨一个就算了，要娶就娶刘太公"今年方得一十九岁"的那个。"小霸王"的办法还霸气十足，他到刘太公庄上收"保护费"的时候，见色心喜，随即"撇下二十两银子、一匹红锦为定礼，选着今夜好日，晚间来入赘老汉庄上"。一个财主如何不怕一个烂命的强盗？于是"和他争执不得，只得与他"。如果不是鲁智深仗义替他出头，刘太公一定做了强盗的外父。

揭竿造反的道理有千条，有万条，但从"小霸王"的例子看，性的欲望何尝不是其中一条？他的性欲望无法靠正常的制度安排来实现，于是转而"另辟蹊径"，靠暴力来实现。其实这也是一条"终南捷径"，它绕过了胼手胝足的打拼，绕过了长夜孤灯的苦读。都说暴力是绝望者的最后一根稻草，此话不无道理。不过这根稻草抓牢之后所带来的，却不仅仅是活命。就像阿Q躺在土谷祠想象的造反，除了元宝、洋钱、洋纱衫之外，脑子里还盘旋着长久未见面的"吴妈"。自古至今，但凡揭竿造反，无一不与娶得"压寨夫人"联系在一起。史书赞颂不绝的堂堂皇皇的造反大业，背后却不免为凡人一样卑微的欲望所驱动。

013 官军也禁他不得

读《水浒传》，总是觉得官府太过无能。用现在的话说，就是行政不作为的毛病十分严重。想必《水浒传》作者也是感同身受，故而形诸笔墨，证诸历代史书却也是八九不离十。大的不说，朝中出了贪官，利用公权力营私舞弊，如何可以行政有作为？光说小处，对那些盘踞山头、破坏治安、打家劫舍、半路剪径的强盗，居然也是毫无办法。第一回讲少华山上朱武一伙，"华阴县里禁他不得"，只好"出三千贯赏钱，召人拿他"。堂堂一个官府，自己置身事外，却想以银子收买别人了事。第四回讲桃花山上李忠一伙扎寨称王，又是"青州官军捕盗，禁他不得"。第五回连盘踞瓦官寺的两个泼皮强盗，搞得僧散寺毁。因为"这里衙门又远，便是官军也禁不得的"。路虽然远了些，但官军都对付不了两个毛贼，所谓"官军"到底是何等样子的"官军"，也可想而知了。"瓦官寺"之名，虽未必为现实世界中所无，但也不能排除《水浒传》作者取之为喻，于名字之中暗含春秋笔法的可能性。"瓦官"者，官如瓦也。连《水浒传》的批点者金圣叹也觉得这个名字颇有兴亡的感叹。

施耐庵当然没有细说官军为何禁不得这些占山为王的毛贼。如果禁得，又何来《水浒传》一部大书？但是日常经验告诉我们，这种行政不作为的原因其实并不复杂，乃是中国官僚制度本身的痼疾，历数千年而依然故我，没有多少改观。所谓"百代都行秦政治"，自秦始皇实现郡县一统，朝廷、州府、县都是按照代理制的原理建立起来的。下一级是上一级的代理者。管治的任务，层层代理分解，最上的顶层当然是皇帝与朝廷，最下一级就是县衙门。朝廷将治理任务分包予州府，州府再分包予县。任务完成得好，给予升迁。任务完成不好，罢免换人再做。有一句俗话，可以帮助我们理解这个层叠式代理而成的庞大官僚架构："铁打的营盘流水的兵。""兵"字改成"官"字就恰如其当了，故曰流官。官是流水似的，一茬又一茬，一代又一代，有人升迁，有人贬谪。但这个分层代理的"营盘"却是千年不易，如铁桶江山。这个制度有一个长处，可以实现辽阔国土的管治，古史上中华体制的规模和连续性，均无与伦比。

然而这个层叠式的代理体制也有难以克服的缺陷，就是避免不了"代理人欺骗"。凡按照代理原理设立的体制，只有上对下的监督，无下对上的异言。只有下对上的责任，无上对下的义务。这层利害关系导致下级代理功夫做得好，上级未必知晓，但下级治理闹出地方乱局，就丑事传千里了。好事无人知，丑事传千里。故历代为官一方，守土一隅，都以无过为上，有功次之。一旦闹出事来，定然乌纱不保。因此地方出了丑事就只有一个药方：瞒上欺下，想办法不让顶头上司知道真实的情况，然后维持住局面，再大事化小，小事化了。哪怕大事不能化小事，只要瞒住顶头上司，就算成功。因为只要将真实的情况报上去，在上司眼里，就是无能。不但将来不能升迁，而且还面临革职处分。这个就是体制伴生的"代理人欺骗"现象，它使得上级无法了解事情的真相。如果事态不那么严重，疥癣之痒，留着也罢。如果星星之火，日积月累，成燎原之势，那就演成不堪收拾的严重局面。华阴县、青州府和瓦官寺的毛贼，官府如要力剿，定得报知上级，如此才有粮饷资源配合。但如此一来，执事者是凶是吉，尚在未定之天。不如无所作为，拖得一天是一天。只要上头不知，就算天下太平。所以才有"官军也禁不得的"现象。官府的不作为，其实也是有体制原因的。

014 大相国寺衙门

当年北宋都城东京的第一名刹大相国寺简直就是一个大衙门，名为佛教寺庙，实如衙门一般。话说鲁智深从五台山下来，拿着本师智真长老的书札奔投相国寺，没想到却把自己投进了一个大衙门。如果不是他随机应变而屈就"菜园主管"，保不准又得与寺方起冲突，重演大闹文殊院的故事。

传统上的中国社会组织，由上至下都是按照"衙门原理"建立起来的。什么叫作"衙门原理"，就是一个社会组织建立的目的——做事与养人并重。在我们的常识里，通常会认为任何组织的建立都是为了完成某项任务，例如政府的设立是为了提供公共服务，而提供公共服务的政府组织同时又以"养人"为本务，这是荒唐的。但是事实就是如此，许多职位不是因为有事情可做才设立，而是因为先有了人，这人要吃饭生存，要有体面的地位，于是才设立一个职位让他来虚与委蛇。生口繁庶，这趋势也就愈演愈烈。否则，历代为什么有那么多"冗官""冗员"呢？冗者，多余也。多余而成为惯常状态，必然事出有据。根据在哪里呢？就在养人。多余是对事情来讲的，如果移作养人，就不多余了。历代想做事有为的命官大员，都希望裁减"冗官""冗员"以提高效率，但他们通常以失败告终。这厢裁减，那厢就增加，总是达不成目标，就是因为他们不懂得"衙门原理"："养人"也是官府乃至其他社会组织的本务。若要根除，就像拽住头发而离地飞升，根本妄想。

不但官府如此，就连相国寺作为佛教寺庙也逃不出"衙门原理"的定律。且看小知客介绍相国寺的管理阶层："且如小僧做个知客，只理会管待往来客官、僧众。至如维那、侍者、书记、首座,这都是清职,不容易得做。都寺、监寺、提点、院主,这个都是掌管常住财物,你才到得方丈,怎便得上等职事?还有那管藏的唤做藏主,管殿的唤做殿主,管阁的唤做阁主,管化缘的唤做化主,管浴堂的唤做浴主,这个都是主事人员,中等职事。还有那管塔的塔头,管饭的饭头,管茶的茶头,管东厕的净头,与这管菜园的菜头,这个都是头事人员,末等职事。"无非就是一个寺院,住持除外,还有四个管理阶层:清职、上等职事、中等职事、末等职事。可以想见,这个寺院一定也是人浮于事,集合很多"冗僧"的地方。笔者尽管未修过管理学,但也一眼看出,四个清职本来就是多余的,四个上等职事是事同职异,叠床架屋,五个中等职事和五个下等职事根本就可以合并成一个职事。为什么要将寺院的管理分解成这么多层次和不同职位呢?这过度的分工显然不是因为管理上需要。如果要寻根究底找答案,养人是唯一的答案。

记得早年读过帕金森《官场病:帕金森定律》。他对现代科层制的观察十分深刻,将机构膨胀、"冗官""冗员"日积月累的原因归咎为无能官员一旦主事,则倾向于再找无能的助手协助办事,于是链条传递下去,机构自然膨胀。笔者却以为中国的国情略有不同。古代中国设官分职,首要的考虑是维持局面,否则偌大的地面,小民造起反来怎么办?要维持震慑小民的局面,就要有人来操办,而人当然是多一点好过少一点。只要财力能够承载,多几个吃官饷的,就多几分拥护的力量。从日常办事的角度看似乎多余,不需那么多人,而一旦风吹草动,吃饷的人多,根基也稳固一些。英国的现代科层制是从顶层一点一点生长蔓延开来的,故帕金森有此观察。古代中国的郡县官僚制刻上了战国时代王侯"养士"的痕迹——只要粮草足够,并不惧人多。就如东京大相国寺的这位智清长老,他养得那么多冗僧职事,他的"基本群众"也多一些。冗与不冗,不能光从办事效率的角度看,还要从根基牢固不牢固的角度看。设官分职,做事与养人并重,在古代中国既是体制的本性,也是体制的要求。只有到了财力承受不了那么多食饷的人时,官僚大厦才真正面临风雨飘摇的危急时刻。

015 泼皮只欠揍

泼皮与地痞无赖差不多，是人世间的另类。他们处于社会的边缘，不算强者，却以欺负比他们更弱者为业。凡是正道君子，对泼皮无不恨之入骨，但又与他们纠缠不起，唯有避之则吉。泼皮无赖看准了正道君子对之惹不起的弱点，死缠烂打，往往得手。正人君子待人处事要顾及身份，扯不开情面，通常与人冲突的时候适可而止，可是泼皮无赖放下了廉耻，做事无所顾忌，为了一己私利，什么下三烂的手段都使得出来。与君子周旋，本身虽为下贱，却常常处于上风。

《水浒传》第五回所写，偌大一个相国寺，却奈何不得酸枣门外二三十个泼皮。这帮破落户弟子，别无产业，纠合一处，"泛常在园内偷盗菜蔬，靠着养身"，而"一个老和尚在那里住持，那里敢管他"。老和尚只会讲道理，只会告诉泼皮们，奸淫偷盗，诸恶之首。讲而不听，便只有默念"阿弥陀佛"了。泼皮们早已不讲廉耻，而老和尚讲道理，只怕是对牛弹琴。菜园子被"破落户侵害，纵放羊马"，相国寺分明是束手无策了。就在相国寺一筹莫展的时候，来了无处安置的鲁智深，便委任他做菜园的"菜头"，让鲁智深去收拾这个烂摊子。泼皮们不知鲁智深何许人也，照例祭起旧法，给新到者一个下马威，教他知道厉害，便好日后慢慢欺负。"等他来时，诱他去粪窖边，只做参贺他，双手抢住脚，翻筋斗撷那厮下粪窖去，只是小耍他。"岂知鲁智深在江湖行走多年，衙门公府不能行礼作揖如仪，岂不知泼皮们这等无赖手段？拜见那天，鲁智深看"这伙人不三不四，又不肯近前来，莫不要撷洒家？那厮却是倒来捋虎须"。等两个家伙前来抢脚，便迎向前去，左脚一个，右脚一个，为首的两个落到粪窖去，其余的只有俯首伏地求饶。鲁智深三两下功夫把前任老和尚办不成的事办成了，把相国寺多年心头病一下去除了。虽然诉诸暴力，但功劳不在仁义之下。有意思的是经此一役泼皮们归顺了鲁智深，仰视之为师傅，时常带来酒席请鲁智深痛饮。

  这个故事含义甚远，开卷君子切莫匆匆视之。泼皮之为人，其实是表现了人性的弱点：欺凌弱小而拜服强权。因为他们既然放下了廉耻，就说明泼皮的行为是不受道德律约束的。所谓放下"廉耻"二字，万事做得，这就是泼皮精神世界的写照。泼皮的世界观里没有善恶，只有强弱。凡受道德律约束的所作所为，泼皮都认为是放屁。泼皮的为人处世将自己放逐于道德世界之外，而将人间看成纯粹的"丛林的世界"。泼皮的处世准则是：凡是比自己弱小的，就欺负之；凡是比自己强大的，就拜服之。如果不幸遭遇泼皮，切记不要学老和尚，而要学鲁智深。我们生活的世界，有小泼皮，如鲁智深所遇到的；有大泼皮，如日本倭寇。我中华民族20世纪遭遇倭寇，就是千年一遇的泼皮。无论遇到大泼皮或小泼皮，其实都只有一个"揍"字。这层人生道理，又岂是东郭先生者流所知哉！

016 再论泼皮

泼皮神憎鬼厌，不仅在于平日横行市井欺负善良，还在于他们使用的手段匪夷所思，远非正道君子所能想象。就如《水浒传》第五回所写，酸枣门外的泼皮要教训初来乍到的鲁智深。一般人的预料，也就是摆开阵仗，来一个对决，胜者为王，败者服输。怎么也想不到泼皮们会使出其不意的偷袭手法，擷人下粪窖。表面上还以贺礼为装饰，迷惑对手。如果不是鲁智深行走江湖多年，怎识得破这等下三烂的手段？

泼皮以人所不能的手段，迭出奇招，往往能屈折对手，达到卑微的目的。曾听老一辈说，旧时天津的青皮寻衅闹事，勒索钱财，所使用的手段往往不是直接欺负冤主，而是以小事造成对抗局面，然后喊冤。如果对手不答应条件，泼皮即取刀当面剁下自己一节手指；如再不从，则再剁下一节手指。面对此等鲜血淋漓的场面，良善之辈只好自认倒霉，为青皮们所勒索。如今时见诸报端，城市流氓乘车主不备，身撞汽车，以身试险来勒索钱财。北方俗称之为"碰瓷"，正是当年天津青皮之流的手段。笔者在飞机上曾遇一类似的故事。一个衣着时髦、耳环如手指般粗的少妇，刚坐定即叫冷，让空姐拿毛毯。空姐回说毛毯没有了，把机舱温度调高一点吧。但飞机越飞越高，机舱却越来越冷。少妇佯称阅报，叫空姐拿报纸，却将报纸展开铺盖在身上，样子活像路边衣衫褴褛的乞丐。空姐见状，便主动拿来一条毛毯递给那个少妇，说刚找到一条。这件事情的真相无疑是空姐怕麻烦，不愿意拿毛毯给乘客，少妇只好智取：自己出丑，也让空姐不好意思，从而达到目的。但此等手段也不是每一个珍惜自己羽毛的人能够做得出来的。笔者看在眼里，意图虽无可非议，手段却有一丝无赖的意味。

中国社会人口繁庶，往往经过一段太平日子，即有人满之患。那些无业为生者或者好逸恶劳之辈就沦落为泼皮、无赖和流氓一类的人物。他们或者横行乡里，或者流窜于都市，结成团伙，以取他人的富贵为自己的富贵，取他人的钱财为自己的钱财，不事生产，专事勒索。这种取财无道的卑贱生涯养成了他们特有的"流氓气质"。不讲廉耻，放下尊严，随机应变，为达到目的不惜任何手段。泼皮和流氓是中国社会不可忽视的一股力量，这不仅在于他们的存在危害了正常的生产秩序，还在于他们的"流氓气质"对社会道德造成严重的侵害。因为泼皮们依循的生存法则在社会上也有市场，也能达到目的，于是引起无数"正人君子"的模仿和效法。君不见盘踞高位而长袖善舞者有之，手握重权而和尚打伞无法无天者有之。诗人的诗句可以为中国社会弥漫的"流氓气质"作证："卑鄙是卑鄙者的通行证，高尚是高尚者的墓志铭。"或者以为这只是社会一时的情形，而吾辈读史阅世，深知此等风气是随人口繁庶、经济发达而一同到来，如同蚁穴侵蚀长堤，它侵蚀社会健康的肌体。如若不能扫除荡涤，必酿成社会的大危机。

017　体制内外

《水浒传》第六回"花和尚倒拔垂杨柳　豹子头误入白虎堂"有一个场面写得相当传神，刻画了鲁智深和林冲两人截然不同的人生态度。话说林冲刚与鲁智深结拜为兄弟，侍女就来报信，娘子在庙前被人调戏。林冲赶紧跑过去，"把那后生肩胛只一扳过来，喝道：'调戏良人妻子，当得何罪！'恰待下拳打时，认的是本管高太尉螟蛉之子高衙内"，于是"先自手软了"，拳头当然没有打出去，只是"怒气未消，一双眼睁着瞅那高衙内"。鲁智深稍后赶来，"提着铁禅杖，引着那二三十个破落户，大踏步抢入庙来"。大概是看当事人并未动手，大为不满，对林冲道："你却怕他本官太尉，洒家怕他甚鸟！俺若撞见那撮鸟时，且教他吃洒家三百禅杖了去！"两人的表现判然有别。

按理说，鲁智深不是受害者，他风风火火要闹一场，只是出于路见不平而已。而林冲妻子被高衙内调戏，他却表现得如此没有血性，一定是内有苦衷。什么苦衷呢？其实林冲心里很明白："林冲本待要痛打那厮一顿，太尉面上须不好看。自古道：'不怕官，只怕管。'林冲不合吃着他的请受，权且让他这一次。"男儿的血性使林冲要挥拳痛打，但吃着请受又使他心存顾忌，软了下来。所谓吃着请受，就是领着朝廷一份俸禄，供着枪棒教头的职分养家糊口，而那个调戏妻子的恶少的父亲正是自己的顶头上司。这重关系让林冲强忍怒火，该发作的血性没有发作出来。

林冲与鲁智深的区别可以看作体制内与体制外的区别。鲁智深不过挂单在相国寺寄食，若是东京不能容身，再去别处也无妨。除了七尺之躯、一条禅杖之外，既无妻小，又无恒产。所以动起手来，极富"革命的彻底性"。这都是身在体制之外，无牵无挂的缘故。林冲就不同了，他有一份体面的职业，是朝廷的人，又有妻子屋宇、一众社会关系。身在体制之内，动起手来，自然有更多的避忌，缺乏"造反精神"。盖因人性趋利避害，不到走投无路，多不愿意拿身家性命来冒险。有鉴于此，历代统治者多以赏赐、利禄、官职来降服才华之士。这些赏赐、利禄、官职可统称之为"体制"。既纳入体制之内，那就是与朝廷休戚与共了，自然就不会"造反"。但凡事都有利与弊，纳入了体制，虽然得享荣华富贵，但英豪血性自然也消磨了不少。就如林冲，如果那一拳打下去，将事情闹大了，让高太尉知晓自己的衙内调戏良家妇女，也许会自知理亏，知难而退。林冲背着"体制"的包袱，正所谓姑息养奸，他日后遭遇妻离子散、家破人亡的惨局，谁又不谓事出有因？正如历代才华之士，为了利禄官职，将天赋聪明智慧付诸东流一样，令人扼腕长叹。

龚自珍当年感叹"著书都为稻粱谋"，但能著书之人岂皆是庸凡之辈？人之所以庸凡不光是因其聪明才智不足够——世间正多聪慧远胜一般的庸凡之人，更多是因其血性胆识不足而陷于庸凡。血性胆识不足则图蝇头小利，易为赏赐、利禄、名位所困。古今多少才智之士都着此魔道，白白换来晚年叹息。即如上梁山之前的林冲，揣着枪棒天下无双之才而过着屈辱的生涯。凭此可知，行走人间，胆识第一，才智尚在其后。

▶ 水浒丛话

018 林冲休妻

古代风俗赋予男子休妻的特权,如满足允许的条件可以单方面解除婚姻契约。《唐律疏议》中有所谓"七出":无子、淫佚、不事舅姑、口舌、盗窃、妒忌、恶疾。妻有以上任何一款,丈夫都可以写一纸休书了事。历史上有名的休妻事件当数陆游迫于母亲的压力休了爱妻唐琬,千古名词《钗头凤》据说就是陆游睹物思情,追念唐琬所作。

《水浒传》第七回也写了林冲休妻,不过林冲休妻不符合风俗所允许的条件。他休妻最直接的原因是高太尉的迫害。高衙内看中了林冲的妻子张氏,设局陷害林冲。一代武师,误入白虎堂,面临刺配沧州道的命运。临行前,林冲不忘安排私事,执意要写一纸休书给丈人张教头收留。老泰山责怪林冲过度激烈的反应:"贤婿,什么言语!你是天年不齐,遭了横事,又不是你作将出来的。今日权且去沧州躲灾避难,早晚天可怜见,放你回来时,依旧夫妻完聚。"意下以为林冲不必多此一举。

事实正是如此。征诸我们的日常经验,因历次社会变故而蒙受不白之冤的人,也有为了相互之好,不连累家人,而执意选择离婚,或脱离人伦关系之类。但最终并没有因此而得以保全对方,反倒是给与了更深的伤害。盖因人类的婚姻契约是终生的许诺,非同小可。任何外部力量的逼迫,都不应当是主动解除婚姻的理由。如因政治或刑事的原因而休妻,多少都有些不信任的成分存在,或者以此为借口而自我保全。这种不信任的行为多数会给对方造成意想不到的打击。林冲遭受迫害当头而休妻一事亦不能例外。

林冲因娇妻生得漂亮而与高太尉结怨，他自己知之甚深。高衙内一再调戏，终至于被诬以擅入白虎堂谋刺太尉的罪名，只有当事人林冲知道真实的原因。高太尉要谋的只是他的妻子，而他只是这个阴谋中的绊脚石。如果休了妻子，任从改嫁，那就一如他说的"如此林冲去得心稳，免得高衙内陷害"。这一层理由其实就是自保。而更深一层的理由是林冲不相信妻子张氏的忠贞之心，至少对这一点没有充分的信心。他向丈人提出休妻的理由之一是张氏"青春年少，休为林冲误了前程"。这话乍看似为对方着想，其实却是心理阴暗。怪不得他对前来送行的张氏的临别赠言是："万望娘子休等小人，有好头脑，自行招嫁，莫为林冲误了贤妻。"此情此景，所谓"有好头脑"云云，不是昭然若揭吗？无怪张氏听闻此言，只有长哭不休。人类的语言表达有甚微妙之处，对对方的怀疑、猜忌和不信任，往往不直接表露，而借助于关怀对方的方式表达出来。这是一个很好的例子。林冲自认很爱他的妻子，可是这种感情依然脆弱。一旦遇到危急的事态，恋情的脆弱性就表露无遗。

　　古代宗法制度的安排放大了女性性别的弱势，尤其是青春年少时或生儿育女之前，全靠父母或丈夫的保护。一旦失去保护，往往酿成悲剧。高衙内的调戏固然是主要原因，而林冲出于阴暗的心理不能信任自己刺配沧州道之后的张氏，也是张氏自尽的诱因。

019　　　　　　　杀人可恕，情理难容

话说林冲风雪山神庙之夜，先搠倒仇人陆谦，用脚踏住胸脯，喝出八个掷地有声的大字："杀人可恕，情理难容！"这句话前半句说自己，后半句指陆虞候。林冲本是一个有暴力倾向的人，以武为业自不必说，生得"豹头环眼，燕颔虎须"就显示从根性上不属善类。先前言行温文尔雅，只不过恋着一份体面的职业和小家欢乐。一旦遭受无妄之灾，小康生涯化作青烟飘散，人性深处的暴力和仇恨就喷薄而出。这个陆虞候是林冲生平所杀的第一个人，这一步一旦迈出去，他也知道再没有回头路了。当着何去何从的紧要关头，林冲以这八个字陈述自己的理由。

"杀人可恕"说的是自己满腔冤屈与不平之气，虽犯下了理当偿命之罪，但所作所为于情实在可恕。林冲所说的，正是中华法系的一个最大特点：情与理均衡的原则。法理并非衡量侵犯他人行为的全部，对他人的侵犯行为必须同时放在"情"的层面给予考量。像林冲之杀陆虞候，在"理"的方面虽然没有正当性，在"情"的方面却是真实的。林冲被逼到无法生存的地步才愤然出手，绝地反击，所以虽"杀人"而"可恕"。而这个陆虞候虽然并无犯杀人之罪，法理上并不至死，于情却无可宽恕，实在是"人渣"一类的人物。他之所以招致杀身之祸，实在是咎由自取，死有余辜。正如林冲所说，"情理难容"。

虞候是宋代的军职，约略在六品左右，属于中等层级。陆谦与林冲比邻而居，翻脸之前两人称兄道弟，本是好朋友。怎奈这个陆谦为了上司的衙内要勾引林冲的娇妻，竟然出借自家房舍设酒局勾引良家女子，还以朋友聚酒为名，亲自下手引开林冲。对朋友同事做下这等卑鄙的勾

当，一做而不足，非得再做，直至千里追踪，放火草料场，想烧死林冲。死到临头还以太尉差遣推托自家责任。怪不得林冲破口大骂："奸贼，我与你自幼相交，今日倒来害我，怎不干你事？且吃我一刀！"不用说陆虞候如此卖力替上司"摆平"林冲，无非是为了升官和钱财两途。故事虽然没有写陆谦怎样收钱，高太尉又怎样许以加官进爵，但若无乌纱帽与孔方兄，怎卖得人如此伤天害理？为了那些不属于做人本分应得的东西，竟然做出如此猪狗的行为。林冲的那一刀，毫无疑问就是"替天行道"，诛伐丑类。天地之间有浩荡天理流行。如果没有，我们也要在言辞上将它"制造"出来。如此才可能在法理管而不及的地方，令那些卑鄙龌龊如陆虞候之流生而心惊胆战，死而不得全尸。人世间虽非尽善尽美，但也是天理昭彰，多行不义，必招报应。

杀人偿命，这是一般原则，也是古代的法条，但我们读林冲的故事至此，并没有觉得他该偿命，反而给予十分的同情，就是因为他的遭遇实在太惨，于情可恕。对于伸张正义，不能仅看法条，必须参酌具体的情形。不能只看结果，必须究明原委。总之既问情，又讲理。在情理的均衡中，符合天理的正义才得以显现。

020 干一行，吃一行

写下这个题目才想到这句话很难翻译成英文，笔者尝试过几种译法，均不能表达出原句的言外之意。不信读者可以一试。但凡难译的句子，一般都属文化积淀深厚的。产生于不同文化土壤的外语，很难传神。这句"干一行，吃一行"的俗话，揭示了中国社会的痼疾：每一个公职行当都可以发展出供人长袖善舞、自谋利益的空间。只要掌握公权力或一丁点儿"拿住"他人之处，让他人必须求己，便能创造自利自肥的"潜规则"。如若有求之人不懂得守这行规，就有不测之灾。

《水浒传》第八回写林冲大难不死，被押送到沧州的牢城营里。甫到监房，就有一般的囚徒提醒他，要给管理监仓的管营、差拨送银子。"若是无钱，将你撇在土牢里，求生不生，求死不死。"林冲大概吃够了落难的苦头，面对小人的欺负，尽管有江湖名气很响的柴大官人的书札，也不敢以此自重。反倒没有半点英雄豪气，爽快按照规矩，管营十两，差拨五两乖乖献上了，才躲过了一百杀威棒。事后林冲说出千古英雄气短的一句话："有钱可以通神。"林冲所遭遇的，正是虎落平阳被犬欺。差拨不过是狱吏中的最低一级，无权之人奉职行事而已。这样的人也能从犯人那里榨出钱财，令人浩叹。

不要以为这仅仅是小说的虚构之词。清代桐城古文派的开山人物方苞因文字狱差一点儿丢命，坐过两年多康熙朝的大牢，写下《狱中杂记》，所写都是他亲历或听闻。抄一段以为佐证："凡死刑狱上，行刑者先俟于门外，使其党入索财物，名曰'斯罗'。富者就其戚属，贫则面语之。其极刑，曰：'顺我，即先刺心；否则四肢解尽，心犹不死。'其绞缢，曰：'顺我，始缢即气绝；否则三缢加别械，然后得死。'惟大辟无可要，然尤质其首。用此，富者赂数十百金，贫者亦罄衣装。"刑吏以不利于罪犯的处死手法为威胁，勒索家属钱财，其贪婪无良，手段毒辣，令人发指。不用说职业操守，就算半丝恻隐之心，亦不可见。方苞曾叩问狱吏，犯人贫富不均，能给出的钱多少不同，为什么一定要以钱数决定打杀威棒的多寡。得到的回答是："无差，谁为多与者？"如果不一以钱财为准绳，谁又会多给呢？换言之，为了尽量勒索到钱财，一定要保持多少钱免多少棒的威慑，否则就"公事公办"。

这里所举的例子可能极端了一点儿，因监狱是一个社会最为阴暗的部分，人性的肮脏亦最容易表露。在不讲人道、人权的时代，罪犯只被当作可供勒索钱财的物件。但是人性的贪婪并不能全部解释这种现象，因为其他公职行当也能轻而易举看到类似的利用职权自谋利益的做法，只不过程度不同而已，性质却是一样的。"干一行，吃一行"的习俗败坏了社会的各项事业，个人从中得了利益，社会的肌体却因此而衰朽、腐烂。

在以流官治理地方的郡县制出现之前，自西周"封土建侯"以来，统治的模式皆是层层分封，小封建主履行规定义务外，所封之地都由自己全权治理，财政、司法、人事一把抓。当时谓之"食邑"或"采邑"，后世谓之"庄园"。此种合经济、行政、司法功能于一体的管治模式，亦见于西藏民主改革之前，小的叫"庄园"，大的叫"宗"。地方虽非全国，但一手遮天，难免予取予求，鱼肉乡里百姓。待到秦大一统，郡县制施行，治理功能有所分化，流官无从世代盘踞。然而"封土建侯"遗留下的"食邑原理"却渗透进入郡县新体制，流官法吏虽无从以治理的疆土为"食邑"，却依然能够以所掌控治理的功能系统为自己的"食邑"。利益所得的大小以权力掌握的大小和所掌控的"食邑"肥瘦为转移。朝廷对此除了敦劝道德昌明廉耻和严刑峻法之外，几乎毫无办法。敦劝廉耻需要人的自觉，而严刑峻法需要及时发现。但是遍于国中盘踞各处大大小小"食邑"的"土皇帝"，莫说难以发现，就算已经知晓，不到恶贯满盈激起民愤，也是除之不尽。以所掌控的功能系统为获取个人利益的"食邑",此种行为现代经济学叫作"寻租"。人类社会大概只要有权力存在,便有寻租行为。防微杜渐之途在于制度的安排讲究权力的监督与制衡。古代世界制度安排相对简单,漏洞千疮百孔,故有"干一行,吃一行"的习俗。

021　林冲杀人之后

林冲"逼上梁山"的故事大家耳熟能详，它在中文的语境里甚至已经成语化，意指因压迫而走上反抗道路，也就是革命伦理之造反有理的最好证明。上梁山总是被逼，哪里有压迫哪里就有反抗，这被认为是天经地义的。但是如果我们仅仅抱着这种眼光看林冲上梁山的故事，那就不如施耐庵对人性的见解深刻了。施耐庵的笔触是细腻而微妙的，他对林冲被逼至生命绝境之后的一系列反抗举动的描写，包含了对人性深刻的洞见，值得在此处发扬光大。

暴力通常不会没有原因。这原因也有正当的，暴力也有它存在的理由。但是暴力也是一条不归路，一旦踏上，人性美好的一面便退而隐匿，兽性即可能大行其道。通常以反抗的正当性为名号的暴力行为的背后，便充满了横蛮和残忍。林冲绰号"豹子头"，即影射他天性中的横蛮和残忍。手刃仇人之前，我们看不到他身上的"豹性"，其实不是林冲没有"豹性"，而是隐而未发。手刃仇人是一个契机，让他身上的"豹性"喷射而出，踏上以暴力处世的不归路。

话说林冲杀了陆谦一干人，草料场火光冲天，英雄已是没有退路。漫天大雪下，"林冲投东去了两个更次"。"两个更次"即相当于四个小时。此时的林冲又饿又累，更兼逃命之身，好不容易望见一个草屋内有人烤火。他便进去，而众人也应允让他烤火暖身。但林冲随即提出另一个要求，将身边携带的碎银子换些酒吃。庄客不允，理由是寒冷天时，众人正待些微酒水以御寒，不够分与林冲。平心而论，庄客并无不妥，虽说周济他人困厄为美德，但亦当量力而行。众庄客与林冲素昧平生，已经让他烤火了，就算在待人处世上有所交代，而不肯换酒，也是人之常情。林冲本该适可而止，但他执意要换，三言两语便说得对方不高兴了。林冲首先挑衅，"把手中枪，看着块焰焰着的火柴头，望老庄家脸上只一挑，又把枪去火炉里只一搅，那老庄家的髭须焰焰的烧着，众庄客都跳将起来"。结果当然是乱成一团，林冲仗着武艺高强，小胜众庄客。不过风雪严寒天时，任是林冲多么英雄也行而不远。他"跟跟跄跄，捉脚不住"，摔倒在雪地里，被众庄客拿住。林冲的挑衅实在毫无理性，而且德行有亏。身处弱势而寻衅强者，兼且得寸进尺，小人之心，而恩将仇报，这也不是江湖好汉应有的所作所为。此时的林冲与先前的林冲已经大不一样了，他走上了以暴力求生的路。在他的世界里，从此抹去了善恶和是非，而只有胜负。他要做一个胜者，而枪棒本事是他唯一的凭借。

  这个故事或许使我们对不幸有更深的认识。不幸者是值得同情的，但不幸者也由此将人性中的暴戾、横蛮和残忍发泄出来，从而带给这个世界更深的道德灾难。《水浒传》是一部大书。所谓大书也包含复杂的含义在内，既有正面宣扬暴力，褒扬滥杀无辜的地方，也有对暴力隐微的反讽和道德谴责。原因是成书的过程漫长，渗入各方的价值观。《水浒传》作者虽署名施耐庵，但施耐庵是复数而不是单数的，就像荷马一样。

022 小旋风柴进是什么人

林冲上梁山之前就结识了柴进，火烧草料场之后走投无路，又是柴进修书介绍林冲投身梁山泊。落难的好汉最需要有人庇护，指点前程，而早年的柴进就专做招纳天下好汉，提供酒食安身之事。在《水浒传》中，柴进的身份有点儿特别，是前朝大周的遗裔。因宋承周命，宋太祖敕赐誓书铁券，北周遗裔得享非一般臣民的特权，无人敢欺负他。但柴进尽做让朝廷不高兴的事情，"专一招集天下往来的好汉，三五十个养在家中"。他除了招贤纳士，结识各路豪杰之外，就是纵乐游猎。表面看，柴进确是仪表不凡的人物，"生得龙眉凤目，皓齿朱唇，三牙掩口髭须，三十四五年纪"。这个柴进大约靠着祖产庄园，不愁没有钱粮酒食使唤。

中国社会的政治结构，一向偏于集权，而基层生活仰赖宗族的管束。偏于集权则意味着掌管权力就掌管了绝对的资源，而掌管了绝对的资源也就意味着人皆欲取而代之。特别是风吹草动的时候，就出现"无数英雄竞折腰"的局面。集权的社会表面看铁板一块，实际上暗潮涌动。这个不事生产、以招贤纳士为务的柴进，就是涌动暗潮的一部分。他一面收养数十个好汉，一面与梁山泊上王伦一伙暗通款曲，绝不是一种出于同情心的慈善行为，而是一种窥测天下动向的投资行为。如果机遇不合，他就隐匿民间，过他平静的逸乐生活，若一朝风云突变，他和受过他周济的好汉就会结成为一股势力，走向取而代之的揭竿之路。柴进用他的财富来投资，这投资所得不是更多的财富，而是梦寐以求的权力。柴进上梁山之前不以武功见长，但因为前朝遗裔的资格和早期"投资正确"，到水浒英雄排座次的时候，他属天贵星，排名第十，是掌管钱粮的头领，也就是梁山的"财政部长"。

柴进的做法可以和历史上许多豪强好汉的做法相印证。历代的豪杰在正式亮出造反的旗帜之前，通常都有一段广交天下、招贤纳士的经历。《三国志·蜀书》谓刘备举义旗之前，"少语言，善下人，喜怒不形于色。好交结豪侠，年少争附之。中山大商张世平、苏双等赀累千金，贩马周旋于涿郡，见而异之，乃多与之金财。先主由是得用合徒众"。刘备虽是中山靖王之后，但早已"五世而斩"。早年与母亲织席子卖度日。但刘备不忘传统手法，交结天下豪杰。功夫不负有心人，终于得到富商资助，有本钱来招降纳叛，结党成势。可以推测，"桃园结义"所以排得首位而称大哥，不独因其辈分，亦因其有财。《旧唐书》说高祖李渊起事前，"倜傥豁达，任性真率，宽仁容众，无贵贱咸得其欢心"。李渊雄霸一方，而尤有儒家的品德，恐怕不是本性使然，而是暗中窥测，积聚力量，所以要广结众心。而所用的方法，想必与柴进差不多。有财斯有人，这个道理并不复杂。

集权的程度高，意味着有权好办事。越好办事，意味着权力的吸引力越大。人生千投资万投资，不如在这上面投资。一个社会如果在这方面最能吸引有识之士，那就难免形成《水浒传》描写的二元局面：能够侥幸进入体制的，如高俅、蔡太师之流，穷尽其力沿着权力的阶梯以取得最大权力为人生鹄的；那些不能进入体制序列的，如宋江、晁盖、柴进之流，日思夜想有朝一日"取那一套富贵"。故有平日广结各路豪杰，饮酒欢宴，招贤纳士之举，一到时机成熟，便结成死党，颠覆社会秩序。其实在传统社会中，如柴进这样以好交结四面八方人物为志业的好汉，才是潜藏于社会基层的不安定因素。

▶ 水浒丛话

023　山寨政治与王伦

梁山这个水泊山寨前后有三个头领，最不济事的是王伦。他有位无才，身不配命，终至于死在林冲的刀下。王伦的下场替我们打开了一扇观察山寨政治的窗口。山寨虽然同为人间，却与我们生活的人间别有不同。落了草，成了寇，建立起别样的社会。因为与官府对抗，山寨社会生存压力特别大，随时面临官军围剿，有灭顶之灾，紧迫性十分强。这种社会待人处世的准则，与我们生活的日常社会十分不同。比如我们在办公室，常见同事之间相互提防，相互嫉妒，甚至相互拆台。这虽然影响公司和事业的进展，但究竟无伤大雅。因为它只会影响同事之间的人际关系，而不会对公司和事业构成根本的伤害。任何一个人间机构都有能力承受这种"内部损耗"。正是这种人间社会的承受力，让我们保持了自己的某种个性，哪怕它不太受欢迎。山寨社会却不能这样，成员之间相互提防和嫉妒，意味的不仅仅是不协调，还是末日的来临。山寨固然敞开大门欢迎落草，但是既然选择落草，便要不求同生只求同死。这就是山寨政治的首要原则，而作为山寨头领的王伦恰恰不懂得这个原则。王伦对山寨政治来说，是一个识字的白痴。

王伦出身于不第秀才，早年也和无数士子一样，怀了一个"一朝成名天下知"的梦想，却经历了"十年寒窗无人问"。他命途多舛，考而不第。用他的话说，"因鸟气，合着杜迁来这里落草"。这说明他的本性不属强盗，阴差阳错做了强盗，又与强盗的生涯没有完全的认同。施耐庵给他取的绰号"白衣秀士"正点明了他的本性。这个白衣秀士拿正常社会待人处事准则用到山寨社会，怪不得引起林冲那么大的反感。林冲投奔王伦，按江湖的话说，是看得起他，而王伦对此毫无知觉。林冲央求入伙，他心里想的却是："他是京师禁军教头，必然好武艺。倘若被他识破我们手段，他须占强，我们如何迎敌？"王伦先拿银子相送，以为推托的手段。后在林冲再三恳求，表明心迹，"当以一死向前，并无谄佞"之后，王伦又以加盟山寨必须献上"投名状"为刁难。直到杨志到来，王伦想的还是"不如我做个人情，并留了杨志，与他作敌"。作为头领，他想的不是山寨的事业，而只是他个人的名位，心胸确实太狭隘了。这在正常的社会尚可容忍，在山寨社会却是万万不行。

比较一下《史记》所写郦食其求见刘邦："沛公方踞床，使两女子洗足。郦生不拜，长揖，曰：'足下必欲诛无道秦，不宜踞见长者。'于是沛公起，摄衣谢之，延上坐。"刘邦与王伦都是揭竿造反的头领，但胸怀举止，相距何止千万里。山寨社会，四面环敌，特别需要"无我"，特别强调"上下一心"。故历代能成大事的豪杰，一要隐忍，二要广纳英豪，三要胸怀大志。如王伦此种小角色，将山寨当成自家的小庭院来讨生活，嫉贤妒能，拒纳林冲这样有才的好汉入伙，人们多将之归结为个人品德问题，然而德行的背后却是认知问题。白衣秀士王伦未能对山寨社会的特性、寨情存个透彻的解会。故宜刘邦广有天下，而王伦只落得人头落地的收场。

024　杨志与牛二

　　杨志卖刀而遭遇牛二的故事，是《水浒传》写得最好的故事之一。比起人们耳熟能详的"鲁智深拳打镇关西""武松打虎"等故事毫无逊色，值得仔细玩味。牛二是《水浒传》中最有个性的泼皮，而杨志也是《水浒传》中很有性格的豪杰，英雄遭遇泼皮就生出意味深长的故事。

　　泼皮虽然缺德无行，人见人憎，在生存上却有很大的优势。正如俗话所说，放下"廉耻"二字，万事做得。泼皮就是放下廉耻的人，既无廉耻也就可以随心所欲了。杨志见识牛二是在东京的大街上，忽然看见街两边的人都跑入巷内躲避，人群乱窜，口里说道："快躲了！大虫来也！"开封的良民将牛二比作老虎，老虎吃人，焉有不躲之理？杨志立住脚看时，"只见远远地黑凛凛一条大汉，吃得半醉，一步一撷撞将来"。这个绰号"没毛大虫"的牛二，"专在街上撒泼、行凶、撞闹，连为几头官司，开封府也治他不下，以此满城人见那厮来，都躲了"。这真是一段奇文，如果不是亲历，笔者也不相信官府有时也拿泼皮没办法。多年以前，笔者去找任职派出所的朋友，正好撞见捉回一个作奸犯科的泼皮。那泼皮甫到派出所，立即从口袋里掏出一枚寸多长的铁钉，吞咽下肚，随即在地上打滚，叫喊连连。当班警员不知如何是好，眼见是审问不了了，送去医院救治，又无如许人力。我那朋友急中生智，大喝一声"滚蛋"。话音刚落，那泼厮嗖地爬起，一溜烟就跑得不见踪影了。法治虽严，泼皮居然也能这样钻空子，真是天下之大，无奇不有。

　　中国社会讲究礼义廉耻，忠厚孝顺。一般民众的行为，多有道德的避忌。即便小德出入，也为舆论所不允许。只要不是兵燹流离的乱世，中国社会当然是布满良民的世界。多数人的行为有所避忌，待人处世处处息事宁人，避免惹事上身，这正好给放下廉耻的泼皮留下了生存的空间。泼皮不作大恶，罪不至死，官府不会处处盯住，而小奸小恶的侵犯对象，又是一般的良民百姓，既抱了惹不起躲得起的心态，泼皮犯恶就同如入无人之境了。民谚有云，饿死胆小的，撑死胆大的。胆大而撑死的，多数就是那些泼皮。杨志从梁山脱身，本想好好做人，不玷污父母的遗体，与祖宗争口气。这种心态与林冲为了"投名状"而杀无辜者截然有别。杨志一心向善，毫无杀心，但万万想不到的是，这也成了他斗不过牛二的原因。牛二以其撒泼，捏住了杨志的软肋，把杨志逼到毫无转圜余地的墙角。善良的杨志面临一个两难的选择，要不犯下杀人的官司，要不接受牛二三十文出价卖价值三千贯的祖传宝刀与他。前者是犯罪，后者是蒙受耻辱。杨志英雄就在于他宁愿犯罪服刑，也绝不吞下屈辱的苦果。牛二则半生顺遂，一朝失手。平时敲诈勒索惯了，偌大一个东京地面，毫无对手。如同老鼠走惯米路，谁知撞在英雄杨志手里，宁可服刑，不可屈辱。杨志手起刀落，割了牛二这个泼皮。正应了"自作孽不可活"这句千古格言。

024　杨志与牛二

汴京城楊志賣刀

025 林冲何以逃脱追捕

《老子》有言,"天网恢恢,疏而不漏"。讲的是报应不爽的道理,似乎老天自有公正,但征诸社会的现实人生,则往往不能做到"不漏"。无论好人坏人,当几回"漏网之鱼",其实很常见。《水浒传》写林冲遭山神庙之厄后一路逃亡,到了柴进的庄子。柴进一力相助,修书介绍他到梁山入伙,权且栖身。但是官府已经布下天罗地网,去梁山必经的沧州道口,官府已经张挂榜文,派人把守。林冲即使逃脱草料场大火,也是凶多吉少了。但是官府的妙算却被柴进轻而易举就化解了。他将林冲夹带在打猎的行伍里,到了沧州道口,还调侃把守的军官:"我这一伙人内,中间夹带着林冲,你缘何不认得?"柴进说的是实话,军官却以为是笑话。原因就在于负有捉拿林冲责任的军官与柴进相熟,柴进在一方水土也是有头有面之人,不时你来我往。军官吃过柴进打来的野味,柴进也少不得在军官的驻地休憩。于是在相熟的氛围下,官府严肃的通缉,化作熟人之间的说笑抛到九洲洋外。军官请柴进上马过关,柴进则报以"拿得野味,回来相送"。

光从这细节看,不存在什么腐败因素。军官是渎职了,却渎职得浑然不觉。柴进也没有刻意收买,全凭熟人的情谊和脸面。中国社会是一个人情味十分浓的社会,在它的制度和行事风格里面,既有不讲情面的理性成分,也有以情面为准则的地方。秦汉以后就有"王子犯法,与庶民同罪"的惯例。就如缉拿林冲,一纸公文下来,各处官府丝毫不敢怠慢,若果窝藏或渎职被发现,治罪起来可能很严重。应该说,越到社会组织的上层,理性的成分就越多一些,越是基层,人情、乡谊的味道就越浓一些。站在官府的立场会觉得凡事讲人情讲关系，阻碍了事业的推动，使得政令不能畅通无阻，施政意图不能贯彻，于是人情关系的讲究成了很大的弱点。

　　晚清和五四时代先驱们提倡"军国民主义"，反思民间生活一盘散沙、一团和气，就是针对这种弱点。不过笔者觉得凡事都有两面，讲人情看起来似乎不够"现代"，但是如果社会生活现代到像二战中的德国，是不是也很可怕？或者像日本社会那样井井有条但也索然寡味？中国民间社会所以有趣，便在于人情和关系将"天网"的网眼撑得很大，使我们这些鱼儿得一些自由自在和人间的温暖。"文革"的时候，我的父母被批斗，父亲被关在孤洲上，而看管我母亲的阿婶直觉母亲不是坏人，虽然母亲被褫夺了公职，但她仍然称母亲为"同志"，时常乘着夜色，利用他人看管的疏忽，用小艇载母亲渡过河洲，与父亲短暂会面。这位阿婶如今已是老婆婆了。但如果不是她，我的父母未必过得了"文革"之厄。人生坎坷而世情冷暖，这种来自淳朴天性的人间温馨，是中国社会最可爱的地方。尽管不够理性，但端看用在何处。用在本不该误的事，误了，那就是人情误事，但用在可误之事，则是点亮人间的灯火。

026 取那一套富贵

揭竿造反的原因何在？笼统答曰逼上梁山。但仔细看来，施耐庵提供了一个远为复杂的答案。典型的逼上梁山的个案其实只有林冲一人。鲁智深是好汉本色，不是官府所逼。他从仗义行侠开始而陷入与官府对抗的局面，这不能说是为他人所迫，只能认为是天性使然。至于史进、柴进一流人物本身就不安本分，天性中充满了"反骨相"，已经过着的太平日子不为所取，时候一到，啸聚成群，卷入造反的大军之中，毫不奇怪。逼上梁山的遭遇，与他们似毫不相干。怪不得金圣叹说，柴进绰号小旋风"言其能旋恶物聚于一处故也"。至于杨志、秦明等人是公事渎职在先，又不能舍生取义在后，故而终至于流落水泊安身。而武松和宋江则是由愤于私仇开始，犯下杀人大罪，丢了公职，经历了坎坷才与梁山挂上了钩。通观他们的际遇，与逼上梁山的"逼"字，毫无瓜葛。倒是他们本性中的一腔热血，或者说好汉活泼泼的一条生命无处发落，冥冥之中指引他们曲曲折折地通往造反揭竿之途。

《水浒传》写得极为生动的另一个造反缘起的版本就是晁盖一伙七星聚义行劫生辰纲的故事，这是一个经过密谋的有组织、有计划、有纲领的行动。这个故事若是放在今天，就是黑社会罪案故事。但是施耐庵没有简单地写成一个罪案，而是写成一个"因义而聚"的造反故事。这是他的高明之处，好让我们透过这个故事进而理解历史上无数斩木揭竿行动中的人性。

七人之中，刘唐、公孙胜属于流氓无产者，身无分文，闯荡四方。无论人生的安顿，还是过上一种较好的生活，他们都迫切需要找到一个归宿。所以他们对行劫生辰纲一事最为积极主动，江湖上打探得消息，马上来找素不相识的晁盖，说是"特来送一套富贵"予晁盖，策动晁盖带头"做一回"。打渔为生的三阮虽然不是餐餐有酒有肉，但总算是有正当的营生，要放下小艇渔网开启打家劫舍的生涯，也还是需要做动员工作的。正因这样才需要吴用亲自出马，先教他们饮酒食肉，当甜忆苦，再刺激他们的欲望，向往"成瓮吃酒，大块吃肉"的生活，经一番教育对比，于是才下了决心，合伙做一场。至于吴用，本是东塾教书先生，日子不饥不寒，但亦无从大富大贵。因为稍知诗书而求用世，养成了那种见风使舵的投机性格。当他听闻晁盖有事商议后，马上吩咐"先生今日有干，权放一日假"，扬长投机而去。七人中最耐人寻味的是晁盖，他本是一方庄主，不缺富贵，还要取那一套富贵干什么？只能解释为他平生不以银子为职志，有比金钱富贵更为远大的志向。的确，他不是普通的财主，例如他不娶妻，不好色，平日"最爱刺枪使棒"，"终日只是打熬筋骨"，又为人"仗义疏财"，交结好汉。看来是一个天生的造反胚胎，时机一到，他与其余六人一拍即合，盖事出有因也。

七星聚义组成的队伍代表了要在社会边缘聚集势力所需要的三股力量。晁盖代表豪气胆识，吴用代表谋略聪明，其余五人代表鹰犬爪牙。若要成事，三者缺一不可。都说是官逼民反，将责任推到官府上去，但从《水浒传》所写看来，落实到真凭实据的官逼民反仅林冲一桩。倒是不安于富贵，内心另有大志，或者想暴得钱财，过花天酒地日子的不轨之心作祟，是酿成种种斩木揭竿事端的共同原因。官府蒙了不白之冤。

027 造反有理

将自己的行为合理化是人皆有之的恒久不易的冲动，造反者也不例外。晁盖等七人密谋行劫十万贯生辰纲，不但在朝廷，就算在民间，也一样被视为弥天大罪。造反者自然要创造一套说辞，去抵抗通行的社会舆论。说辞的重要性不但在于鼓舞自己，也在于争取一般民众。有道是夺取政权既靠"枪杆子"也靠"笔杆子"，如无笔杆子助威鼓舞，枪杆子也会日久生锈，不大好使。

观晁盖一伙编造说辞的手法，也无非像历史上那些揭竿造反者一样，一方面依靠奇迹来佐证自己的行动符合天意，另一方面申明造反的逻辑，与社会的舆论分庭抗礼。当赤发鬼刘唐不远千里"特来送一套富贵"给晁盖，与刘唐、吴用商议要不要取这一套富贵的时候，晁盖说出了自己的梦兆："我昨夜梦见北斗七星，直坠在我屋脊上，斗柄上另有一颗小星，化道白光去了。我想星照本家，安得不利？"北斗在古人眼里是众星拱卫的主星，正所谓天上的星星朝北斗。主星落入自家屋脊，当是苍天垂象、授命斯人的征兆。刚好刘唐前来报信，人事与天象吻合，给晁盖打了一强心针。奇迹在造反中具有特别的重要性，根源在于人类迷信的本性。夺人天下乃是一个生死决定，虽然前景诱人，但下场如何，生死未卜，极其需要理性所不能解释的奇迹加强正面的心理暗示，以帮助坚定意志，鼓舞斗心。这也是古代建立造反的正当性的屡试不爽的方法。既然苍天垂象，这也说明取那一套富贵，不能等同于强盗行劫，而是一项符合天意的神圣行动。

晁盖说梦之前，刘唐也说了一套造反有理的逻辑："小弟想此一套是不义之财，取之何碍！"就算"天理知之，也不为罪"。再看吴用等六人当着晁盖之面的誓词："梁中书在北京害民，诈得钱物，却把去东京与蔡太师庆生辰，此一等正是不义之财。我等六人中，但有私意者，天诛地灭，神明鉴察。"语言虽然简洁，却将造反道理的神髓讲了出来。造反的正当性是建立在对象的非正当性的基础上的，就是说对象的非正当性提供了造反正当性的前提。要问造反为什么合理，就是因为你不合理。梁中书不仁不义在先，吾等任何回应的行为，就天然不用究问仁不仁、义不义了。岂但不用究问，况且自然符合天意。

晁盖等人的造反逻辑本属荒唐。首先他人的不义是不是可以成为自身行为辩护的理由？答案当然是不可以。梁中书的生辰纲如何取得，《水浒传》并无交代。即便是"诈得钱物"，也与七人毫不相干。怎的取了这"不义之财"就自然成了正义呢？这种以他人的不义为自身行为张目的思考逻辑在传统社会大有市场。民间有"你做初一，我做十五"的讲法。"七星聚义"便是如此，梁中书做了"初一"，晁盖诸人便要做"十五"。以他人的不义作为自己行为合理的理由，此种民情理念是中国社会建立法治的大碍。法治所追究的是事情本身的正当与否，任何事情本身之外者都不能成为辩护的理由。晁盖等人信服的造反逻辑是一种典型的前现代的思考方式，其结果是使得理性、讲求程序地改进我们社会的弊端变得更加艰难。

▶ 水浒丛话

028 成瓮吃酒，大块吃肉

读《水浒传》十四回"吴学究说三阮撞筹"，看到毫无机心的三阮在吴用一步一步的诱惑下，说出心中的向往，不禁拍案叫绝。且看三阮的理想社会："不怕天，不怕地，不怕官司，论秤分金银，异样穿绸锦，成瓮吃酒，大块吃肉，如何不快活？"笔者最强烈的感想就是三阮幼稚得可爱，幼稚到几乎不识人间为何物。只有为穷魔折磨的人才会真心向往那不可能的乌托邦。吴学究来到三阮住的石碣村"发动群众"，"只见枯桩上缆着数只小渔船，疏篱外晒着一张破渔网"，"约有十数间草房"，而居长的阮小二，"头戴一顶破头巾，身穿一领旧衣服，赤着双脚"。三阮是典型的平民百姓，过着半饥半寒的生活，只有他们才会说出如此简洁明快的向往，也才会被有心计的人诱惑。怪不得吴用听罢"暗暗地欢喜"，说道"正好用计了"。生活里常有纯朴的人为狡猾的人所利用，三阮入了吴用的圈套，不过是无数实例中的一例。

话分两头。"成瓮吃酒，大块吃肉"，在局限条件下还是有可能实现的。上山之后的庆功饮宴，其实都是三阮当年心目中的"成瓮吃酒，大块吃肉"理想的实现。唯独"不怕天，不怕地，不怕官司"，在任何时候都是海市蜃楼，可望不可即。此处的"官司"，不是指打官司的官司，而是指官府有司。人类为社会性动物，任何个体的生存和行动都离不开组织和集体。当然这个组织和集体可以是官府有司，但也可以是家族、集团等组织。三阮幻想无拘无束，肆意任为，如果只针对官府横征暴敛，还多少有点现实的根据。但他们把它当成可以追求的社会目标，就太幼稚了。三阮要摆脱官府，第一步乃是"七星聚义"，拜晁盖为头领，当着新头领的面起"但有私意者，天地诛灭"的毒誓。这不是才脱虎口，又入狼窝吗？三阮可以不怕徽宗皇帝的官府，但不能不怕聚义厅、忠义堂的官府。可以不怕梁中书、蔡太师，但不能不怕晁头领、宋堂主。日后决定招安大计的时候，三阮虽有微词，但也口禁不能言。这就证明当初的向往，一开始就不能兑现，后来更是破产。三阮的"三不怕"是典型的民粹主义理想。农耕社会人贴近大地自然，飞鸟虫鱼的觅食游踪往往被理解成人内心向往的优哉游哉，秩序和官府被理解成随心任性的束缚，于是低度发展的农耕时代反倒成为民粹理想生长的肥沃土壤。

论秤分金银，大碗吃酒肉，虽有荒唐之处，但此种向往强调"兄弟情谊"在生活中的价值，确有可爱之处。民间所谓"有福同享，有祸同当"便与这种价值观天然契合。但是仔细一想，人类的生活不可避免要理性和感情相互兼顾。既然要讲理性，兄弟情谊有时也要让路，一厢情愿地追求兄弟情谊在生活中的地位，也必然使得这种关系不能持续维系。三阮经历征方腊的兄弟凋零，小二、小五战殁，独剩小七。由"成瓮吃酒，大块吃肉"的生活变成跪拜如仪的朝廷命官的生活。阮小七虽任天都军统制，但被揭发穿过方腊的"赭黄袍"，后被褫夺官诰，复为庶民，"带了老母，回还梁山泊石碣村，依旧打鱼为生"。受吴用诱惑，从石碣村"起跑"，上山为寇，下山为官，终为庶民，又回到"起跑线"。一场富贵，春梦耳。三阮的故事成为对造反生涯所追求的乌托邦的深刻反讽。

028　戚瓮吃酒，大块吃肉

029 山寨的出路

山寨是古代世界割据称王的地方。要问什么人来割据称王，那当然是社会上人生不得志而要逞一时之快的众好汉了。在这个意义上，山寨就不是一两个好汉或一伙好汉的，而是天下所有好汉的，山寨必须向所有好汉开放门户，欢迎愿意前来的好汉借山寨安身立命，有福同享，有难同当。因为朝廷和社会源源不断地制造出不得志而要逞一时之快的人，他们需要落草，需要逃避官府的追捕，如果先来者贪恋山寨的安逸而拒绝后来者的请求，那就有违山寨世界的"道德法则"而导致火拼事件。虽然可以占山为王，但那"王"却不能视"山"为自己的"山头"。如果有武大郎开店的心态，山寨之王的末日也就不远了。

《水浒传》写得最有声有色的火拼事件是晁盖伙同林冲火拼王伦，鲁智深、杨志火拼二龙山的邓龙。王伦勉强接受了林冲入伙，惹得林冲一肚子窝囊气，如今晁盖等七人又要加入，王伦自然不愿意。而在二龙山创下基业的邓龙也不是一个眼光长远的好汉，他与央求入伙的鲁智深打将起来，气得鲁智深在山门之下日夜叫骂。邓龙与王伦最终的下场是身首异处，为千古英雄耻笑。但是细细想来，他们做事并非没有理由，而且他们的理由还是有其合理性的。割据称王毕竟是挑战朝廷的权威，如果称王者没有取人天下之志，那就最好小本经营，不要将事情搞大。事情闹大了，多人入伙，虽然人多力量大，但也树大招风。如果弄到与朝廷对决的地步，是凶是吉，还是未知之数。对于需要苟安的好汉来说，最好的选择当然是小打小闹，疥癣之痒朝廷也许就得过且过，做强盗而得善终又有何不妥？《水浒传》写邓龙与王伦两人心胸狭窄，不容英雄。

若加以推测，这小肚鸡肠的背后，未始没有这种虽然落草为寇，但也求个安稳长久的考虑在内。问题是事物的逻辑不能容纳这种如意的个人考虑。既然走上占山为王的道路，也就必然身不由己。你是好汉，他人也是好汉。你要落草，他人也要落草。凭什么你占了山头就不让别人来？

　　由此可知，割据称王做山寨头领是一条不归路，它本身有自己的加速惯性，不由得当事人的主观意志。不论造反当头的好汉怎么想，既然上了山，那山寨必然就是一个天下好汉逃逋的渊薮。这个渊薮只有三条出路：其一被官军剿灭；其二如《水浒传》所写，"杀人放火受招安"；其三由此出发，"杀去东京，夺了鸟位"。这三条出路都有一个共通点：由小团伙的事业逐渐变成大团伙的事业，直至它们的共同归宿——不是灭亡就是烟消云散。被官军剿灭，这是历史上为数众多揭竿而起者的结局。"杀人放火受招安"的事，也所在多有。问题是招安了，性质就变了，成为官军的一部分，自然就背叛了当初的理想。当初的造反走到了自己的对立面。至于"杀去东京，夺了鸟位"，则要看力量对比、运气和带头大哥的智谋。古代史上真正白手起家而能"夺了鸟位"的就只有汉高祖和明太祖两家。无数不甘压迫和胸有大志的好汉所追求的有福同享、有难同当，以及阮氏三雄向往的成瓮吃酒、大块吃肉的生活，只不过是走向上述三种不同下场过程中短暂的一瞬，转眼就会灰飞烟灭。其根本原因在于它们不是常态的人类生活。

▶ 水浒丛话

030 杨志何以被劫生辰纲

杨志似乎是一个运气不太好的人。先是押送花石纲翻船失落获罪，朝廷才赦免，他收集一担金银财帛以便回去打点，路上遇到林冲要他的脑袋作"投名状"。逃生回来，又被高俅赶出殿帅府。身无分文，正要卖掉家传宝刀，又遇到不知死活的牛二。后刺配大名府，刚受梁中书委以重任，押送生辰纲，又被晁盖一伙用计劫去。本是名门勇将之后，一心想博个封妻荫子，与祖宗争口气，怎奈有心无命，只能落草为寇。

杨志有过失败的教训，深知山寨盗贼的厉害，领受重任之前本已极其谨慎。他向梁中书提出两个条件：第一要隐蔽而行，不可大张旗鼓；第二路途一切他说了算，否则不干。梁中书都依他说的去做了，可最后还是不成。古今评点第一好手金圣叹读罢《水浒传》第十五回"杨志押送金银担 吴用智取生辰纲"之后大发感慨，为千古英雄痛失扬名立万的好时机而鸣不平。金氏将杨志的失败归咎于梁中书不能全心全意信任杨志，致使杨志多所牵制。他说"夫一夫专制，可以将千军；两人牵羊，未有不僵于路者也"。言外之意，生辰纲被劫从杨志一方来论，也就是两人牵羊的恶果了。征诸文本，其实不然。生辰纲之被劫，恰好反过来是"一夫专制"导致的后果。金圣叹借杨志而鸣不平，其实是夫子自道。

梁中书照单全收杨志押送生辰纲的条件后，杨志的内心其实非常在乎。除了责任重大之外，关键在于梁中书许诺杨志，"另修一封书在中间，太师跟前，重重保你受道敕命回来"。这道敕命对杨志一洗窝囊，实现封妻荫子的愿望十分重要。他不仅是为梁中书卖命，也是为自己的前途而挣扎。挣扎难免要用力，而杨志恰恰是用力过度。因为"一夫专制",所有的责任都是杨志一个人扛,他人看得这事儿与自己没有干系。一人热情高涨,众人却意兴阑珊。一人兢兢业业,众人却事不关己。这样的事态很难避免不幸的结果。甫一出行,杨志就对挑担的军汉施行暴力统治,"轻则痛骂,重则藤条便打,逼赶要行"。开始一段是大路,为了赶时间,五更便要起行。后来是荒村僻野,就要"辰牌起身,申时便歇",大约相当于早上七时到傍晚六时。正好是气温最高的暑热时候,并不准中午歇息。如是这般,挑担的军汉好似拉车的牲口,杨志则好似赶车的主人。他对他的"牲口",一路粗言詈骂,一路藤条抽打。走了半个月,"没一个不怨怅杨志"。一直走到中计的黄泥冈,众军汉实在走不动了,"杨志拿起藤条,劈头劈脑打去,打得这个起来,那个睡倒,杨志无可奈何"。事情到了这个份上,其实已经是无可收拾了,晁盖一伙不过是略施奸计而已。

  杨志由于迷信"一夫专制",滥施暴力,导致众人离心离德,这才是生辰纲被劫的内在原因。押送财物千里行走,是一项处于高度敌意环境之中的事情。要克服高度敌意的环境必须同心同德,群策群力。高度敌意环境而催生的众人意见表达是谓"军事民主",它与由分权与制衡衍生出来的民主不是同一件事。世人仅识后者而不识前者。其实中国古代"军事民主"的传统是非常深厚的。《孙子》云,"知胜有五",即满足五个条件就可以取胜。其中之一为"上下同欲者胜",上下同心,目标一致,方可得胜。"军事民主"即为造就上下同欲的途径。在生死相依、休戚与共的环境氛围下,参与者的愿望和意见表达不仅会得到尊重,而且也必须得到尊重。杨志的失败在于将押送生辰纲当成自己封妻荫子的个人之事,有福不同享,有难则只懂责备下属。他的"一夫专制",除了独断,更要命的是自私自利,引得众军汉离心离德。如果他能懂得悠久的"军事民主"传统,体恤众军汉,将梁中书的赏银分与众人,财散人聚,吴用一流的雕虫小技即便杨志不能识破,他人亦必看穿,"智取"的伎俩必不能得逞。

031 老千的伎俩

吴用"智取"了生辰纲，算是初出茅庐便大有斩获。生辰纲之当取不当取，那是另一个问题，观其所谓"智取"，其实也不过就是一些老千的伎俩。与其沿用旧说，谓之官逼民反，农民起义，不如谓之鸡鸣狗盗，劫掠钱财。

大凡老千以求得逞，总是离不开如下两招：一曰乘虚而入，二曰使障眼法。吴用的"智取"也是如此，与我们在当今社会观察到的老千手法，并无两样。假设小说所写，反映了当时社会一定程度的真实面貌，那吴用就可以称作老千的师爷或前辈了。杨志一行十五人，除了都管和两个虞候，其余军汉个个硕壮，能打能斗，杨志更是武功了得，而晁盖一伙八人，不仅武功不及，且人数也是劣势，忖度不能以力胜得杨志，便改以"智取"。吴用的第一招便是乘虚而入。乘什么虚呢？不是乘不备之虚，而是乘你有所求之虚。古人云，无欲则刚，若是没有所求，任是怎么高明的老千，都不能得逞。发现你的欲望和所求，是所有老千都要做的第一步。吴用设计，在暑热季节中一天最热的时刻，以一担水酒来引诱杨志一行人上钩。本来这是很低级的一招，杨志稍微为一行军汉着想，自带水喝，便不会受其引诱。无奈杨志一心想着立功，对众人的暑热干渴毫不在意。当队伍行到荒山野岭的黄泥冈，白胜所挑的那一担水酒，就成了极大的诱惑。人一有欲，便不能刚正，就有受骗上当的可能。古今中外，多少吃亏上当者，都栽在老千的邪诱之下。话又说回来，如果杨志是爱众军汉如子的领队，区区一担水酒，又怎么能蒙翻一行人呢？

光引诱是不够的，无论多少，人皆有警惕之心。老千要做的，便是耍一些手段，使对手放松警惕，以为安全，这样就彻底把对手诱进笼子里了。最常见的手段就是使"托儿"，吴用也不例外。在东溪村与晁盖结义的七人，本与黄泥冈安乐村的白胜是一伙人，这回却装着互不相识。七人伪装枣贩子路过，饮了白胜的水酒，麻痹了杨志一行人，以为酒中并无蒙汗药，谁知被吴用暗中做了手脚。本来七人做的这个"托儿"，也算不得高明。因为杨志一行有十五人，着一二人先饮，其余戒备，看过后果再做打算，就可以破解这种"托儿"设局。其实这并不是事后诸葛亮。"托儿"蒙蔽一个人，还好说，蒙蔽一行人，那就太不应该。因为独力难支，难免一时放松警惕，如此多人，又众人一心，则必能相互提醒而防患于未然。杨志那一行人，恰恰又是离心离德。别人都不拿护送生辰纲当回事儿，只有杨志想着立功封妻荫子，于是不顾众人死活瞎指挥，酿成了败局。归根结底，不是吴用高明，而是杨志处事不当。民谚说，物必先腐然后虫生。老千得逞，亦多是兆自内因。

032　　　　　　　　　　府尹的"高招"

有道是，人为财死，鸟为食亡。这句民谚说出了人失去了道德热情而生存在世的实相，人生没有高尚的目标，只剩下碌碌求财。事实上，官府的腐败也是如此，食官禄的大小臣工，承平日久，逐渐失去了为苍生百姓做事的热情，而仅仅懂得为自己加官进爵，为自己求财。朝廷对此束手无策，治国无方，只能将计就计，用官禄、财帛吸引那些愿意为自己效劳的人。这些眼中只有钱财的人爬到大大小小的官任上，便只会作威作福，仅求一己的私利，将朝廷的太平日子变作民怨沸腾的天下。

生辰纲之被劫对当朝蔡太师来说，本是一件好事。这是一个警示，提醒他这种干犯民怨的事情不可一而再、再而三地做。可是他偏偏没有这个觉悟，反倒破口大骂："去年将我女婿送来的礼物，打劫去了，至今未获，今年又来无礼，如何干罢！"他的所谓办法无非就是督责下属，限期破案捉拿人犯之类。蔡太师派了一个府干，即太师府的幕僚到案发的济州府督察破案。他设下大限，十天之内破不了案，就要请府尹"去沙门岛走一遭"。沙门岛在山东对开蓬莱的海上，据《宋史·刑法志》，是宋代流放犯罪官员的地方。以十天为期，府尹不能破案的下场就是流放沙门岛。这一惊吓当然非同小可，府尹因先前不曾捉到贼人已经焦虑不已，今番太师府幕僚督战，更是五内俱焚。这个济州府尹也不是一盏省油的灯，是一个蔡太师一样的"贼官"。一事当前不是想怎样办好一件公事，而是想到自己的官位得来不易，不能丢官。他教训手下："我自进士出身，历任到这一郡诸侯，非同容易。"意思是一路爬升，付出不少代价，好不容易有今天安逸的日子，绝不能败在这事情上。可见他做这个府尹,唯一在乎的是官位财帛,只要保得住自己,什么手段他毫不计较。但是像这个府尹一样寡德鲜能的人,又怎样想得出破案的方法?济州府尹只有同蔡太师一样,严责下属,他相信"上不紧则下慢",以十日为期破案。府尹干脆叫文笔匠过来,在缉捕使臣何涛"脸上刺下'迭配……州'字样,空着甚处州名"。理由是"你是个缉捕使臣,倒不用心,以致祸及于我"。蔡太师以流放威吓府尹,府尹以刺配威吓缉捕使臣,这种朝廷命官用以解决问题的方法真是匪夷所思。

  中国历史上屡见朝代更迭,但一个朝代是怎样衰朽的呢?当然有很多大道理,如承平日久,生口繁庶而田地不加增,又如气候变迁,水旱不收,再如蝗虫洪水地震,以至流民遍野,这些都是超过人事努力而无可奈何的天灾人祸。然而如果讲朴素的观察,则要从上下大小衙门内里讲起,原因千条万条,归根到底第一条,就是那些像蔡太师、济州府尹一样的大小臣工一天一天多起来,而恭谨勤政的官员一天一天少下去。米缸大时,有几条蛀虫并无碍大局,但是蛀虫越来越多,子子孙孙繁殖起来,再大的米缸也会让蛀虫食光。替公家办事的心淡下去就是蛀虫出现的征兆,大小臣工再无替公家办事的心,于是名义上替公家办事,实质蜕变成替自己求财求禄。一旦地方有事,唯有层层督责,签责任状。仪式看似庄严肃穆,实质十足羔雁之具,毫无内容。因为督责到最底层,办事的人事不关己,如同和尚撞钟,你又奈何他不得,朝政遂鱼烂而不可收拾。《水浒传》的这一段文字,正是此种局面十分生动的写照。

033 天下谁人不爱财

金银钱财是每个人生活的依赖，若是没有了它，日子便不能过下去。所以一般而论，假定普天之下人人都爱财，是没有什么大错的。正因人人所急取，而一旦你能做到人取我弃，反其道而行之，则一定能获得好名声。正所谓有财斯有人，你肯散财，就会有人跟你走，就会有人集合到你的旗帜之下。不爱钱财这种品质是一种做头领的品质。庸俗的人不会相信天底下还有人不爱钱财，可是做头领的人就是不爱钱财的人。不信的话，可以读一读《水浒传》晁盖、宋江的故事，这不仅是虚构的故事，更是生活事实的镜子。

《水浒传》写了三个头领，王伦、晁盖和宋江。小说写到王伦两次送银子，第一次是打发林冲下山，王伦送出五十两白银。第二次是拒绝晁盖七人入伙，王伦又捧出"五锭大银"。按古代每锭五十两计，王伦捧出的是二百五十两白银。可见王伦之为人，也不能算太过吝啬。可惜的是场合不对，人家不是来求财，而他只以银子去打发别人，当然落得个嫉贤妒能的恶名。而晁盖和宋江都有一个共同的品质，就是仗义疏财。所谓仗义就是别人需要帮助的时候施以援手，所谓疏财就是出手大方，送人银子。晁盖"专爱结识天下好汉，但有人来投奔他的，不论好歹，便留在庄上住；若要去时，又将银两赍助他起身"。七人结义商谈完打劫生辰纲，晁盖就取出三十两银子送予三阮，"权表薄意"。宋江比之晁盖更有过之而无不及。他三教九流，无不接纳，"若要起身，尽力资助，端的是挥金似土"。赍助别人到了挥金似土的程度，估计也是天下少有。怪不得当地的好汉都叫这个生得"面黑身矮"的人作"及时雨"，"把他比做天上下的及时雨一般，能救万物"。

晁盖和宋江都是不一般的人，当然他们的不一般首先要自己有银子，否则便无从仗义疏财。晁盖是本乡的富户，又是村的保正，即村长。自己有一个农庄，还有不少庄客。宋江在郓城做押司，虽是管租税、文案的胥吏，但宋时的吏职，也一般是由富户子弟中挑选。小说没有写宋太公有多奢华，但提到他们"守些田园过活"，想必不是仅供自己衣食而过活的人。可以说晁盖和宋江都是当地的有钱人。他们的不一般在于他们能够透识人性，知道芸芸众生活在人世间无非追求一时快活，而要一时快活则非银子不可。金钱是这个社会的紧缺资源，人人都喜欢拥有它。于是不缺银子的他们便可以利用银子来聚拢那些追求者，使之成为达到自己权力目标的工具。晁盖和宋江是江湖好汉，但又不是一般的好汉。一般的好汉像鲁智深那样，只是打抱不平。晁盖和宋江则有一个更大的野心，他们的野心驱使他们用银子罗致那些单纯的好汉。如果我们不想被他人利用，正应该警惕那些不爱钱财和手不沾钱的人。

简言之，施耐庵写出两种好汉。一种如鲁智深，他是古代侠客传统的传承，行走江湖，路见不平便拔刀相助，与所犯之人，素无冤仇。而另一种好汉如晁盖、宋江，出于自己的居心，洒金钱，结金兰之义，以利用前一种好汉，达成拥有自己势力的目的。可以称之为好汉中的好汉，也就是好汉中的带头大哥。

034　天网恢恢

《水浒传》十七回有一个情节，读后令笔者对古代社会有耳目一新的感受，古代社会的治安管理居然可以这样绵密。话说生辰纲被劫，消息传出，官府上下乱了方寸。蔡太师破口大骂，梁中书恼羞成怒，济州府尹急得如热锅上的蚂蚁，全部压力落在了缉捕使臣何涛身上。正在一筹莫展之际，亲弟的话令他眼前一亮。原来弟弟好赌，折了本钱，就到城外乡间的客店代职抄写，好挣得一些赌资。《水浒传》成书的时代，就已经存在这样的治安管理制度："官司行下文书来，着落本村，但凡开客店的，须要置立文簿，一面上用勘合印信。每夜有客商来歇宿，须要问他：'那里来？何处去？姓甚名谁？做甚买卖？'都要抄写在簿子上。官司察照时，每月一次，去里正处报名。"滥赌的弟弟帮人抄写之际，恰好就遇到晁盖一伙伪装贩枣商人求宿，因此知悉内情。

《水浒传》此处所写显然不是凭空虚构的，这涉及当时的住宿登记制度和客店住宿的惯例。虚构得如此具体，连细节也清晰不误，是不大可能的。这段文字显然应该被当作社会史料的文献来看待才合理。德国社会学家马克斯·韦伯曾经感叹古代中国管理社会的科层组织发育得如此之早，远远走在西方社会的前面。欧洲管理社会的科层组织亦即它的现代官僚制度，是自资本主义成长特别是工业革命以来才逐步建立起来的。而古代中国远在公元前两个世纪的秦始皇时代，就实现了辽阔地域的中央集权加文官统治。当时的科层制度可能比较粗糙，以后逐步健全。两汉南北朝时期有察举制，隋唐之后更建立了科举制以为选拔官员的制度补充，使得官僚统治有可能落实到社会的最基层。国家制度就像巨型的跨国公司那样，透过层层的分级代理，从中央到路州府县，甚至草根村落，都有国家力量的代表。一般认为，保甲制度创自北宋王安石。当然，保长甲长不算政府官员，但他们兼有官府的职守。只要这套制度本身不腐败，做起事情来，效率还是很惊人的。因为令行禁止，可以直通基层。这在欧洲的中世纪，绝对做不到。

由此想到历史学家黄仁宇广为流传的说法，谓古代制度不曾做到"数目字管理"。他的判断迷倒不少读者，然而愚以为这个判断需要具体分析，否则有冤枉古人的嫌疑。看看《水浒传》上述所写，客店住宿，人员往来，文书簿子，登记在案，连最底层的民间人员流动，都有登记检查制度，这不算数目字的管理，还算什么？问题是这套数目字的管理在古代是建立在"人治"基础上的，所以它的效率经常要打折扣。打折扣的原因不是制度不健全，而是健全的制度发挥不出它实际的功效。因为执行这制度的是人，人不配合，纵有万全的制度，也不能实现制度的目标。说到底，是制度遭遇人，而不是制度不健全。黄仁宇的判断建立在一个不言自明的前提下，以为制度健全即可有效地运转。征诸古代的实例，非也。仅仅从制度看问题，迷信制度万能，是有偏差的。人和制度的互动，构成真实的人类生活。人的因素一旦介入进来，价值观、风俗、行为习惯等自然就在起作用。如果它们能够配合制度，制度就能实现其动能，如果不能配合制度，制度便为之虚设。人是有差别的，今日勤政，就做得好些；明日倦怠，就可能废弛。新官上任，就另起炉灶，德政善行，随之东流。就如《水浒传》这个例子，制度已经绵密无间。缉捕使臣何涛已经透过这套"数目字上的管理"制度，侦查得知是晁盖一伙劫去生辰纲，但缉拿人犯之举还是失败。原因就是缉捕文书落在宋江手上，"宋公明私放晁天王"。奈何？这个失败明明不是单纯制度的失败，而是健全的制度遭遇人为的失败。结论就是光有制度并不能自动保证施政按照制度的意图保持一贯。在观察中国古代中央集权加文官统治制度实际运作的时候，还当记取孔夫子的话："人存政举，人亡政息。"绵延二千多年的中央集权和文官制度，并非在所有方面都不能做到"数目字上的管理"。它的失败不能仅仅归咎为不能做到"数目字上的管理"。

035 晁盖逃脱说明了什么

晁盖为人仗义疏财，出手大方，交结天下好汉，在东溪村盘踞经营多年，终于在危难的时刻收到了丰厚的回报，从官府追捕中逃脱。他的逃脱应该说是一件可能性很大的事情，而官府要缉拿他，难上加难。因为晁盖平日待人处世应了古谚的教导："留得五湖明月在，不愁无处下金钩。"平日肯手松散财，自然交结得一帮义气好汉，等到自己落难，肯来帮忙的人就多了。读罢《水浒传》"宋公明私放晁天王"，就可知其实即使宋江不暗中传递官府追捕的消息予晁盖，官府亦未必拿得住他。因为郓城县的两个都头朱仝和雷横都是晁盖交结的朋友。知县令他们两人带捕快，去东溪村捉拿人犯。"朱仝有心要放晁盖"，而"雷横亦有心要救晁盖"。两个直接的执行人都徇公徇私，官府又怎能遂愿？

晁盖的逃脱可以说明中国社会的公领域和私领域经常存在不能吻合的情形。公领域通行的一套原则与私领域通行的一套原则有时甚至相互冲突。然而作为一个社会人，既生活于公领域而又生活于私领域，那他就必须视情形而分别实行两套不同的原则。当公私领域重合的时候，道德上当然有杀身成仁和大义灭亲的提倡。但由于公领域相对离个体比较遥远，关系不密切，而私领域更加真实，于是往往就演成徇私情、枉公事的场面。例如食官之禄，忠官之事，是公领域的通行原则。雷横在不识刘唐为何人的时候，非常忠于职守，看见这个卧在灵官殿上的光身醉汉，就觉得可疑，捉拿起来，但一听说是晁盖的表亲，就将他放了。宋江平日"刀笔精通，吏道纯熟"，至少是一个合格的押司。但一听说官府捉拿晁盖，就肚里思量："晁盖是我心腹弟兄，……我不救他时，捕获将去，性命便休了！"公私冲突的当前，两人都是放下公事，以朋友熟人的义气为重。所谓忠义不能两全，就是指的这种情形。

若要拿这一点与日本社会相比，就显得很不同。日本有"义理人情"的说法，义理即人情，人情即义理，两者完全打通，无分彼此。作为个人，只能生活在一个完整的"义理人情"的世界。例如在公司任职，无论你有多强烈的辞职愿望，社会惯例是任满三年才符合"义理人情"的要求。若是早早辞职，再找工作的时候，一定会遇到麻烦。因为别人不会接受你，你的私情不足以成为违反公义的理由。假如在中国也有这样的社会惯例，找个熟人说项，或者编造一个私人理由，想必别人也能接受。最典型表明私情与公义应当重合的著名事件是发生于1701年的赤穗事件。赤穗藩的四十七名武士为家主浅野报仇，事件震动江户幕府，论者中两边意见对立。因复仇是符合武士社会伦理的，但若无罪释放，幕府所提倡的公义权威即无从服众。幕府延宕数月，最终以大儒荻生徂徕的意见为是，"义为洁己之道，法为天下规矩，若以私害公，则此后无以立法"。最后由幕府下令四十七士切腹自裁，既顾全武士复仇道德，也保全幕府公义的权威。应该说，无论日本社会还是中国社会，公私两个领域通行的伦理守则都是有差异的，但日本存在将它们贯穿起来的伦理要求，力求达成一致，不如中国古代社会，有些时候可以并行不悖。这里的并行不悖，不是说两套伦理没有矛盾，而是一事当前，应该执行哪一套伦理原则，端看个体处于一种什么情形。同一个人，既可以秉公办事，公事公办，又可以徇私舞弊，枉法利己。从公的方面说，社会对个人有各种伦理道德操守的要求，但是这些要求如果与私领域的人际感情相冲突，往往就会被放在一边。因为私领域遵行的伦理原则，在人们实际生活中具有相当的地位，舆论也会对此给予正面的评价。朱仝与雷横明明干犯官府的王法，但江湖的风评却是"讲义气"的好汉。

036　林冲恩将仇报

初读《水浒传》十八回"林冲水寨大并火"也许觉得痛快，但再一细读，却看见悲哀。好汉们在酒宴欢场演了一出火并的好戏，而好戏传递出来的却是人性的自私与残忍。王伦固然是一个心胸狭窄的人，他因穷酸落第而走上造反的路，本身已经注定是一个悲剧。不过梁山这个山头由他和杜迁、宋万创下，不干谁，也不犯谁。不容他人入伙，关起门来享山寨之福，虽然不是长久之计，但也无可厚非。因为除了官府，王伦的做法并不伤害别人。从交朋结友的道义讲，王伦欢纳别人入伙是人情，婉拒别人入伙是道理。

如果王伦九泉有知，一定会后悔当初为什么没有执意拒绝林冲入伙，正是他的书生犹豫，先拒后迎，埋下了引狼入室的隐患，导致了日后的杀身之祸。自从林冲遭遇草料场大火，他的性格和为人处世方式就发生了变化，官府施与的不公平和迫害，使他领悟了一个道理：要生存，靠暴力。朋友之义可以放在一边，一切都是便宜行事，诉诸武力解决。王伦对当初走投无路的林冲，不论先前怎样刻薄过、拒绝过，都可以说是他的恩人。在后有追兵、前路茫茫的情形下，梁山之上小有规模的王伦收留了他，让他坐了第四把交椅，也算于林冲有恩了。按常理，林冲当怀有感恩之心才是。但事实相反，林冲对于王伦不但没有半点感恩，记住的只有被索取"投名状"时受到的侮辱与辛酸。林冲武夫出身，王伦本是读书之人。两人的出身背景不同，实质"同是天涯沦落人"。林冲从京城尊贵显赫的教头沦落为绿林好汉，王伦从读书君子沦落为山寨群盗的头领。两人的人生道路本来南辕北辙，而最终在梁山聚义厅上聚首，背后都有一个辛酸难言的故事。即使没有同命相怜的感应，也应该有休戚与共的山寨情分才对，但看林冲酒宴火并骂出来的话，两人一点儿情分都没有。林冲还专挑王伦的痛处骂："量你是个落第穷儒，胸中又没文学，怎做得山寨之主！"又骂道："你是一个村野穷儒，亏了杜迁得到这里。……你这嫉贤妒能的贼，不杀了，要你何用！你也无大量大才，也做不得山寨之主！"

　　林冲的恶言，也不是没有半分道理。王伦的确有其位，无其才，德望不符其位，但林冲的愤怒里透露出来的"阶级意识"，充满了刻薄寡恩的褊狭。在林冲的眼里，两人同是沦落，他虽然教头做不成了，但一身武艺，在绿林丛中还有安身立命的本钱，而王伦一介书生，一旦落第，就半文不值，不死何用。可是无论如何，王伦罪不至死。王伦虽然是"穷儒"兼"落第"，但也不应该是曾受人恩的林冲所当讽刺挖苦的。当初胆小温厚的林冲，在几番强盗生涯的历练下，变成了胆大包天兼且刻薄寡恩的林冲。上山造反本意当是社会的公义和公平，怎料得社会尚未改变，自己就在此一过程中变成一个唯武力是尚的杀戮机器。

037 林冲为何不坐第一把交椅

林冲火并了王伦，立下首功，如论功行赏，他坐聚义厅第一把交椅，当是顺理成章。林冲突如其来的行动，已经降服了王伦原来的手下，如杜迁、宋万，他们已经表示"愿随哥哥执鞭坠镫"。而晁盖等人，新来入伙，照例不会横生是非。不论是虚情还是假意，王伦人头落地，吴用即推过交椅，说道："今日扶林教头为山寨之主。"林冲如果肯坐，至少暂时无人敢有异议。

林冲当然推脱不坐第一，他给出的第一个理由是"义气"："我今日只为众豪杰义气为重上头，火并了这不仁之贼，实无心要谋此位。今日吴兄却让此第一位与林冲坐，岂不惹天下英雄耻笑？"这个理由其实是站不住脚的，因为晁盖一伙从前与林冲并不相识，初来乍到，于林冲无恩典亦无瓜葛，何来"义气"一说？双方推托得多了，林冲终于说出真实的理由："据着我胸襟胆气，焉敢拒敌官军，他日剪除君侧元凶首恶？今有晁兄，仗义疏财，智勇足备，方今天下人闻其名，无有不伏。"原来林冲有自知之明，自己造反的胆气比不过晁盖，故知难而退。

我们知道，任何人间社会都会存在不满秩序的人，存在因不满而导致各种不认同或反抗的行为。但人的胆气确有大小不同，俗话说胆小如鼠，又说胆大包天，可见人的性情气质可以相距甚远。不满而胆小的人，只会做一些小偷小摸的勾当。胆子稍大的，就会去做强盗。但强盗又分大盗小盗。小盗只会鱼肉善良百姓，如同鲁智深深恶痛绝的小地痞无赖的行径。大盗才敢明火执仗，拦路抢劫，甚至冲撞官府也在所不惜。观林冲从一个良善之辈而被"逼上梁山"，他对官府的怨气是非常大的，但无论怎样，他造反的胆气都未能达到"彻底革命"的程度。这个胸襟有限的天性他是改不了的。不管林冲有多少不满，他的胆气也就在小盗和大盗之间。拦路抢劫，杀人放火之事是敢做了，但"拒敌官军"就不敢。晁盖上山之前被官军追捕，他们一伙人和追随的庄客在芦荡水泊与官军对峙，将数百追兵杀得大败而回。想必是这一幕震动了林冲，相比起来，自己的头领王伦何等猥琐，何等不成气象，投靠了这等人，又怎么可以长久安身！更想起昔日王伦对自己的刁难和侮辱，不如趁晁盖到来的机会，杀旧迎新，投靠新主人。林冲的动机正好迎合了晁盖、吴用"夺泊"的野心。如果说一个人的胆气意味着该人的"命"的话，林冲的命就是合该无坐第一把交椅的命。

林冲虽然没有去坐第一把交椅，但是他的火并行径却奠定了他日后山寨"造反元勋"的地位。梁山的事业由小到大，入伙加盟的各路英雄源源不断。英雄之中，原来官位有比他高的，上山的本钱有比他大的，但他的位置却始终没有动摇。排座次的时候，林冲位居第六，武人之中仅次于大刀关胜。林冲得享高位，除了贡献，与他有"让位"的自知之明极有关系。人世间，有人争而头破血流，有人不争而稳如泰山。林冲一介武夫，大概没有读过《老子》，但显然他也懂得老子"不争而善胜"的道理。

038　也说吴用坐第二把交椅

　　社会学家萨孟武曾经写过一篇很有意思的文章，叫作《吴用为什么只能坐第二把交椅》。大意说中国历史上能坐第一把交椅的，只有两种人，一种是贵族豪强，另一种是流氓光棍。前者财雄势大，有所凭借。离乱动荡之世，很容易便割据称王，最后夺取政权，东汉光武、杨隋、李唐和赵宋，均是这等例子。而流氓光棍，无所凭借，勇往直前，在中国历史上也能火中取栗，乱中夺权，汉高祖、明太祖便是其例。而饱读诗书、满腹治国安邦经纶大策的儒生，反倒不能坐第一把交椅，只配做帝皇家的谋臣军师，位列第二。《水浒传》的吴用，是其象征。这种观察应该说是符合中国社会实际情形的。

　　不过古今亦多有不服气的人，以为安邦治国的学问，以儒生为第一，吾儒有何不可就坐第一把交椅。孔子后世有一名号，叫作"素王"，无疑是儒生给他取的，即意味着第一把交椅。雍正年间的儒生曾静《知新录》说："皇帝合该是吾学中儒者做，不该把世路上英雄做。周末局变，在位多不知学，尽是世路中英雄，甚者老奸巨猾，即谚所谓光棍也。若论正位，春秋时皇帝该孔子做，战国时皇帝该孟子做，秦以后皇帝该程、朱做，明末皇帝该吕子做。今都被豪强占据去了。吾儒最会做皇帝，世路上英雄他哪晓得做甚皇帝。"这个曾静算是白读历史了，他不明白一个简单的道理，满腹经纶和坐第一把交椅是两件完全不同的事情。怪不得雍正说他发"狂怪丧心之论"。坐第一把交椅最重要敢树立旗帜，要有担当，有决断。看吴用便是全无这种品质。吴用外号"智多星"，表字学究，上山之前，以开馆授徒为生，方圆之内算得上最有学问智谋的人了。但是学问智谋之为物，其价值只有在掌控运用中才显露出来。思想得学问智谋是一事，运用得学问智谋是另一事。吴用只会思想得学问智谋，却从来不会主动运用这些学问智谋。盖学问智谋运用得，首先必须运用得人，组织起队伍实现其目标。如果做不到后者，学问智谋只是一纸空论。吴用于后者无丝毫才干，亦无丝毫兴趣。学问智谋对于吴用来说，只是"待售"的东西，正所谓学好经纶策，货予帝王家。就像刘唐探知生辰纲，只会去找晁盖这样的人，绝不会去找吴用。吴用是晁盖这种人去找来的。因为他虽有智谋，却不是扯旗帜的人物。只有旗帜已经树立，晁盖觉得生辰纲大事可为，之后才想到找吴用。林冲在聚义厅上安排座次，也是晁盖坐过第一之后，道"学究先生在此，便请做军师，执掌兵权，调用将校，须坐第二位"。

学问智谋在中国社会里一直就是第二位的角色，而以学问智谋为使命的人只能坐第二把交椅也就不难理解了。也许有感于此，《水浒传》的作者以"无用"的谐音给这个足智多谋的军师起名"吴用"，不仅十分恰当，而且含义深远。若是坐第一把交椅的人既有豪杰揭竿的大志，又有学问智谋的本领，那第二把交椅就不必吴用这样的人来坐了。马克斯·韦伯说的卡里斯马型领袖就是既有大志又有学问智谋的人，本身就是晁盖和吴用的合体。单纯的学问智谋就它自身来说是毫无用处的，就像一颗没有人买的珠宝，无从体现它的价值。学问智谋只有别人用了它，才显出它的价值，就像珠宝戴在美人身上，才熠熠生辉。如果要论位置的高下，当然是人第一，珠宝第二了。曾静不明白这个道理，以"合该"来代替冷静的历史观察，只显出自己的幼稚无知。

039　流官守土

秦汉之后中国实现了中央王权的划一控制，这也就是人们说的中央集权亦即大一统。中央集权的精髓在于各级官员的层级任命，不再像春秋时代那样，诸侯独霸一方，管治兼是土地的领有者。由于各级官员接受任命而来，接受调令而去，他们与接受职务的那片土地并无更深刻的领有关系，于是后来被形象地称为"流官"。土地是不动的，而土地之上的管理者则是川流不息的，就像水面上的浮萍，随水而流动，朝廷把他们任命到哪里，他们就在哪里奉命行事，食朝廷的俸禄，尽忠朝廷的职事。

在这种制度下，各级地方官员只扮演代理者的角色，他们不是所治理的土地的领属人。就是说，官员不需要领属他们所治理的土地，而只需要把所代理的那份职责做好，就叫作尽忠职守了。因为官员要随时流动，今天在这里做官，明天就可能奉调到别处了，这就不容易发展出超越代理者所能拥有的利益。比如不容易将管治的土地当成自己的领地来经营，简言之，不容易违抗上命，裂土称王。因此这种制度的好处是能够实现广袤土地的管治。古代秦汉帝国的规模，比得上罗马帝国。而罗马帝国在六、七世纪蛮族入侵之后，一蹶不振，分崩离析。而中国靠根深蒂固的流官政治传统，王朝统治一代又一代，始终屹立不倒。若论何以维持一个广袤的统一局面，则不能不归结为这种具有中国特色的集权下的流官制。

然而人间制度有一利则必有一弊。流官制对于朝政划一、令行禁止，有莫大的好处。但是官员随任随迁，对于当地百姓的福祉切身体会度不足，又衍生出难以消除的弊端。大道理讲爱民如子，实际上怕就怕以百姓为刍狗。原因就在于流官只是代理者，他们对于地方管治、建设的考虑，好的也只是从朝廷的视角来考虑，不好的当然就只从自己的升迁来考虑了。流官本不归属他们管治的土地，不像百姓生于斯、老于斯、死于斯，所以也就天然地缺少从领属者的角度考虑问题的习惯。从制度上看，流官的"根"在朝廷，而不是根扎于地方。要将流官制的好处发挥出来而避免其弊端，就全看得人不得人，全靠任职官员本身的道德觉悟。若真逢着个爱民如子的父母官，则一方百姓受益不尽；若遇到个苟且贪婪的命官，百姓只好自求多福。得人与不得人，属于"组织路线"问题，"组织路线"也能决定朝廷的命运，其奥秘就在于流官制的代理性质。民意在这个大一统的政治架构下，不是层层上递的，而是直接汇集于最高的顶层，然后通过流官制，层层下递执行。代理者是否心领神会，是否专心用命，是否贪渎枉政，深刻地影响到朝廷统治的保质期。

《水浒传》第十九回写到济州府尹派兵进剿梁山晁盖，团练使黄安被俘，全军覆没。府尹听报后的第一反应是"肚里正怀着鬼胎，没个道理处"。此处的所谓"鬼胎"当然就是所谓三十六计。大败当前，首先思量脚底抹油，如何脱身脱责。因为一走了之，才能一笔勾销。府尹的当前一念便是流官的本性使然。这个想法却是枉屈了朝廷剿平山贼的大政。刚好这时传来新官上任的报说，府尹正中下怀，马不停蹄交割走人了事。当新府尹知道地面上有一伙强人要他来收拾，不好办了，便想："蔡太师将这件勾当抬举我，却是此等地面，这般府分。……却怎生奈何？"可见这个新官从他处来到此地上任，也是一个只想"勾当"，安排享乐的货色。只是他原以为蔡太师提拔他，却没想到给了一根难啃的鸡肋。朝廷任用的官员，上至蔡太师，下至这个府尹，都是怀抱私心不肯用命的流官，"组织路线"一塌糊涂，朝廷的命运也就好不到哪里了。

040 事情做半截

中国社会号称礼仪之邦，人与人之间的交朋结友，十分讲究洒扫应对、周全得体。社会的复杂、人情的微妙，使得这种应对之道在礼仪之邦有时像炉火纯青的艺术品一样，令人叹为观止。"事情做半截"，就是应对之道的艺术之一。所谓"事情做半截"是指别人向你表示谢意或请求，你却处于受也难、不受也难的两难处境时的一种应对方法。

话说晁盖一伙全靠宋江仗义，得保全性命，一来火并了山头，二来打败了官军，在水泊梁山过起占山为王的快活日子。于是知恩图报，遣派赤发鬼刘唐携带一百两金子和书信，来郓城面谢宋江。这番好意却给宋江带来了性命攸关的大难题。宋江是一个公家人，而晁盖一伙却是与官府为敌的强盗山贼。宋江虽与晁盖一伙为朋友，但此种与黑道的往来，若是有一丝半点走漏了风声，身家性命便不保了。怪不得刘唐走后，宋江叹道："早是没做公的看见，争些惹出一场大事来！"也正是因为这个关节，隐情被阎婆惜得知后，惧女色的宋江突然变作杀人的宋江。当然此是后话，但也足见来自梁山的感恩。此时此刻宋江是惧怕多过高兴，更何况那一百两金子目标太大了。

宋江不愧为人情老练之辈。要是礼物不收就会得罪江湖行走多年的朋友，但若是收下则令自己处于危险的境地，而后面这一层又不便与来人解释。就在两难之下，"宋江把那封书就取了一条金子，和这书包了，插在招文袋内，放下衣襟，便道：'贤弟，将此金子依旧包了。'"百两金子之中只取一条，这就叫作"事情做半截"。一来领了对方的好意，二来也免得因礼物的目标太大而使自己陷于险境。从江湖上交朋接友的角度看，宋江的做法无懈可击。它显示出宋江确实人情练达，滴水不漏，不愧为郓城县地面行走而远近闻名的宋押司。

现代中国社会经过多番革命的洗礼和荡涤，那种传承久远体察人情几微的洒扫应对之道，早就被社会变迁的洪流冲刷得难觅踪影了。现代人的交朋结友，单纯直接多了，常见情形无非就是酒肉欢场，无非就是呼朋引类。观其交接之道，效率是有了，却缺乏内敛的文化教养。只有在涵养丰富的旧派前辈那里，还偶尔能够领略一下传统的遗风。犹记大学毕业不久，因工作关系，得识一位学界的前辈泰斗。因仰慕之情殷切，有一次同行年轻的同辈便开口求字。当时笔者觉得有一点儿行事贸然。因为交浅言深、谊薄强求是人情的大忌，而求字之举更是只有十分熟络的朋友才做得出来。没想到前辈却一口答应，顿觉诧异，但等字写好转来一看，嘱题人的名字却有一字是罕见的异体，不是学养精深，不识此道。当时就想，这位前辈果然人情了得。不是城府，又像城府。若是当时拒绝，拂逆了晚辈景仰的好意，也有折颜面。但如果照单全收，则又顾虑人心难测。万一来者不善，被人谬托知己，招摇过市，岂不是于己有损。美中有一不足，做半截事情，明眼人就可以分辨其中深浅了。

041　老娘慢慢地消遣你

近代兴起女权主义，《水浒传》自然就成为被痛斥的靶子，被戴上了男权的高帽。若是光从表面看倒也合适，《水浒传》故事里确实没有几个正经的好女性，不是母大虫一类的人物便是阎婆惜、潘金莲、潘巧云一类的淫妇。如此写法解作歧视女性，乍一看似有几分道理。不过细细读来，却是不然。

《水浒传》中英雄对女色的态度，与其解作歧视，不如解作恐惧。歧视是居高临下的态度，男性居中心，女性居边缘地位。中心和边缘，男性和女性，位置十分明显。就像西方中世纪传奇，有骑士英雄，就必有一美人。与美人的浪漫爱情，骑士小说是少不了的，而骑士的见义勇为，最后也一定抱得美人归。如此才可以说男性为舞台主角，女性为陪衬；男性是中心，女性是边缘。但是《水浒传》里面的两性关系却不是这样的。《水浒传》写两性，女性不是从属男性的，男性也不是居于中心地位的。毋宁说男女两个世界最好河水不犯井水，不得已犯在一起，自然就产生不幸的结局。因为女色是瓦解男性世界的力量，而男性对之束手无策。于是只好心怀戒惧地与女性世界打交道，而女色则利用自己身体的优势，放肆进攻，而处于恐惧和防守中的水浒英雄，一着不慎，满盘皆输。

宋江就是一个输在阎婆惜手里的水浒好汉。此处称宋江为好汉实在不妥，准确地说，宋江在男性世界里确实是一条好汉，但是在女性世界里岂止不是一条好汉，实是一个窝囊废。阎婆惜除了气力比不过宋江，不意死于他的刀下之外，她在宋江面前均显示出一个进攻者和胜利者的姿态。先说娶阎婆惜，宋江身为一条汉子，对这等和自己关系重大的事情，先就没了主意，任由王婆撮合，就将她娶来。如果是可怜阎婆身世，正不必有此嫁娶。如果贪恋女色，如何又先娶后冷落？这可以见得宋江女色当前，毫无主意。那晚送走刘唐，不意被阎婆引到住处，阎婆惜一再奚落宋江，宋江就是没脾气。除了不做声，还是不做声。后来阎婆惜改变策略，主动劝酒，宋江依旧"口里只不做声，肚里好生进退不得"。宋江对阎婆惜的忽冷忽热，完全丧失一个丈夫应有的表现。只能够和衣而卧，"且看这婆娘怎地，今夜与我情分如何？"作为男性，一团窝囊，阎婆惜又怎样与他有情分？反过来，当阎婆惜无意拿到宋江与梁山私通的书信，气焰何等嚣张："老娘慢慢地消遣你！"完全不像为人妻妾者所说的话。说到底，是宋江先有亏于阎婆惜，才使得他见阎婆惜如见虎狼。

女色在古代世界有两重性，既是爱欲的对象，又是恐惧的对象。爱欲女色的是才子，恐惧女色的是英雄。才子要文思泉涌，少不了得红袖添香，但英雄要成就一番事业，女色却是头号陷阱。若英雄不能戒绝女色，事业难免不半途而废。所以英雄惧怕女色自古皆然，盖因女色是瓦解英雄世界的毒药，是真英雄焉得不怕女色？英雄对于女色的恐惧，既有形而下的理由，也有形而上的理由。英雄要成就事业，须有一帮兄弟合伙打拼。如果女色介入进来，都弄起压寨夫人的勾当，不是兄弟自家争夺起来，伤了和气，就是分赃不匀，灭了兄弟们的志气。就如桃花山的小霸王周通，因好女色，不识英雄的大戒，就被鲁智深狠狠地羞辱了一通。这事虽然形而下，英雄尤其不得不防。比起男女的苟且，山寨的事业和英雄的做人、兄弟情谊重要得多，所以女色就成了英雄排斥的东西。

英雄之恐惧女色，还有更深一层古代民间信仰的理由：女色伤身。民间有言，一滴精十滴血。道教养生秘籍教人修炼便是将接而不泄当成最高的修炼境界。藏传密宗故神其技，所谓的度母明妃的修炼，无非与上述中原古法英雄所见略同。在道士看来，女色固不能免，下焉者只有将其危害减至最少，舍此并无他途。而身为江湖好汉，要枪弄棒，便需打熬筋骨，精血更是自家珍宝。当好汉之道就是要戒除女色。不幸不能戒除，便忧危积于心，恐惧显于行为。宋江便是这种例子。有阎婆惜一天，宋江一天不能成为好汉。深具讽刺意味的是，宋江成为一条好汉，正是从杀掉阎婆惜开始的。他在阎婆惜面前窝囊到不行，手起刀落，便踏上了他的英雄路。

042 不知死活的唐牛儿

俗话说"衙门八字开，有理无钱莫进来"，说的是官府的贪婪。不过官府令人望而生畏的绝不止它的腐败，它的草菅人命也是十分了得的。稍微明智一点的人，遇到事关官府，一定避之唯恐不及，见官如同见鬼神一般，走为上策。《水浒传》所写的郓城县街头小帮闲唐牛儿的命运就是一个教训。他本身无差无错，只因时运不济，自家不够"醒目"，被郓城知县问成个"故纵凶身在逃"，脊杖二十，刺配五百里外。《水浒传》作者对他的评语是十六个大字："祸福无门，惟人自召；披麻救火，惹焰烧身。""自召"云云，只说对了一半，归根结底是唐牛儿本人对官府草菅人命的本性没有认识。

官府是要开堂办事的，最好当然是天下太平无事。天下无事可办，官民两乐。但是如果不幸地面出了事端，那官府的责任就要办理，有个交代。没有交代，下对百姓说不过去，上对朝廷也说不过去。所以办事结案是十分要紧的。但是事情办得好不好、公正不公正，那就不十分讲究了。也许是因为客观条件不允许，也许是因为官员懒得尽忠职责，所以千百年来，但求有个交代而不管事情真相如何变成了官府办事的"既定方针"。就说唐牛儿，所谓"凶身"云云，当然是指宋江，但唐牛儿的确没有"故纵"之罪，怎么会问到他的头上？那只是阴差阳错的因缘，前一天晚上，他去找宋江借钱，被阎婆挡驾，吃了一叉，十分不服气。第二天早上，他看见阎婆县衙前扭住宋江，便过去赏了她一个巴掌，逞一时之快。宋江脱身了，他却被阎婆扭进衙门。对于宋江杀阎婆惜，唐牛儿根本不知情，但是郓城县一门官吏都有心要回护宋江，正好将这件杀人案结在了他唐牛儿身上——"故纵凶身在逃"。"凶身"提不住，唐牛儿吃下"故纵"的死猫，也算上下两面都有交代了。唐牛儿一介平民，纵然有天大的冤屈，也是叫天不应，叫地不灵。官府就是用这等草菅人命的手法，维持太平和谐的局面。基于百姓对官府的认识，旧时粤中有谚语云："众处莫企（站立），众事莫理。"看起来像自扫门前雪的明哲保身，但实际上是躲避像唐牛儿一样惹火烧身的无妄之灾。

犹记得清朝同治年间，曾国藩受命办理天津教案。那些打杀洋人、教民的真凶，没有几个是有种站出来的，犯事之人，早已逃去无踪。但是洋人一定要中国人如数抵命，贤明如曾国藩亦无办法，只得以钱买命。一方面将若干无辜的人定成死罪，以向朝廷和洋人交代；另一方面给银两予那些冤屈之人的家属，作为封口费。一件关乎国运的教案终于结案平息，但是从公正不公正的角度看，何尝没有草草收场但求结案的成分？一代中兴重臣，尚且这样办案，何况那些山高皇帝远的郓城知县们。曾国藩办理完天津教案，备受清议抨击，自谓"外惭清议，内疚神明"，忧危积于心，仅一年气绝身亡。历代少有的能员干吏尚且如此，如是遇到《水浒传》所写的郓城县衙门，小民百姓像唐牛儿一样的命运，那是无可避免的。

043 论杀人胆大

俗话说胆大杀人，没有说杀人胆大的。人命关天，生死大事之权本属于天，不属于人，杀人就是向天挑战，当然是胆大妄为之人才做得出来的。可是有的时候，胆大与杀人，其中的因果关系正好倒过来。因为杀了人，原本胆小如鼠，就变得胆大包天。这是笔者读《水浒传》得来的见解，说出来聊供各位看官消遣。

宋江是郓城县的押司，小衙门里的小文吏。"他面黑身矮，人都唤他做'黑宋江'；又且驰名大孝，为人仗义疏财，人皆称他做'孝义黑三郎'。"尽管他"兼爱习枪棒，学得武艺多般"，作为读者却从来没有看到过宋江的功夫身手。待他将阎婆惜娶作外室，阎婆惜不但不呼宋江作"夫君"或"官人"或"宋押司"，而是颇为不屑地称叫他"黑三郎"或简称"黑三"。一个又矮又黑的小文吏，外表上无论如何不能与江湖好汉联系在一起，与豪情万丈的鲁智深不可比，与动念便藏杀机的武松同样不是一流人物。他除了周济时人所急和做事有城府之外，本身是一个窝囊的人物。阎婆惜心里只有同是押司的张三，她给宋江戴了绿帽，宋江却浑然不觉。当晚见过刘唐之后本不想到外室歇息，不意撞见阎婆，三言两语就被劝去与阎婆惜一块喝酒。之后备受阎婆惜冷遇又兼本不想周旋，却在阎婆的搓弄下继续苟且。如果身为好汉，这样的场面如何可以容忍？宋江发现招文袋落在阎婆惜手里之后，被捏住疼处，更加低三下四央求。阎婆惜要他依三件事，他说："休说三件事，便是三十件事也依你。"若是缓兵之计还尚可，但宋江是真心实意以银子买个息事宁人。宋江被女流之辈玩弄于股掌之上，而这女流之辈竟然是背叛自己的外室。

看宋江的行为，不但没有做好汉的勇气，也没有做好汉的本钱。如果不是阎婆惜要扭他去告官，把他逼到绝路，他也不会一时冲动，手起刀落。

杀人这种行为一旦做出是可以迅速改变一个人的性情气质的。观宋江杀阎婆惜之后，他说的话瞬时变得干净利落，没有了窝囊气。宋江行凶后，阎婆闻声而来。宋江说："你女儿忒无礼，被我杀了！"阎婆不信，他又说："你不信时，去房里看，我真个杀了。"然后自称"烈汉"，以示一人做事一人当。其实如果宋江本就是"烈汉"，就不会闹到杀人这步田地。宋江第一不该不喜欢而娶阎婆惜为"外室"，第二不该娶而又冷落人家，第三不该明见阎婆惜有"反心"而继续苟且。这种拖泥带水的行为都不是好汉所当有的。阎婆当初遇到宋江以为遇见救命恩人，但行事窝囊而毫无男子汉气概的宋江才是她们母女的真正克星。对宋江来说，经此一役，性情大变。他心中的"反骨"开始生长，但还要经历许多事情，他才可以变作群雄的带头大哥。在梁山人物中，宋江不属于天生的好汉，他有点像林冲，"忍"了很久而一朝爆发。至少他不是胆大才杀人，而是杀了人才胆大的。人的性情的演变，有渐变，也有突变。性格中某种因素早已具备，日积月累，逐渐加强，于是变得越来越厉害。《水浒传》好汉中如武松和李逵，暴戾的品质早早就植根于性格里，更兼造反上山，愈演愈烈。然而也有原来毫不具备，经一偶然突发事变，完全像换了一个人，宋江便是这样的例子。

044 柴进的夸口

《水浒传》好汉上山聚义，与朝廷分庭抗礼之前，但凡有些银两的，都会四处散财招揽同类，博取江湖仗义疏财的美名。例如史进、晁盖、宋江、孔太公、柴进等人，均是如此。众好汉之中，数柴进的口气最大。因招纳亡命，是一种与官府潜在对抗的行为，一般人都会低调进行。只有柴进最为高调，不但不忌讳，而且正欲广为人知。宋江杀了烟花女子阎婆惜，投奔到他庄上，他对宋江说："兄长放心，遮莫（无论）做下十恶大罪，既到敝庄，但不用忧心。不是柴进夸口，任他捕盗官军，不敢正眼儿觑着小庄。"柴进无非一个土财主，如何敢夸下这等蔑视官府的海口？

《水浒传》第八回"柴进门招天下客"提到柴进是柴世宗的子孙，仗着当年宋太祖赐的"誓书铁券"，无人敢欺负他，于是不将官府放在眼里。所谓铁券是过去皇帝赏赐重臣得享某种特权的凭证，例如可以免死、保有爵位等。《宋史》提到过宋太祖赐铁券的事，却不是给柴世宗子孙的。《水浒传》的说法，或有所本也未可知，但也有可能是根据类似的事加以编造的。《水浒传》中柴进对自己得享"誓书铁券"的特权非常自信。第五十回，朱仝要进柴进的庄园搜捕李逵，柴进对他说："先朝曾敕赐丹书铁券，但有做下不是的人，停藏在家，无人敢搜。"言下之意，你朱仝区区一个捕头，如何敢进来搜我。

古代中国社会千百年来就是一个人治的社会，虽然有法律条文，但落实到具体的人或事，便依当时的情形有所转移。那些法律条文，不是朝令夕改，就是主其事者口含天宪，随意定夺，从来就没有法治的那种独立不迁的稳定性和严肃性。正因为这样，横暴的权力始终在这个社会里扮演着重要的角色。有权就可以横行乡里，有权就可以巧取豪夺。正如俗语所云，有权就有了一切。尽管皇上圣明，有时而惩罚横暴的权贵，但是这并不能改变"人存政举，人亡政息"的人治社会的基本事实。柴进手里的丹书铁券毫无疑问是法律文书，不过从宋太祖到徽宗年间，已经过去一百五十余年。陈年旧规，当朝者买不买账，还要看人家给不给你柴进面子。如果不给面子，任是铁券，也如同废纸一般。柴进这样高调，亦可见他对人情冷暖的无知。这种无知正是一般世家子弟的毛病。古人教子弟应该懂得民间疾苦，一生之中应有一段时间到乡间百姓之中多所历练，就是为了预防此种易得的毛病。柴进托着先祖的绵泽，口气如此之大，必会犯下事端。

　　果然，柴进的叔叔柴皇城在高唐州城内的花园被知府高廉的妻弟殷天锡看中了，非要夺他的花园不可。不怕官，最怕管，几个回合下来，叔叔气死了。柴进仗着铁券，挺身出来争一口气，被高廉下在牢里。柴进辩解："小人是柴世宗嫡派子孙，家门有先朝太祖誓书铁券。"高廉问他铁券在何处，柴进回说在沧州家里。高廉大怒，将他用死囚枷钉起来。看官试想，即使柴进真是存了丹书铁券，也已经一百五十年了，不是锈迹斑斑就是锈朽不可辨识了，谁会去认一百五十年前的账？足见这个柴进幼稚不堪。又或者高廉堂堂一个知府，派个把人前去柴进家里，捣毁铁券，不也是一件很简单的事吗？到那时再来炮制柴进，慢慢捏柴进这个软柿子也不迟。法治不是仅有法律条文就自然可治，还要有很多制度安排来与法律条文相互配合，那些白纸黑字的法律条文才能起作用。在柴进生活的年代，这些相互配合的制度安排是严重不足的。宋太祖给柴世宗赉赐的丹书铁券，仅仅表明宋太祖的愿望。这个愿望随着岁月流逝，早已灰飞烟灭。柴进不明此理，也是咎由自取。

045 武松的杀气

中文有个词大家耳熟能详，那就是"权势"。权与势，词义相近但也有微妙的差异。权当然也是势的一种。例如甲有权，乙无权，甲的势就比乙要大。但是有势却未必一定要掌权，有时候虽然不处于掌权的地位，也可以有震慑他人的威势。道义优先是建立威势的一种途径，而拳头或者说暴力是建立威势的另一种途径。俗话说，穷的怕富的，富的怕当官的，当官的怕不要命的。所谓不要命的就是拳头硬的。武松一介草民，既无钱财，又无人脉，但博得远近名声，相识的与不相识的，无人不敬服，靠的就是一双所向无敌的拳头。人皆好生恶死，而有人能杀字当头，自然令人威服。由此可知，江湖好汉多靠一双拳头立足于人世间。

武松一出现就显示出他该出手时就出手的暴力本色。在柴进的庄上，宋江不小心踩着了火钳，炭火飞溅到正在烤火的武松。书中写道："那汉气将起来，把宋江劈胸揪住，大喝道：'你是甚么鸟人？敢来消遣我！'"须知那时武松也在柴进的庄上做客，如此不由分说的行事作风是十分无礼的举动，但是武松之所以为武松，也正在于那一双无敌的拳头。金圣叹不愧为读《水浒传》的好手，他一眼看出之后写的"武松打虎"，其实是要写武松的拳头了得，写武松无所畏惧的神威。天下生物，在人眼之中，莫凶于虎，而何物武松，凭着赤手空拳以及十八碗上等好酒的威力，将"坏了三二十条大汉性命"的吊睛白额大虫乱拳打死。打虎英雄的神威，文笔夸张也罢，有事实所本也罢，要之勇武远超万千人之上，同时也表现出武松立身处世的本钱全在一双拳头之上。凭了这双拳头，来到阳谷县的地面做了都头。他的亲哥，窝囊的武大郎之所以想念他也是这双拳头有用的好证明。在阳谷县，亲兄弟不期而见面，武大说出对亲弟一怨一想的话。怨的是怪罪昔日武松因拳头而招惹是非，想的是如今被人欺负，期望他的拳头替自己撑腰。"我近来取得一个老小，清河县人，不怯气都来相欺负，没人做主。你在家时，谁敢来放个屁？"武大、武二，一负一正，叙述者无非想说明拳头在日常生活中的作用。

中国社会千百年来受儒家文质彬彬的一套教诲，大有礼义廉耻、忠仁厚爱的气象，但是这套郁郁乎文哉的教导并未改变草根社会唯拳头是尚、以势压人、巧取豪夺的丛林根性。一个社会非经漫长的法制训练无以建立安宁而公义的社会秩序。人性本有邪性恶根，公义本不易达成。仓廪不实则礼仪难求，衣食不足则廉耻不知。小民百姓衣食难以果腹的年代，公义秩序无从深入底层，难以落实为草根民众的日常生活。一事当前，拳头的大小、势力的强弱，远胜于道理的有无。受人欺负的时候如同武大，谁人听你讲道理，官府何曾帮你出头伸张？只有孤苦无告，呼天抢地。这其中便有人看透了现实，明白只有拳头能帮到自己，只有拳头能威慑他人，也就是说只有拳头才能建立自己在人世间的威势。武松便是这类人的化身，武松的哲学就是拳头的哲学，他的人生是古代中国社会草根生活暴力本色的写照。

046 宋江爱武松

宋江与武松本不相识，在柴进的庄上因一场误会而碰面。话说宋江小解的路上踩了火钳，火星溅着了武松，武松扭住宋江胸口便要挥老拳。又矮又黑的宋江如何是武松的对手，如果不是柴进及时赶到，宋江死在武松的手下亦未可知。等他们两人因打而相识了，竟然皆惺惺相惜。武松崇拜宋江扶危济困的好名声，宋江偏爱武松如许英雄。施耐庵的这番笔墨端的是耐人寻味。

两人拜识，互道敬仰之后，"宋江大喜，携住武松的手，一同到后堂席上"，再开饮宴。宋江作为长辈，对晚辈武松的亲昵不同寻常。一个黑矮汉子携住一个大汉的手，一路摩挲，此情此景，读者诸君可以想见。两人坐定后，"宋江在灯下，看了武松这表人物，心中欢喜"。千百年来，只有灯下看美人的，无灯下看英雄的。宋江灯下看英雄，恐怕只此施耐庵一家了。按常理说，武松崇拜宋江，应该武松灯下仰视宋江才对，但书并不写武松看宋江，只写宋江看武松。一个看，一个被看。其中的主从位次，便十分清楚。宋江如同鉴别古玩珍宝一样，灯下玩赏武松一表人物。想是武松生得器宇轩昂，深得宋江喜爱。这等样子的同性喜爱，要是在西方文学的脉络下，真会让人联想到同性恋。此处当然与同性恋无涉，但很明显是一种主人对宝物那样的喜爱。"过了数日，宋江将出些银两来与武松做衣裳。"金圣叹在此句下评论道："宋江欢喜武松，亦累幅写不得尽，只说替他做衣裳，便写得一似欢喜美人相似。"看来，金圣叹已经看出施耐庵的春秋笔墨。后来武松要回去看哥哥，宋江与他拜别，特地送出三十里，临别又送了武松十两银子。宋江对武松既是英雄相识，又是体贴备至。

　　同是不愁银子的人，柴进对武松却是先热后冷，与宋江对武松成一鲜明对照。当得知武松好酒，醉后伤人，"柴进虽然不赶他，只是相待得他慢了"。作者正面写了宋江欢喜武松，又添横笔写柴进怠慢武松，显然想读者自己寻出答案。大凡人的才华可以大别为两类：一类是有领袖组织的才华，另一类是有技术操作的本事。宋江虽然练武，但通本《水浒传》从无显示他武艺高强之处。又矮又小一个宋江，怎么练武怕也抵消不了先天的劣势。所以施耐庵不写宋江的刀枪本事，而处处写他笼络众好汉的领袖本色。宋江那时未曾造反，没有自己的团队，但他作为带头大哥的长处已经表现出来。领袖型的人以有知人之明，并且笼络手法高超为立身处世的本领。宋江在水浒众好汉中，无疑属于领袖的一类，而武松靠两个拳头称雄，属于技术型人才。宋江一见武松就求才若渴，知日后"杀人放火受招安"，正少不得武松那一双拳头。柴进虽然有银子，但他不是领袖型的人，无知人之明，所见自然不及宋江。柴进之招纳好汉，仗义疏财，只是争个江湖的好名声。讲到深远的见识，并不如宋江。所以柴进不能忍武松一时的小节，而宋江则能一概包容，正为日后有用得着武松的时候。日后宋江浔阳楼题反诗说自己"长成亦有权谋"，他之喜爱武松，便是诸种权谋的一部分。

047　人善被人欺

说起武大郎，几乎无人不知，他的名字已经成为被人看不起的耻辱的代名词。《水浒传》第二十三回武大郎出场就端倪初露："这武大郎，身不满五尺，面目丑陋，头脑可笑。清河县人见他生得短矮，起他一个诨号，叫做'三寸丁谷树皮'。"但是细看武大郎的所作所为，实在找不出什么为人处世上的道德瑕疵。身材矮小，面目丑陋，此是天生，不能说是他的罪过。至于头脑，武大郎当然不是一个"醒目"的人，但这并不构成任何道理上"可笑"的理由。很明显，武大郎不是一个德行有亏的人，他没有说过对不起他人的话，也没有做过对不起他人的事，以道德律衡量，武大郎几乎是一个"完人"，当然是那种懦弱到不能捍卫自身利益，只剩下善良的"完人"。

因为他的懦弱，周围的人便欺负他。首先是美学上的蔑视，起了个"三寸丁"的诨号。须知全清河人和阳谷人都这样叫，都如此轻贱武大郎。然后是嫁予他为妻的潘金莲，勾引他的弟弟，破叔嫂不亲授的大忌。再就是那个贪财的王婆，助纣为虐，损人利己。最后是仗着财势欺人的西门庆，夺人妻子，破人家庭，害人性命，全为了满足一己的私欲。武大郎在陷入灭顶之灾前，并非对周遭人群侵害自己利益的事全然不觉察，只不过为性格和本领所限，他没有做任何正面的抵抗动作，只是消极地搬离故乡清河，避难到阳谷居住。用他的话说，"不怯气都来相欺负"。但凡胆子大一点的，都来挑衅揩油，因此安身不得。武大郎并没有与任何人过不去，他只是一个自做烧饼、自食其力、安分守己的人。

读武大郎的遭遇，一种悲凉之气油然而生，天道为何如此不公，让弱小的武大郎受尽世人白眼，受尽歹毒之人的侮辱，然后冤屈离世？为何人越微贱弱小，就越多居心歹毒的人打上门来欺负？笔者觉得武大郎的形象是一个恰当的例子，让我们正视一个残酷的真理。这就是小时读的那本《增广贤文》说过的老话：人善被人欺，马善被人骑。无论是《水浒传》所写的武大郎，还是民俗中流传的武大郎，都渗透着一种无意识的轻贱蔑视，这种轻贱蔑视其实就是人善可欺的集体无意识的表露。就像虚构世界里的清河人和阳谷人轻贱武大郎那样，真实世界里的我们也嘲笑武大郎一样的善弱者，即使不欺负，也要从取笑中得点无聊的快活。老子很早便观察到此种人类现象，他将天之道与人之道并峙对立。《老子》云："天之道，损有余而补不足。人之道则不然，损不足以奉有余。"清河和阳谷的社会就是"人之道"的社会。西门大官人，有妻有妾，仗着身怀"潘驴邓小闲"的功夫，打上门来欺负武大郎。民间有句歇后语：武大郎开店——个高的不要。虽然这句话直指嫉贤妒能的人，但这嫉贤妒能的坏名声落到武大郎身上，却是取象于他的矮小丑陋。而矮小丑陋居然可以供人嘲笑作乐，这便印证了人善被人欺的社会生态。当然，在意识到存在这样一种"恶"的集体无意识之后，我们并不可以得出这样的看法：既然善容易被人欺负，那我们就来做为恶的小人。一方面天道昭彰，为恶的小人自有报应；另一方面我们当进德修己，做一个不容易被人欺负的善良的人。

048 武大郎的善弱

武大郎顾名思义是诸兄之长,《水浒传》称武大。这个名字对于人物真是具有十足的反讽意味,因为这个姓武名大郎的人物既不武,也不大,完全是"武"与"大"的反面。为人懦弱善良,生得身材矮小、丑陋。关于武大郎的本性,武松的临别赠言说得一针见血:"你从来为人懦弱,我不在家,恐怕被外人来欺负。"《水浒传》叙述者的介绍,也说得恰如其分:"武大又是个善弱的人。"既善又弱,便是武大郎的本性。本来善良并不一定导致懦弱,但是在武大郎性格里,善与弱却形成了恶性循环。他越善良,别人便越来欺负。武大郎身上的善,是一种有严重缺陷的善,我们不可不辨。

善按照康德的理解是指行为的动机符合可以施及所有人的原则,用古人的话说,就是己所不欲,勿施于人。凡是一个行为的动机不符合施及所有人的原则,就不能说该行为是善的。但是在具体的现实世界,人的行为会涉及两种很不同的情形:一种是自己作为一个主动者去施予某一行为,另一种是对别人施予自己的行为做出某种反应。前者是主动的,后者是被动的。在主动的状态里,善的问题很好处理,自己不想得到的,当然不要对他人做。然而在被动的状态下,善的问题便复杂起来。如果他人对自己造成伤害,怎样才是善的呢?我固然不想打人,但他人打我的时候,我束手待毙是善的吗?按耶稣所说:"有人打你的右脸,连左脸也转过来由他打。有人想要拿你的里衣,连外衣也由他拿去。有人强逼你走一里路,你就同他走二里。"这是耶稣"爱仇敌"哲理的表述。然而可以想象,假如有一个世界都像耶稣所教行事,万一出一个恶茬,那他不费吹灰之力就可以降伏这个世界。所以真理也在耶稣教导的反面："以牙还牙，以眼还眼。"这样做的动机当然是意在伤害那个伤害我的人，但"伤害那个伤害我的人"也可以作为普遍原则吗？笔者的答案当然是在被动的状态下，这可以作为普遍原则。就是说善应该伸延到正义，不是己所不欲，勿施于人，而是所有人不欲，勿施于人。反过来，若所有人所欲，就可以施于人。所有人欲保卫自己不受伤害，所以自卫还击是符合这种情形下的善的。所以"以牙还牙，以眼还眼"在伦理上也是善的。既要认识耶稣，也不要被耶稣蒙蔽了眼睛。

善只有伸延到正义，才是有力量的善，才不是懦弱的善，才不是逆来顺受的善。很显然武大郎所以善弱，是因为他没有将善伸延到正义，根本没有捍卫自己不受伤害的意识。他明明身处极端被动的情形，还以为自己是一个主动者，以恻隐之心替他人设身处地考虑。结果他的善良恰好被居心歹毒的人利用，他越善良，越使自己陷入万劫不复的境地。因捉奸被西门庆踢了窝心脚而伤卧在床的武大郎，明明看到自己老婆当着面浓妆艳抹去与西门庆通奸，他还对潘金莲说："若你肯可怜我，早早伏侍我好了，他归来时，我都不提。"武松离开前明明对他说过，若遇到什么冤屈，切不可妄动，一切等他回来再说。他却把底牌透给巴望他早死的潘金莲。武大郎的善良，一来善良到不顾及自己人格的可怜地步，二来善良到巴望与虎谋皮的不智地步。他的悲剧在某种程度上可以说是他一手促成的。

049 吃过天鹅肉以后

民间有"癞蛤蟆想吃天鹅肉"的说法，形容某人痴心妄想那根本不可能之事。但世事之离奇有远出时人所能想象之外，武大郎娶到潘金莲差不多也等于流俗所谓吃到了天鹅肉。潘金莲虽不是千金小姐，只是清河大户人家的使女，但也绝不是武大郎所能娶的。武大郎长得"身不满五尺"，五尺相当于现今的一米五，更兼且"面目丑陋，头脑可笑"。武大郎自营烧饼为生，属于自食其力、手停口停之类，怎配得起一个"颇有些颜色"的大户使女？只因这个大户好色，调戏潘金莲。潘却首告主家婆，被大户嫉恨。遂倒赔房奁，把潘嫁予武大郎，作为对不买账的惩罚。武大郎收下这个大户送来的礼物，遂成人生灾祸的根源。若说作为弱者的武大郎一生犯有什么不智的过错，娶潘金莲是最大的错，因为他不懂得"审慎"二字的重要性。

这样说也许难免"政治不正确"之讥，或有红颜祸水论之嫌，然而放在武大郎的个案里，事情确实就是这样。这个女人给武大郎带来了深重的灾难，不说潘金莲红杏出墙，就算她守得住，也至少给武大郎惹来一群狂蜂浪蝶，即清河县的浮浪子弟。要是没有潘金莲，武大郎干他的营生，卖他的烧饼，即使没有武松的保护，安分守己过日子，富足谈不上，而"平安"两字是没有问题的。不能富贵，然绝不至于蒙受奇耻大辱又命丧黄泉。写到这里，笔者想起英国经济学家马尔萨斯的说法。他以为很多人生的不幸皆是由异性与婚姻所导致，因为在人的诸欲望中，性的欲望最为强烈，而它产生的后果又最为严重，一朝不慎，可能无法收拾。马尔萨斯在做乡村牧师期间，劝那些贫穷或不具进入婚姻条件的人不要结婚生子。他本人也是身体力行，虽出身富贵，但也要在事业有成而诸事俱备之后才结婚，他成家的时候已经行年将近不惑了。

人生是有风险的，尤其是选择和另一个人共同度过余生之际，这里面的审慎和理智是必不可少的。旧时代的婚姻有"父母之命，媒妁之言"的说法。它固然无视当事人的权益，但亦并非毫无合理之处。由于有父母和媒妁因素的加入，姻缘缔结更具审慎和理智色彩，因而避免当事人的盲目和感情冲动。现代以来受西方个性解放思潮影响，年轻人趋之若鹜，但我们身边那些"自由恋爱"的悲剧，一样层出不穷。由此造成的不幸，相信也不亚于旧时代的盲婚哑嫁。笔者在中文系读书执教，所读的文学故事，尤其是现代作家叙述的故事，凡叙及青年男女的爱情，十之八九不离爱情唯一或爱情至上主义。掩卷之际，不由得长叹——文学害人不浅。

以常识来判断，相信任何一个说媒人亦不会撮合武大郎与潘金莲，因为这两个人太不像同在屋檐下的一家子了，毫无居家气象。不是说潘金莲生性淫荡，而是"颇有些颜色"的潘金莲嫁予武大郎，大半也是要生出此类"风流"故事。不是浮浪子弟来揩油，就是潘金莲出墙。武大郎娶得如许娇妻，并不是一件值得庆贺的人生喜事。一个不审慎的错误可以带来多大的灾难，看看武大郎的命运就可以知道。

050 为什么是武二郎

《三国演义》写关公秉烛夜读《春秋》，双眸炯炯有神。为什么读《春秋》而不是读《论语》？答案当然是要写关公深明大义。《论语》没有乱臣贼子，唯《春秋》有乱臣贼子，读《春秋》而知"春秋大义"。关公被塑造成忠臣的典范，古人讲究事君以忠，死心塌地。夜读《春秋》，正是能够传递这种忠贞不贰的臣子之德。《水浒传》也有一场面颇似《三国》，刻写那种被历代史家褒扬的凛然不可冒犯之德，这就是武松坚拒潘金莲的风情诱惑。关公是忠臣，而武松只是一条仗义的好汉，两人角色不同，但文本传递出来的伦理关怀同样深切。

在家族社会中，最脆弱而敏感的人伦关系首推叔嫂。因为双方分属不同的血缘家族而又属异性，双方均血气方刚而关系微妙，若是发生伦常颠倒之事，则兄弟关系为之断裂，由兄弟而寇仇，家族生活秩序为之土崩瓦解。所以古人家族生活重男女授受不亲，而在诸授受不亲的关系中尤重叔嫂之间的授受不亲。《孟子·离娄上》淳于髡与孟子讨论男女之大防，就将叔嫂关系搬出来，认为平时应当授受不亲，只有在"嫂溺"的情况下，才可以"援之以手"，况且仅属权宜，不是惯例。《颜氏家训》更以为"兄弟者，分形连气之人也"。若要维持这种"分形连气"的关系，就要防止外部的侵蚀，像居室要防止雀鼠、风雨的"壁陷楹沦"一样，对于兄弟关系而言，"仆妾之为雀鼠，妻子之为风雨，甚哉"。颜之推虽然没有明确点出叔嫂关系，因为在"家训"中说得太白，也许会有难堪，但此处的"仆妾""妻子"无处不在提示那种叔嫂之大防。应该承认，家族生活秩序是有它的软肋的，要维持长幼有序，前提就要男女不亲，界限分明。而要男女不亲，界限分明，则叔嫂之授受不亲不可不讲究。

施耐庵写武松仗义，不仅把他放在没有血缘关系的朋友关系中刻画，更巧妙的是把他放在"分形连气"的兄弟关系中表现。正是出于这种考虑，堂堂男子汉的武松就要配上一个身材短矮、懦弱无能的亲哥，更有一个风流轻佻、水性杨花的嫂嫂。潘金莲出现在武松的眼前，正是一个不请自来的诱惑。自从武大、武二兄弟相认，武松来到亲哥家，潘金莲就眉目传情，言语挑逗，左一声叔叔，右一声叔叔，叫个不停。武松好汉一个，心非木石，岂能无知无察。只是他的"圣贤心性"，使他步步退让，直到无路可退，才说出那番话："武二是个顶天立地、噙齿戴发男子汉，不是那等败坏风俗、没人伦的猪狗！嫂嫂，休要这般不识廉耻。"这时候的潘金莲正应了颜之推所说的"雀鼠"，而武松则宛然一个坚不可摧的"居室"。作者所要表现的是一个古代社会的伦理英雄，他因抵抗了最难抵抗的诱惑而成全了家族道德中的"凛然大义"。他的义气，不仅是对朋友，而且更是对"分形连气"的亲哥哥。通俗演义在传统社会，虽然不入道学士林的法眼，却是传统道德伦理极其有效的传播媒介。于孔孟圣人的礼义廉耻之学，其传播功效远胜道学家的高头讲章。

051 西门庆的哲学

民间有句俗话叫作"为富不仁"。这说法不见得客观公正，但大体可表示中国社会传统对商人的看法。说到实际生活的情形，笔者相信什么阶层都有善人，也有恶人。品格的善恶与从事的行业并没有必然关系。穷的不一定都善良，也见过穷凶而极恶的人。有钱的不一定卑劣，也见过富而好施、富而好礼的人。不过"为富不仁"这样的"集体意识"却值得我们深思。

无论史书还是后来的说部演义，富甲一方而有德行的人物，总是难得见到，反而仗着手中多金，长袖善舞，贿赂公堂而又荒淫无度的人物却是不绝于书。司马迁《史记》所写的先商人后政客的吕不韦可以作为史书的代表。他本来经商致富，过着富奢悠游胜于封侯的日子，可是偏偏不甘寂寞，要用金钱投机于政治，收买质典于赵国的秦公子子楚。虽然投机成功，贵为秦王嬴政的"仲父"，封文信侯，但曾几何时劣迹败露，落得饮鸩自尽的下场。具体的情形或许有细节的不同，历朝历代那些为富不仁的富商巨贾基本上重复了吕不韦的沉浮轨迹，发了财即用金钱去做那些于德行无补的事。或者欺负民女，或者运动朝廷，又或者骄奢淫逸，而终至于自取灭亡。将这种人生面相笔之于书，流传于小说的，则首推《水浒传》和《金瓶梅》里的西门庆了。《水浒传》写西门庆本是个破落户财主，"近来暴发迹，专在县里管些公事，与人放刁把滥，说事过钱，排陷官吏"，弄得人见人怕，自己也像半个"公人"，被称作"西门大官人"。在《水浒传》中，他的主要劣迹是勾引民女潘金莲，仗着自己有王婆说的"潘驴邓小闲"五样本领，在阳谷县横行无阻。他以偷鸡摸狗为做人的正业，银子让他不知羞耻为何物，最后也落得身首异处的下场。

传统社会的经济生活虽然多有仰赖商贾汇通周流的功能，却对商人多有敌视之意。商列四民之末，这不仅表示他们的社会地位低下，更重要的是表示他们的财产权未有获得充分的尊重。经济制度中缺乏使商人的获利重新投入扩大再生产的机制，财富因此不能造福社会、造福更多的人。相反，财产权得不到应有的尊重，迫使财富与政治权力结盟而寻求权力的隐庇。财富与政治权力在任何社会都是一对难缠的关系。政治权力固然追求驾驭财富，防止财富独大而凌驾于政治力之上，然而政治力的稳固和推行，却又离不开财富力的加持和襄助。在政治权力布局驾驭财富的同时，财富也随风潜入政治权力的幕内，寻求自己的代理人。当年吕不韦游说子楚说"吾能大子之门"，子楚不信，他又说"吾门待子门而大"。子楚才明白其中的道理。真是一语道破天机。传统社会里政治权力对财富的打压和凌驾是公开的，像商列四民之末就是公开的歧视，于是在明面上财富力就要屈膝在政治的势力之下。然而天下何人不爱财，商既不能堂而皇之走正门，那它也不甘心，便专走旁门左道。贿赂公堂，收买官员，屈膝勾结，骄奢淫逸，这些都属于财富力所走的旁门左道。如此商道，难免干下败德的乱行。"为富"与"不仁"就这样结下了难分难解的因缘。故历代对此而有觉察的朝廷大员，皆对非分之财富敬而远之。"敬"为不开罪于财富力，"远之"是避免财富上身惹来的灾祸。曾国藩之所以严禁子弟经商，力劝子弟走"耕读"之路，当是有见于财富与政治纠缠的历史生出的惨痛教训。

052 饱暖思淫欲

常言道"知识就是力量",但在日常生活中更常见的力量不是知识而是财富。民间有言,"有钱能使鬼推磨",可见"财富就是力量"远比"知识就是力量"来得深入人心。如此说来,人有贫富之分,力量也就有大小之别。一个富商巨贾运用他的财富形成的力量,与一个仅免饥寒的人的力量,有天壤之别。财富天生有力,它注定要发挥影响力于社会,不在此方面发挥,便在彼方面发挥;不向好的方向发挥,便向坏的方向发挥。一个健全的社会一定要有一套机制推动财富往造福社会、造福更多人的方向释放它的力量。如果没有这样的机制,财富便会向腐蚀社会、糜烂世道人心的方向释放它的力量。依笔者的看法,中国的传统社会欠缺推动财富造福社会的机制。我们在历史上看到,一个繁荣和富庶的时代同时也是一个糜烂和声色的时代。元末、明末和清朝乾隆嘉庆年间都是这样的时代。和平年代积聚起来的财富和生产力,非常不幸地成为腐蚀社会道德基础的力量。财富在中国传统社会经常会扮演一个秩序的报复者的角色,它虽然来自社会,但终于腐蚀社会,最后在天崩地裂的社会动荡中与秩序一起灰飞烟灭。

西门庆的所作所为虽然不能完全代表财富在社会里的标准形象,但是至少可以让我们省察财富在中国人生里的一般角色。俗话说,"饱暖思淫欲"。未曾饱暖,即未曾发迹,还被饥寒所煎熬,淫欲当然是顾不上了。可是一旦饱暖了,意味着尚有饱暖之外的余银,那金钱的出路就是淫欲。《水浒传》写西门庆是个开药材铺的财主,而且新近暴发。他经商有成,便立刻将财富用来满足自己的风流淫欲。当听得王婆"潘驴邓小闲"的教诲，西门庆十分受用，把它当成自己的人生哲学。这样的财主怎么会给社会好印象呢？阳谷县百姓都视他为"刁徒"，只不过震慑于他的财势，不敢得罪，才称他为"西门大官人"。武大郎知道妻子红杏出墙，要去捉奸。郓哥劝说武大郎，西门庆"又有钱有势，反告了一纸状子，你便用吃他一场官司，又没人做主，干结果了你"。结果不幸而言中。同样，西门庆袖出十两银子给团头何九叔，要他闭嘴。施耐庵写道："那何九叔自来惧怕西门庆是个刁徒，把持官府的人，只得受了。"看官注意，何九叔不是贪财才接受西门庆的银子，而是因为恐惧西门庆的威势，不得不接受。武松回来，知晓了哥哥的冤死，他本不想行私刑报仇，带着人证物证找知县申冤，却被西门庆早早下了手，输送了银子，因此知县借故不办。武松最后大开杀戒，冒犯官府权威，实在是被西门庆银子的影响力逼出来的。俗话说"穷不跟富斗，商不跟官斗"。武松其实也是穷人一个，幸好他有一双好拳头。平民一介，要斗，当然只有铤而走险一条路。西门庆虽然有钱，但禁不住武松有杀人刀。银子能满足西门庆的淫欲，但救不了他的性命。西门庆的悲剧反映了财富在中国传统社会的悲剧，他死有余辜。但是西门庆之流，却代不乏人，往往就在我们的身边。

现代左翼好批判市场资本主义，却往往看不到市场资本主义的好处。简言之，资本主义固然是银子催生出来的，但它也是传统社会做不到的有限度驯化了银子的经济制度，它让银子除淫欲之外还有出路，在投资循环中继续为社会创造财富。人固然依旧饱暖思淫欲，但思之过甚，破产即至。这种末路的威胁虽然不能制止富而思淫，但至少可以威胁和警醒有头脑会思考的富人。不似传统社会，银子挣下了，出路却不多，都往行贿、买欢的路上走。从这个角度看，西门庆的悲剧何尝不也是一个传统社会的悲剧。

053 穷不跟富斗

害死了武大郎之后，西门庆想起了还要收买团头何九叔。所谓"团头"就是专帮人殓埋死者的人的头目。殓埋死人的行当在古代属于贱业，三代之内有做过这个行当的人，不算"良民"，子弟不能参加科举考试。由此可知，这个何九叔不过一介"弱势群体"。而忽然有地方富豪西门庆请喝"好酒"，还送"一锭十两银子"。天上哪有掉银子的好事？是福是祸他一时无从断定。不过他的第一反应尚算醒目。当西门庆邀他酒馆坐定，何九叔道："小人是何等之人，对官人一处坐地？"幸好他懂得弱者如何生存于凶险人世之道，才避过一场大难。

无权无势的弱者通常遇到两种人的侵害，一是财大气粗的有钱人，二是不要命的凶徒。如果官府不能主持正义，在平民百姓遭受侵害时给个说法，又或者贪官被银子收买了，那弱者就只有任由鱼肉了。但要等青天大老爷的阳光照到弱者的门槛，也不是常有的事。到底有多难，只要看看晚清杨乃武与小白菜的故事，就可以知道。中国社会法治传统微弱，一般小民百姓要消灾弭祸，都知道官府是靠不住的，只有靠自己识几见微才能全身避祸。所以做人讲待人接物之道，处事讲手法圆滑。《增广贤文》教人，"是非只为多开口，烦恼皆因强出头"，不是没有民情风俗根据的。

何九叔机灵，很快便发觉自己身处两难之中：一面是有钱使得鬼推磨的西门庆，另一面是"杀人不眨眼"的武松。任何一方都是他得罪不起的。他知道西门庆比他有钱，就算他敢站出来，揭露事实真相，西门庆的银子很快也会把事摆平。民谚说，"穷不跟富斗"，为的就是银子能让黑白颠倒，善恶混淆。贱民一个，既然没有那个银子，他纵有是非善恶的定见，也只得在西门庆面前忍气吞声。他也知道武松的拳头比他有力，白花花的银子谁人不爱？但就算他敢收下，为虎作伥，替西门庆隐瞒真相，保不住一朝东窗事发，武松的拳头他也吃不消。不是他正义感比人强，实在是被夹在中间。何九叔作为弱者，他的生存之道就是尽量两面周旋，希图置身事外。他既当面收下银子，答应帮西门庆"遮盖则个"，但又在关键时刻佯装昏厥，造成自己不在场的局面，更借为武大郎哭丧之机，暗藏骨殖，保存证据。有意思的是，他做的这一切，并不是为了有朝一日为武大郎伸张正义，而仅仅在于害怕武松的拳头。假如武松不闻不问，这十两银子，想必何九叔是要消受的。从这个并不高大的弱者身上，我们固然读出他人生的渺小，读出他的世故圆滑，但是更读出官府在小民百姓心目中的形象，读出法治传统的衰弱。假如何九叔信任阳谷县能够主持公道，这样露骨的毒杀案，他没有屈服的理由。事实也证明何九叔的圆滑是有道理的。武松回来，西门庆马上就到衙门送银子去了。而武松也马上寻到何九叔的头上，问明哥哥死的缘由。

武大郎与何九叔都是人间的弱者，然而武大郎是善弱，何九叔却是忍弱。何九叔远比武大郎明智。武大郎对周遭人物茫然无识，何九叔却明察秋毫。因为弱势，不得不夹着尾巴讨生活，两面不得罪。何九叔深明弱者的生存之道，一要明智，二要忍隐。弱者虽然斗不过强者，但强者之中更有强手，等他们之间斗将起来，自然也有弱者舒畅的日子。

054 说报应

王婆贪财，西门庆好色，潘金莲轻佻风流，三人因缘际会凑在一起，上演了一场于人有害、于己有灾的闹剧。武氏兄弟从此天人永隔，而潘金莲、西门庆死在武松的刀下，王婆被判剐刑，并无福消受"说媒"得到的银子。这个结局无论怎么说，也多少带有因果报应的色彩。日常生活中，偷情的结局有悲剧性的，但也有侥幸修成正果的。像《水浒传》这个故事那么血腥和暴力的，不得不说多少有违我们从日常生活中得来的印象。其实这种写法是中国古代小说的一贯套路。看看明清说部十之八九，写法不离善有善报、恶有恶报的套路。可以说离开了因果报应的观念，中国古代的写手大部分编不出好故事来。

报应的观念由来已久，随着佛教西来逐渐普及，千百年来在民间已是根深蒂固。然而现代唯物史观传入之后，因果报应失去了它的地位，更被当作封建迷信划入扫除之列。理由当然是"唯心主义"和"不科学"。从事实的层面说，一个动机不良的行动，是不是招致一个恶果的原因，这是无法断定的。假如《水浒传》所写都是事实，我们也许可以说王婆贪财导致了她之遭受剐刑，西门庆好色导致了他的亡身，潘金莲亦然。但是人世间还有另一种情况，很多人贪财并没有招致剐刑，很多人好色非但未曾亡身，更兼身心俱泰。说报应是人间的客观原理，显然不中要害。在这个意义上，是可以用唯心和不符合事实来批评因果报应观念的。然而我们应当看到，一个不一定符合事实的推断可能包含正面的道德价值。因为人生在世，不但要摆事实、讲道理，还要守道德。而道德所指涉的是一个"应然的世界"，它与事实的世界不同。事实的世界可以断真伪，应然的世界却无从断它的真伪，它有很大一部分是我们的内心愿望。要建立一个"应然的世界"就不能单凭"科学"来从事，一定要运用一些事实上可有可无的推理来建立准则。因果报应就是这样建立起来的道德准则。你说善有善报，恶有恶报吗，不见得；但你说善没有善报，恶没有恶报吗，也不见得。但如果你相信，你就会少做甚至不做坏事，就会是一个远离邪恶的君子。这后面一点劝善惩恶的功能才是因果报应观念的真正目的。

　　笔者是不赞成非议因果报应的，将它当成迷信而摈弃尤其幼稚。唯物固然有理，而唯心也未见得全是荒唐。将唯物与唯心两条阵线划得如此分明，更赋予是此非彼的爱憎立场，显然是一种现代的幼稚病。报应当然属于唯心主义，但在笔者看来，它是可爱的唯心主义，至少是不令人生厌的唯心主义。人若因惧怕报应而不做坏事，谁又说他不是君子呢？人心是要有所畏惧的，有所畏惧才能向善背恶。要是无所畏惧，天不怕，地不怕，看起来很"唯物"，很"科学"，但那样的世界真成了"和尚打伞，无法无天"的世界。话说回来，用因果报应的观念理解人世，很深刻么，这又不见得，而且还有几分浅薄。但描画一个不是真实存在的善的世界，不深刻又何妨？人间世界，生生灭灭，本就很平凡，很平凡的人生要有很平凡的道德价值观与之配合，而因果报应正好配合平凡的人生，谁又谓其不然？

055　人以多为贱

《水浒传》第二十六回"母药叉孟州道卖人肉",读得心惊肉跳。不知道该佩服施耐庵不动声色的文字功夫,还是该诅咒叙述者的冷血。中国古代文学欠缺人道精神和充满冷漠血腥的"恶谥",大半因《水浒传》而起,而这个开人肉包子铺的故事,是一个人们熟悉的例子。蒙汗药、开剥、做人肉包子,这本是极残忍的故事,但施耐庵写来丝毫没有责备的意思,而且异常的冷静,好像开剥的不是人,是鸡狗或什么的。例如武松伪装中计,听得母药叉一番话:"这个鸟大汉!却也会戏弄老娘,这等肥胖,好做黄牛肉卖。那两个瘦蛮子,只好做水牛肉卖。扛进去,先开剥这厮用!"其中"黄牛""水牛"的说法,笔者相信不完全是小说家言,就算作者没有亲历,也是得自尝试过此中滋味者的间接经验。英文把食同类的动物叫作 cannibal,如此说来,人也是 cannibal 的一种。

问题还不在于自食其类,而在于做这事儿时的不动声色。张青自述其贫苦,干起此等营生还颇有为贫所迫的意味:"只等客商过往,有那入眼的,便把些蒙汗药与他,吃了便死,将大块好肉,切做黄牛肉卖,零碎小肉,做馅子包馒头。小人每日也挑些去村子卖,如此度日。"张青的绰号叫"菜园子"。"那入眼的"便是他收获的"菜",他可是这个人肉场里的"菜园子"。更令人惊奇的是张青带武松参观自己的人肉作坊,"见壁上绷着几张人皮,梁上吊着五七条人腿"。武松看了,什么评论也没有,想必在这个"杀人不眨眼"的好汉眼里,这不过是稀松平常的事儿。

叙述者应不应该这样不动声色，那是另一个问题。依笔者读正史和野史的知识，孟州道上的这间人肉铺子，还不是见诸文字的最极端的人自食其类的故事。《旧唐书》记黄巢揭竿的时候，将活生生的百姓、俘虏，不论男女，不分老幼，悉数驱赶入巨舂，谓之"捣磨寨"，舂成"肉糜"，以为士兵的口粮。史书的讲法未知真伪，丑化黄巢揭竿也有可能。然而照此说法，黄巢的军队里是有随军的人肉作坊的。陶宗仪《南村辍耕录·想肉》记元末朱元璋的淮右之军"嗜食人，以小儿为上，……或使坐两缸间，外逼以火。或于铁架上生炙。或缚其手足，先用沸汤浇泼，却以竹帚刷去苦皮。或盛夹袋中，入巨锅活煮"。比起正史和野史记载的食人故事，孟州道上张青的人肉作坊，不过小巫一桩。问题是怎样解释这样的事实，笔者觉得不能把它归咎为中国文化缺乏尊重人的道德理想，从个别事例上升为对文化的一般指责。人类的历史无论中外都是文明与野蛮伴生的历史，一个时代尚可接受的事实到了下一个时代就变为不可接受。欧洲15—17世纪盛行猎巫，将异端、反抗者、女巫活活烧死。当年大部分欧洲人还是接受的，犹未以为罪大恶极。但今天则将之称为黑暗中世纪的野蛮事实。同样正史所写的食人和《水浒传》孟州道上的这间人肉铺子，放回到当年，也是稀松平常的事儿。行为固是野蛮，但因此而说中国文化毫无人道观念，根子上就不尊重人，恐怕也不是历史主义的立场。中西文化从"轴心时代"创始，都悬有理想高致、人道情怀，但正所谓理有固然，事无必致，不能凭不致之事而指责固然之理。在一个兵燹遍地、流离失所的世界，人不是极大地贬值，就是根本谈不上价值。正如物以稀为贵的道理昭示的那样，人却以多为贱，不然怎么会有民谚"宁为太平犬，不做离乱人"？

056　暴力的报应

话说武松和张青结识之后，张青自道身世，讲了一个令人心惊肉跳的故事。看似闲闲道来，与上下文也没有多少关系，却值得深思。张青与孙二娘在孟州道上开人肉铺，自然坏过无数人的性命。人命在这双男女的眼里如鸡狗一般，但张青居然惋惜一个被他老婆开剥了的头陀。归来迟了一步，已经"卸下四足"，救他不得。只留下两件难得的物件，"一件是一百单八颗人顶骨做成的数珠，一件是两把雪花镔铁打成的戒刀"。不用说，这两件物品，一件是他的工具，另一件是他的战利品。戒刀用来杀人，数珠记录他辉煌的杀人功业。一个和尚，怀揣度牒行天下，本应慈悲为怀，与人世间到底有什么怨恨，要杀一个人，取一颗顶骨做成数珠，以为玩赏纪念呢？即便有不共戴天的私仇，也不至于积至一百单八颗人顶骨那么多呀。当然，作者没有写，我们也不得而知。但照情理推测，这个头陀一定是一个滥杀的头陀，至于刀下死者是否无辜，我们不得而知。总之头陀是一个暴力和血腥的化身。他所做的事和他的身份完全是两样，南辕北辙。不过，这个以暴力为骄傲的头陀，性命结束得非常滑稽，死于孙二娘的蒙汗药，他的肉照例被做成包子，卖到村子里。这样滑稽的结局，是不是施耐庵有意安排的因果报应呢？以玩赏式的杀人开始，以滑稽式的被杀告终。如果不是因果报应还会是什么呢？

笔者一直觉得《水浒传》作者对暴力持有矛盾的态度。施耐庵一面赞扬暴力复仇，赞扬拔刀相助，甚至以杀戮为解恨。另一面又觉得暴力是作孽，暴力不可能带来一个符合道德的世界，欠缺正当性的暴力终归损害暴力者自身的利益。故事叙述者无端杜撰出这样一个头陀，就是为了给暴力一个微讽。张青说："想这头陀也自杀人不少，直到如今，那刀要便半夜里啸响。"罪孽的积聚直到人死之后还有回响，多么令人害怕。《水浒传》作者对暴力的微讽比较隐晦，藏得比较深，不细心的人就看不到。头陀者，和尚也。佛祖教诲以慈悲为怀，以天下苍生为念。又说"我不入地狱，谁入地狱"。这个顶了佛祖弟子名义的头陀却专以送人入地狱为业。这是多么大的讽刺！

　　头陀虽然死了，但他暴力的结晶——戒刀——却留了下来。暴力的幽灵四处游荡，终于找到了寄生附体的对象，这附体的对象就是武松。武松夜宿张青处，当晚两人玩赏了那把夜里作响的戒刀。武松到了孟州城，他的暴力更上层楼。由打虎、杀奸夫淫妇开始，终止于血溅鸳鸯楼，杀张都监一家主仆男女一十五口。这时武松身上的暴戾之气，已经跟那个头陀差不多了。武松此后杀人均是使两把戒刀，他手上的戒刀，不用说是继承自那个已被开剥的头陀用雪花镔铁打成的戒刀，而武松的命运也与这个暴戾之魔的命运有相似之处。堂堂一个武功盖世的英雄，居然失足跌落阴沟而武功全废。虽然八十善终，但死前早成"废人"。一生英武，以拳头、戒刀闯天下，终于走向暴力的反面，武功全废。施耐庵这样写武松，与张青口中叙述的头陀有相互影射之妙。头陀死法的滑稽、武松结局的可笑，确实透露出作者对暴力隐微的贬抑。

057 施恩的发财之道

武松被押解到孟州，遇到天上掉馅饼的大好事。他仗着打虎的余威，以囚徒微贱之身得罪差拨，拒不纳钱，不但不用打杀威棒，居然还好吃好喝好住，鸡鹅酒肉样样有。连他也吃了闷葫芦，弄不明白是怎么回事儿。待他弄明白时，原来监牢管营的儿子施恩要借他一双拳头，为报蒋门神侵夺财产之仇。

报仇雪恨这事儿看起来很正义，但看过仇恨的渊源本末，却觉得施恩其实也是一个巧取豪夺之徒。他与蒋门神以及张团练、张都监之间的恩怨情仇的故事，活生生叙述出一个中国社会中靠着政治权力的庇护和暴力的威吓从事垄断经营而大发其财的故事。民谚道："背靠大树好乘凉。"发财也是这样。如果仅靠辛勤劳作，就像农民面朝黄土背朝天，能挣得几个钱？能图上个温饱，已经很不错了。要发财，窍门无非是要从事垄断经营的项目。而要垄断一方，则需要政治权力和暴力的表里配合。单有政治权力不一定济事，因为事情不能赤裸裸，不能光天化日。单有暴力也不行，光靠暴力，只能打家劫舍，乱中取财。要在太平时日发财，政治权力的荫庇和暴力的仰仗是一定需要的。施恩恰好天时地利，他的爹爹是孟州管营。管营在宋代不入流官，却是一方豪吏。孟州监狱的大总管，手下的流氓、囚犯、粗豪恰好用得上替自己生财。施恩说："往常时，小弟一者倚仗随身本事，二者捉着营里有八九十个拼命囚徒，去那里开着一个酒肉店，都分与众店家和赌钱兑坊里。但有过路妓女之人，到那里来时，先要来参见小弟，然后许他去赶食。"这是巧取豪夺的自招。施恩每月收三二百两银子。因为孟州是个南北通衢，很多往来客商。

施恩一面开酒肉店经营，另一面将囚徒分发到其他各店，或者直接参与，或者把门收取保护费。往来挂单的妓女则按人头收取皮肉金。我们想一想，如果施恩不是管营的儿子，纵有枪棒的本事，谁会买他的账？但是如果光是一个官，而没有打手出面，谁又胆敢做出这等伤天害理发财之事？

施恩与蒋门神的结怨刚好就结在此处。张团练和张都监也看上了快活林这处生财地方，都监的官比管营要大，是守御兵马即驻军"总司令"。他们看上了快活林，动了夺管营财路的念头。两人事先不出面，是因为未找到蒋门神这样的打手。有了蒋门神，团练与都监在背后撑腰，施恩的快活林当然就要改姓易帜而成了张团练、张都监的快活林。施恩待武松为上宾，盖为报这一箭之仇。由此可知，任何垄断经营的背后都免不了政治权力夹杂着暴力的较量。一方掌权，树立旗帜，招降纳叛，生意就红红火火。而一旦靠山不济或倒台，就树倒猢狲散，关门大吉。一部中国古代经济史，辛勤致富，一步一个脚印而发财的故事，是极罕见的。而生意的起起落落，绝大部分背后都有一个血腥的巧取豪夺的故事。马克思当年研究商品与资本，谓资本每个毛孔都滴着血和肮脏的东西。若是正常的产业，凭自家本事，这样的资本所沾之血汗尤少，至少没有干犯人伦天道。像快活林这种生意，无论施恩经营，还是张团练经营，才真的是每一银子都沾满了盘剥和豪夺的血汗。

058 争夺快活林的背后

社会学家萨孟武当年论到《水浒传》施恩请武松报仇一段故事时，曾提出一个令人深思的问题：既是蒋门神仗着武功比自己高强而抢夺快活林，施恩为什么不去官府告状，而转求武松以武力解决争端？如果夺人财产是违法的，为什么法律不能保障施恩的财产权？《水浒传》作者没有提供施恩告官无疾而终的故事，所以我们不知道施恩为什么财产遭侵夺之后第一念头是求诸武松。笔者猜测，若是写施恩告官，故事便不符合生活的常识。比如施恩之所以盘踞快活林，本身就是巧取豪夺得来的，如果官司到了州官手里，摊到阳光底下，怎么了结，大成问题。再说施恩背后是做管营的爹爹，蒋门神背后是孟州张团练、张都监。官大一级压死人，官司在宣判之前已经输赢立见，也没有什么好写的了。所以作者不写施恩告官，却是有社会常识根据的。

我们不能说古代中国毫无法治，历朝历代尤其是享祚长久的朝代的法律，都有明令官府当保障平民的财产不受侵夺的成文法条，《大明律》《大清律》等均不例外。侵夺他人财产是严重的违法行为，古代中国一向如此。法律制度要保障人民财产不受侵夺，笔者以为有两条是至关重要的。第一是司法独立，第二是有明令禁止官府侵夺人民的财产。这两条在中国数千年微弱的法治传统中都是付诸阙如的。第二条之所以重要，是因为如果缺少了这一条，所谓法律面前人人平等，所谓保障财产权就是一句没有实质内容的空话。法律虽然禁止个人之间相互侵夺财产，但若不禁止官府侵夺人民的财产，有人打着官府的名义做起垄断经营的生意时怎么办？施恩就是一个例子。他仗着老子在孟州城的威势，搞起垄断经营。他首先就侵夺了囚徒的权利，养着八九十个亡命囚徒，替自家生意挣钱。他将公权力转化为私人牟利的工具。其次是侵夺来往妓女的权利，强令按人头收取皮肉金。由此可见，要是一个社会做不到禁止官府侵夺人民的财产，它必然衍生出两个现象。第一是公权力没有边界，第二是官员打着官府的旗号干起营私舞弊的事情。囚徒虽是罪犯，但政治权力对他们人身自由的剥夺也要有个边界，至少不能利用他们替私人发财。官府也是由人来组成的，要是它本身的行为不受法律的规范，则必然有内部的人利用它的威势来为自己谋利益。果然，看着白花花的银子落入施恩的口袋，官更大的张团练、张都监眼红了，找来蒋门神将快活林据为己有，其强取横夺的手法，一如施恩当初。为施恩设想，他也知道他的财路见不得光，只能遮遮掩掩地经营。若是为自己鸣不平而首告官府，他的生意也站不住脚。

　　争夺快活林的故事折射出中国古代社会里财产权得不到应有保障的现实，而其背后则是政治权力过度膨胀，缺乏合理的界定。既然借助政治权力的庇护可以大发其财，那依这样的手法而获得财产，遭遇更大政治权力而被侵夺，当然是可以理解的事情了。民谚有谓"狗咬狗一嘴毛"。施恩与张团练的争斗，不是善恶是非的争斗，而是披着公权力外衣的黑道之间的火拼，双方都是依托官府威势的黑道。

▶ 水浒丛话

張清
施恩

059　江湖义气

武松与施恩素昧平生，最后竟成莫逆。先是施恩慧眼识英雄，救武松于棍棒之下，再将囚徒之身的武松奉为上宾。然后武松知恩图报，醉打蒋门神，为施恩重霸快活林。再后来是施恩为救武松的性命三下死牢。施恩对于武松有知遇之恩，武松对于施恩有雪恨之义。这个故事看起来非常感人，充满了江湖义气的豪情，可以说是演绎江湖义气的极好例子。

人乃社会动物，怎样解决人与人的社会交往，每个社会都有各自的一套办法。这些办法并非有天壤之别，但究竟有些许不同。例如在社会生活中，如果要办什么事而没有相识的人，就会感到十分困难。大都市社会化程度高，还好些，在小地方对着陌生的面孔可能连话都说不成，更遑论办事了。社会常识告诉我们，要办事，第一个冲动往往是找相识的人。反过来，有朋友熟人，看起来不可能办成的事，三杯黄汤下肚，拐弯抹角甚至干犯法令的都替你把事情办成了。所以民谚说"出门靠朋友"。这个就是东方社会的特色，社会学上称为"熟人社会"。社会是一个大的集合，大集合下面有无数的小集合，而每一个熟人群体就是一个小集合。理论上我们可以认识无数人，事实上却做不到，根据平日的经验，能记得住名字的熟人，不会超过三百人。有人做过计算，人一辈子很难认识超过一千五百人。而这三百之数就是我们每个人当下身处的熟人圈子。无数各不相熟的熟人群体组成了一个庞大的中国人社会。熟人靠什么来维系，以什么为交往准则呢？答案就是江湖义气。"义"和"信"作为伦理规范在中国社会具有这么高的位置，完全对应了熟人社会的现实。孟子说："父子有亲，君臣有义，夫妇有别，长幼有序，朋友有信。"亲和别是属于血缘范围的,义和信是属于熟人群体的,序则兼而有之。做人无义而不信,就无法行走于江湖。

义气干云,表面看好像很浪漫。为朋友两肋插刀,似乎毫无功利色彩。但是究其实质,义气无非就是熟人群体的交往伦理,它的功利性是十分明显的。施恩为什么要救武松?无非看中他的一双好拳头。如果武松生得像他的哥哥武大郎,施恩才不会施予援手,而武松怕早在孟州监牢死掉了。武松之所以问蒋门神有几个头、几双手,亦无非要报答施恩的酒肉之恩。在施恩敬重英雄、武松慷慨出手的背后,我们都看到一种人与人之间的利益交换。武松有拳头,施恩有酒肉,于是就上演了一出江湖义气的好戏。当然利益交换也无可厚非,因为人生难免要相互利用,相互交换。但是民间故事,就像《水浒传》,把义气包装得很高尚,连评点名家金圣叹都被骗过,称武松为"第一天人"。照笔者看,武松醉打蒋门神,是称不上"天人"的。武松被黑恶势力利用,成为施恩的打手,非但不是什么"天人",称作"暴人"还差不多。他比鲁智深差远了,鲁智深为孤贫弱小鸣不平,有禅杖,也有善良。而武松有拳头,但没有头脑,不辨善恶,激于义气,帮了一个不值得帮的人。武松身上体现了江湖义气的狭隘性和局限性。

060 成名之累

武松与别的梁山好汉不同，别人在江湖上的名声是逐渐建立的，而武松却是一夜成名。不论武功怎样的好，如是用一双拳头来对付人，无论怎样利索，终归背负一个罪名，遭官府捉拿。像鲁智深三拳打死镇关西、林冲火烧草料场，也算与武松的勇武不相上下，却不能享如许名声。武松打虎之前默默无闻，住在柴进的庄上，而柴进对久住的武松也颇有轻蔑之意。一旦打虎，则声名震四海。为什么呢？无非是武功用来打人常见，打虎则不常见。机缘巧合，一旦弄出个人们不常见的名堂，这名声当然就顺势远播了。正所谓，一招鲜吃遍天。在媒体炒作还未到来的年代，成名往往靠的就是出人意表，一新耳目。自从盘古开天地，只听虎食人，没听过人打虎。武松醉拳打死大虫，该他声震江湖。

然而，但凡一夜成名的，也往往容易背负成名的负累。因为导致成名的事件和具体经验很容易在心里积淀成为一个程式，以为如此就是导致成功的因素，日后便突不破程式的束缚。例如景阳冈那晚，武松并没有准备做打虎英雄，只不过喝得太多，晕了头脑。待到看见路口官家榜文，知道真有老虎，而事前又夸下海口，反悔无路，不得不硬着头皮上山。老虎扑将过来，武松吓得"叫声'啊呀！'从青石上翻将下来"，连哨棒都丢了。等到打死了老虎，被人抬着入城，阳谷县又给银子奖励又提拔做都头，那当初打虎的尴尬都忘了，记住的却是十八碗的豪饮和赤手空拳的勇武。酒量和一双拳头就成了武松内心积淀的成名经验，当初的运气和尴尬都被抛到九霄云外了。武松时刻记住这个程式，一到要展现其勇武的时候，就逃不脱自我模仿，搬出当初打虎的那一套做法。

读武松醉打蒋门神，深觉得武松多此一举。他或者是有意自我神化，把蒋门神当作景阳冈上的那只老虎了，由他重演一遍当初的"威水史"。整个过程，无一不是对当初打虎的自我模仿。首先是一路喝酒，将"三碗不过冈"改成"无三不过望"。声称打赢蒋门神的前提是每过一店喝三碗，吓得施恩赶紧服侍。其次是赤手空拳，不拿家伙。武松借酒闹事，激怒对手，等得寻到对手，"望蒋门神头上便打"。这个打法，用来对付老虎，还颇见艺术，但用来对付人，则有几分无赖气。一来有点儿装腔作势，一路行，一路饮，几个马弁跟着，把打蒋门神弄成了行为艺术。这仪式只能是做给自家主人施恩及管营看的，以显示自己还是那个打虎英雄。二来有市井无赖的做派，借酒闹事，不够光明正大。堂堂好汉，谁有事就找谁，完全不必如此拐弯抹角。归根结底，武松是受一夜成名之累。连对着脸青鼻肿的蒋门神，他都不忘当初打虎："休言你这厮鸟蠢汉，景阳冈上那只大虫，也只三拳两脚，我兀自打死了！"受成名所累的英雄，才会老提当年勇。由此看来，武松的行武境界不算高，金圣叹定他为"天人"，大错特错。

060 成名之累

景阳冈武松打虎

061 说义气

武松生得一双好拳头,但是头脑简单,做事只激于小义,不明大义,颇令人可惜。他帮施恩重夺快活林,对他来讲固然是为报知遇之恩,也算是路见不平,拔刀相助。在这个意义上,他说"我从来只要打天下这等不明道德的人",也言之成理。但是放在一个更大的范围内,我们就觉得重夺快活林这件事也算不得多么彪炳。武松的拳头向施恩有交代了,但那些被施恩盘剥的弱小,那些辛苦的店家,那些往来的妓女,却是没有个说法了。施耐庵用"施恩重霸孟州道"来做一篇的题目。一个"霸"字,点出了要害,也是微含讽喻在内的。施恩夺回经营权后,"比往常加增三五分利息,各店里并各赌坊兑坊,加利倍送闲钱来与施恩"。这显然是一个惩罚性的措施。先前众店家效忠蒋门神,如今光复,旧主登场,加抽银根,以示惩罚。武松的勇武带来孟州道上快活林唯一的变化,就是施恩盘剥更重,众店家生存更加艰难。

武松的义举充分反映出传统社会江湖义气的局限性。它只问熟人群体之间的正当性,不问更大社会范围之内的正当性。一事当前,是非善恶的标准不是存乎归根究底是否符合正义的追问,而是存乎熟人圈子内对方对自己是否"够义气"。你对我有情,我对你有义,其余一概不问。武松那么振振有词,劝"你众人休猜道是我的主人,我和他(施恩)并无干涉"。仿佛与世无涉的判官出来主持正义。其实并不是这样,武松乃囚徒之身,先在牢里受了施恩的供奉。这些供奉都是有代价的,是施恩用来买武松这一双无敌的拳头。两人虽不是主仆,武松却是施恩临时的"御用武人"。重夺快活林这件事,从头到尾,武松都是一个被人利用的角色，而且被利用得不值得。一双好拳头为这样一个徇私枉法、贪财好利的小人服务，武松真是枉勇武一场。

当然这不仅是武松个人的缺陷，江湖义气熏陶下的人物，大概都是如此。中国的伦理思想自来就缺少古希腊那种上天入地追问善是什么，寻根究底探诘正义为何的倾向。像苏格拉底式的人物，当内心至善的正义与城邦正义不可兼容的时候，宁可饮鸩自尽也不愿逃生。中国民间忠义之神关公，《三国演义》写他因在曹营一段因缘，曹操慧眼识英雄，对关公恩赏有加。当赤壁之战，华容道上，关公激于义气，不顾大局，私下开释了曹操。民间以此为关公一生的壮举，但若以欧洲封建伦理来衡量，这是名副其实的"叛主罪"。义气之为物，在日常生活中自有其可爱之处，自有其深厚的人情味，但它本身以情代理，对人性的理解浅尝辄止，目光短浅的局限也是显而易见的。

江湖义气无疑是一种有其存在价值的伦理准则。中国社会长期浸润于宗族血缘，以宗庙所拜先祖为界限，一国之内有无数此种由血缘纽带而结合起来的"小团体"。血缘"小团体"成为国家有机体内的小细胞。跃出这个小细胞，到了包含有非血缘的人组成的小团体，就是所谓的"熟人社会"。熟人社会是从宗族社会衍生出来的一种亚宗族群体，它仿照宗族社会的伦理准则来维系，这个伦理准则就是义。如果中国的宗族传统不是那样深厚，作为亚宗族群体的"熟人社会"的传统也不会那样强大，它的伦理准则——江湖义气也不会那样影响深远。像忠与孝时有矛盾一样，忠与义也有冲突。与宗族血缘社会的伦理准则的孝相比较，熟人群体的伦理准则的义的局限性要更大一些，这从武松帮施恩重夺快活林这件事可以看得出来。

062 请君入瓮

俗话说官大一级压死人，这话道出了在一个层级严密的官僚架构里，下级如遭遇不白之冤，你纵有千条理由，何人信你？更何况如何跟上司论理？中国自秦汉大一统，庞大的官僚政治传统根基深厚，科层制的烂熟远在现代性兴起之前。官场之内，下级只有唯命是从的职分，上级却有飞扬跋扈的权威。这种制度不能说全无好处，它在政令畅通的时候，不仅效率奇高，而且伸延深远。但是，上司放肆、下级唯唯的局面演变出奇特的官场文化。上司看他不顺眼，设局陷害下属，请君入瓮即可。此种权谋，百试百灵，因为下属有口莫辩。

《水浒传》写了两个同样的陷害故事。一个是第六回的"豹子头误入白虎堂"，另一个是武松冤屈偷财物。高衙内看上林冲娘子，林冲自然就是眼中钉、肉中刺。怎样除去林冲呢？衙内的手法很简单，说要看林冲的祖传宝刀，林冲不知就里，拿了刀直入高太尉办公的白虎堂，而白虎堂是不准带刀进入的。这样林冲就落得个谋杀上司的罪名。试问衙内要看刀，林冲不带刀带什么？同样，武松被张都监请去演练武术，当夜宴饮，就住在张都监家里，而半夜叫捉贼，武松焉有不出来的道理？怎知捉的正是自己，而衣物之下又搜出金银铜器和一二百两银子，真是百口难辩。原来张都监要除掉武松，以报蒋门神之仇。张都监深知，如果明火执仗地对决，他手下无人能胜得了武松。但是他的官比施管营大，武松囚徒一个，当然更不在话下。于是让人去请武松，做出礼贤下士的模样，以凸显武松之不识抬举。同是一个张都监，先前既夸武松好武功，又叫武松不要见外，还请丫鬟为武松斟酒唱曲。但转眼之间即狂吠："原来你这厮外貌像人，倒有这等禽心兽肝！"

　　冤屈当然自己清楚。软弱如林冲如何敢有胆量谋害上司，更何况是拿刀直入白虎堂。武松一条好汉，从来不爱银子，更何况身边财物。但问题是在一个层级式的官僚架构中，是区区一个教头的话有人信，还是堂堂一个太尉的话有人信？是一个囚徒的话有人信，还是一个都监的话有人信？微贱如林冲、武松，怎样能够令人信服地指证太尉和都监的陷害呢？真是叫天天不应，叫地地不灵。在这种情形之下，只有当事人心知肚明，犹如哑巴吃黄连，冤屈自己知，却不能宣达于社会，让社会还他们一个公道。如果社会能还他们一个公道，那这必然是一个对官府的权力有清晰限定的社会，必然是一个有完善法治的社会。怎奈中国传统社会不是这样的社会，官府的权力多来自更高层级的监管，法律限制的作用微乎其微。就拿林冲和武松的冤屈来说，如果有个独立于太尉府和孟州府的申诉机制，林冲和武松或许可以申诉。由此可知，平民百姓如此巴望青天大老爷，就是因为这是传统社会冤屈能申的唯一希望。因为青天大老爷的官更大，能够压住不轨的下级。然而这样的巴望是很微茫的，青天大老爷难得出现于人世间。多见常见的是窃据高位的小人，他们用种种手段贪赃枉法。由于占据高位，用并不高明的伎俩，就很容易逼得下级小民百姓无路可走。

063 礼尚往来

都说中国社会是一个人伦的社会，人际关系具有特别的意义。这个特别的意义不容易说清楚，举一个具体的例子：笔者在图书馆借书逾期了，按规定要交罚款。正准备甘心认罚的时候，碰巧遇到图书馆工作的熟人。说明原委，熟人非常客气，立马把该罚的款免了，还对笔者说不好意思。人脉的作用就是这样，能帮你突破规章的限制，混淆规章与违规的界限。它像生活齿轮的润滑剂，让生活的齿轮运转自如，如鱼得水。反过来，如果没有一点儿人脉，也就寸步难行了。怪不得人们不论办什么事，第一个念头总想拐弯抹角地找个熟人、朋友什么的，办事从请客吃饭开始。如果请不到人来吃饭，这事儿基本上就黄了。笔者虽然是一介草民，却因为行走多地，忝列教职，也曾经莫名其妙被请去吃各种饭，受托各种不着边际的事情。有时深觉得施主多此一举，花了冤枉的酒饭银子。但你不赴席，交情很可能断绝，即便申明自己并无如此的法力也不被接受。

人伦社会就是这样讲究彼此往来时的交情，不过我们也要知道，维持彼此的交情也是有代价的，就像人伦要有润滑剂一样，没有润滑的东西，那伦序便运动不起来。古人留下礼尚往来的话，讲的就是如果"礼"要维持下去，"往来"是最重要的。"往来"是什么呢？答案便是银子。见面打招呼，开会发个言，这当然不是人伦社会中"往来"的深义。交情的背后，无一不见银子的身影。武松被冤屈做贼，施恩慌忙"将了一二百两银子"去求康节级。康节级"再三推辞，方才收了"。然后又拿一百两银子，托人送给办文案的叶孔目。到牢里探望武松，又撒了三二十两银子，"分俵与众小牢子"。这是正面的写法，施恩的对手，即陷害武松的张都监那一边，也同样忙着送银子。"张都监连夜使人去对知府说了，押司孔目上下都使用了钱。""那知府是个赃官，接受了贿赂。"施耐庵讲故事，非得有个是非，站个立场，他以施恩为是，以张都监为非。但我们作为读者，站在局外，大可不必跟着叙述者的指挥棒转。难道只有张都监送钱是贿赂，而施恩送钱不是贿赂？其实，他们做着同样的一件事，为了各自的利益打点关系，力求案件按自己的意愿方向发展。

人脉是个很奇妙的东西。都说有交情，但若有事求人，你不拿出点什么来，这交情就没有分量。俗话说，秀才人情纸半张。古来就知道秀才是办不成事儿的，秀才造反三年不成。因为秀才只会说好话，就算引诱人家姑娘，也只是写在纸上的。秀才不"办实事"，就算想"办实事"，秀才也无此能耐。讲到"办实事"，银子就最实在了。记得当年知青岁月，收留笔者的彬叔反复教导笔者的话——"手中无米，叫鸡都不来"。人际交往里，孔方兄总是大行其道，任由如何地道德挞伐、反腐倡廉，也多能畅通无阻。从法治的角度看，中国社会的确是背上了沉重的"人伦包袱"，隔三岔五，交际应酬，活得很累人。凡有事都要往来，往来皆须打点。不说没有银子的，就算有，那时间、精力也就消耗在无穷无尽的"礼尚往来"之中了。个人的空间，沉潜思考、发明技术的空间就这样被"礼尚往来"的民间风俗所侵蚀。

064 血溅鸳鸯楼

如果要用一个字概括武松一生"事业",最恰当的就是那个"杀"字。他的一生"事业"在血溅鸳鸯楼一篇达到登峰造极的地步。从他甫一出场,在柴进家里揪住宋江的衣领就喊打,到景阳冈打虎,再到杀嫂、醉打蒋门神,以致最终鸳鸯楼上杀光仇人——蒋门神、张团练,还包括张都监一家大小妻妾、丫鬟、门丁,共一十五口。古典小说里写暴力杀人场面,细腻而令人震惊的,莫此为甚。以致国外汉学家批评中国古典小说缺乏人道主义思想,对不分青红皂白的暴力缺少悲天悯人的情怀时,就常常举出武松血溅鸳鸯楼的例子。施耐庵当然很难在武松身上寄托人道主义的理念,因为要写的正是一个为复仇的怨恨推至疯狂地步的暴力化身的形象。

笔者曾经想过,为什么世界上各大文明的道德伦理观念、宗教都反对自杀?儒家以为身体发肤受诸父母,不敢伤毁。佛教以慈悲为怀,杀生丧德。基督教以为生命受诸上帝,自我无权剥夺。答案就是不杀戮包括不自杀是一条建立人生理性的底线。若是人踏破这条底线,便变作"天不怕、地不怕"的打伞和尚——无发(法)无天。只有见得生命可贵,才能理性地生活在一个充满彼此冲突的世界,依赖非暴力的手段解决相互之间的分歧。然而这个理想常常不能实现,原因就在于人世间也存在另一种力量,促使人突破生命可贵的底线,做出为所欲为的暴行。这种力量就是怨恨。武松用人血写下"杀人者,打虎武松也"之后,夜行蜈蚣岭,遭遇"横死神",被绑在灶边亭柱上,将要被开剥做人肉包子。他的第一个念头是"死得没了分晓!早知如此时,不若去孟州府里首告了，便吃一刀一剐，却也留得一个清名于世"。这说明仇恨已经彻底改变了他对自身生命的看法。生死早已抛诸九霄云外，只求死得有个分晓。所谓分晓，就是轰轰烈烈一点，死在光天化日总胜于死得无声无息。吃官府的一刀一剐，毕竟法场有人围观。或者像阿 Q 那样，临死唱一句戏文，也有看客喝彩。而如此横死荒郊野外，默默无闻，甚是可惜。由武松的临死一念，我们可知仇恨已经将他改变到什么程度。

怨恨促使人踏出生死关口，而一旦踏出这底线，人就成为疯狂的动物。行为不可以理性来度量，观念中根本就没有应该不应该这回事儿，只有逞一时之快意。人性中最凶残、最暴力的一面就展现于世间。怪不得金圣叹读过《水浒传》这一回，感叹："天下之人磨刀杀人，岂不怪哉！"他用一个"怪"字来形容，就是还未窥破武松杀戮背后怨恨的心魔。孟子早就说过："杀人之父，人亦杀其父；杀人之兄，人亦杀其兄。"我磨刀之时，别人也在磨刀。道理都很简单，但怨恨涌上心头的时候，这些道理都被抛到九洲洋之外了。如同武松为了杀几个仇人，管你什么丫鬟、门丁、妻妾不相干的人，杀红了眼，便统统不在话下。怨恨使武松成为一架杀戮的机器。一部《水浒传》写出了暴力，也写出了人性的疯狂。

065 谁是水浒第一条好汉

《水浒传》写了很多好汉，着墨较多的有鲁智深、武松、杨志、李逵、三阮等，并在林冲身上花了不少笔墨。但林冲究竟懦弱，豹子头的杀气到最后一刻才表现出来。他与那些豪气干云、仗义行侠，活跃于社会草根的好汉毕竟还有距离。本来，好汉无所谓第一、第二，这个问题是三百多年前金圣叹挑起的。这位才子将魏晋品藻人物的风气转而用于谈论章回小说中的虚构人物，开了一时的先例。他以武松为第一好汉，在《读第五才子书法》中说："一百八人中，定考武松上上。"又说："鲁达已是人中绝顶，若武松直是天神，有大段及不得处。"另外，又在第三十一回句评中说武松"一百七人中，无一个得及也"。金圣叹的文才，犹如绿林中的武松，豪放不受羁绊，死到临头，犹撂下一句："杀头，至痛也，而圣叹以无意得之，大奇。"令人回味至今。他于众好汉中独推武松，乃是惺惺相惜，从对方的行为中看出自己。他的评鉴，鼓吹自己趣味者多，而尊重施耐庵文意者少。

武松一双拳头、两把戒刀，固然所向无敌，他在水浒好汉中的暴力倾向，仅次于李逵。站在《水浒传》文意的角度，其实有很多地方是讽刺、挖苦武松的，显然见得施耐庵并不以为武松是第一好汉。武松的杀气太重，而故事的叙述者既乐见仗义行侠，但又不喜过度的杀戮，所以在"武十回"的叙述中，穿插一些细节、场面让读者看到武松行为举止的可笑一面，甚至看到过度的武力荒诞的地方。武松血溅鸳鸯楼之后，被官府通缉，母药叉孙二娘给他出了一条计策，穿上那个被做了人肉包子的头陀的一身行头，化装成行者去投二龙山鲁智深处。那头陀是一个杀人狂，他的衣钵由武松继承，其象征意义不是十分明显么？穿好之后，"张青、孙二娘看了，两个喝采道：'却不是前生注定！'"武松也自好笑："不知何故做了行者。"他这个行者与鲁智深之做行者不同。鲁智深拜过师傅，受过戒，出身堂堂正正。武松只是伪装的行者，来路不明，而且模仿的是以杀人为修炼法门的头陀。施耐庵此神来之笔，难道不正是寓含了武松继承头陀杀戮之魂的讽刺吗？如此装束的武松做下的第一件事，刚好就是杀人。他操起头陀夜晚鸣啸作响的戒刀夜行蜈蚣岭，便不分青红皂白杀了王道人。王道人虽然罪有应得，但武松杀他的理由居然是看见他搂着一个女人窗前赏月，便"怒从心上起，恶向胆边生"，要找他来开杀戒。

中国传统思想对暴力是有反思和贬抑的，最好的理由就是"武"字由"止""戈"两字会意而成，意为"制止杀戮的暴力"。《道德经》三十一章曰："杀人之众，以哀悲泣之；战胜，以丧礼处之。"古代思想从来认为杀戮乃不祥之事，而《水浒传》推崇仗义行侠，并非一味鼓吹杀戮的暴力。看看作者对鲁智深和武松两人的写法不同，就可以悟解到施耐庵对过度的杀戮是寓含春秋笔法的。武松上二龙山之前，居然打不过一条黄狗，岂非对这个被金圣叹誉为"天神"的人物极大的讽刺？施耐庵其实是想告诉我们，过度的杀戮必将走向它的反面。武松的结局是摔入沟渠，从此变成武功尽废的"废人"。他一生勇武，最终走向了它的反面，成为"废人"，失笑于天下。而鲁智深仗义行侠，全是为弱小者抱打不平，若要在水浒好汉中推第一条好汉，愚以为非鲁智深莫属。

▶ 水浒丛话

鲁智深 武松

066 金钱非万能

俗话说："有钱能使鬼推磨。"可是鬼也和人一样，有见钱眼开的鬼，有见钱麻木的鬼。要是遇上见钱眼开的鬼还好说，要是遇上见钱麻木的鬼，那磨也就不怎么推得动了。武松在张都监家里抄起很多金银品，由张青换成碎银，化装成行者，避过官府的通缉，来到不知名小镇的酒肆。他有的是银子，要好酒好肉吃一顿，可是店家告诉他只有"茅柴白酒"，"肉却多卖没了"。武松反复说："一发还你银子。"店家依然白眼相向，说没有就是没有。刚说着卖没了，就来了一条大汉还有三四个人，店家"笑容可掬迎接"，将煮熟的鸡和肉都端了出来，青花瓮酒也端了出来。阵阵香风吹到光喝水酒的武松鼻中，引得他先是馋涎欲滴，继而勃然大怒，站起来质问店家："这青花瓮酒和鸡肉之类，如何不卖与我？我也一般还你银子。"店家回得十分巧妙：这东西是大汉家自己拿来的。话是这么说，可谁也不相信，哪有食客自带食物到酒肆吃的道理？

说白了，店家看武松不顺眼。一是嫌他样子古怪，既是出家人，但毛发未剃，仅用界箍儿箍起；二是嫌他行为不端，一个酒肉行者算什么呢？你有银子又怎么样？我偏是不挣你的钱。西方经济学把人假设为纯粹的理性人，理性人假设是西方经济学的基石。这假设以为，人的经济行为以利益最大化为前提，以自利自益为第一考虑。此种假设常常和我们观察到的社会事实不符。武松遇到的店家，虽是小说家言，但也反映一般社会状况。店家不愿意挣武松的酒肉钱提供了一个与理性人假设相反的例子。其实人有理性的一面，也有非理性的一面。即使是经济行为，利益的考虑有时也会被放在一边。如果人生在世，一举一动皆是为了赚钱，那就不会有什么宗教、报应、道德之类的社会教诲了。笔者在美国的时候，看过美国新闻网的揭露。当时的参议院拨款委员会主席利用职权，每年都在他的家乡大肆推动联邦投资，家乡的经济蒸蒸日上，人人都说他好。从小利角度说，固然理性，因为如此可以赚得选票，坐稳交椅。但是一个公开的社会，早晚纸是包不住火的。这个大官显然是利欲熏心了，如此出格地利用职权枉法的行为都做得出来，显然并非理性。或是困于名位利欲，或是困于乡情，总之不是出于理性。现代社会犹是如此，更何况讲究人情、人脉的传统中国社会。看你不顺眼，不赚你的钱，如此硬汉大有人在。人非理性的天性同样深刻地影响人的经济行为。

兜里有了几个钱，人的气也会莫名其妙地旺盛，稍有怠慢，就会勃然大怒，由此酿成很多人生不幸，新闻报道已经屡见不鲜。当然开门都是客，应该大小一律平等，但人情有所难免，不得不心怀戒惧。所以传统教诲都是教人审察人情物理，切勿仰仗钱财，以为可以通行无阻。站在生意的立场，这笔生意可以给甲做，也可以给乙做，之所以给甲而不给乙，常常并不是因为甲的客观条件更好，而是因为与甲的关系更加融洽。武松的做法，十有九是要碰壁的。环观社会上生意做得好的人，有一条不能缺的，就是人情练达、懂得藏拙。

067　宋江凭什么死里逃生

行走江湖，具备两样本事中的一样，大概就差不多了。第一当然是拳脚功夫。这种本领引申一下就是今天的"专业才能"。"学好数理化，走遍天下都不怕"，说的就是靠专业立足社会这回事儿。第二就是济人所困，急人所难。这是德行修养的功夫，一般人不易察觉这种本事在社会里的"用处"。因为济困急难是要付出的，既然付出，何来收益呢？尤其急功近利的人所看到的都是眼前芝麻，更难觉察复杂的人生因果了。

人性偏于自私，这是人所共知的。但这自私在另一面则意味着期求他人对自己慷慨付出。正因为这样，慷慨付出的人总是更受欢迎，更受赞誉。宗教的教诲说施比受更有福，亦与此理暗合。宋江与其他好汉如武松、李逵之流不同，他不是以拳脚功夫威震江湖，而是以周济他人急难广为人知。从他浔阳楼题反诗，有"潜伏爪牙忍受"的句子看，宋江的慷慨并非出自天性，而是属于"早有预谋"一类。不过不得不承认宋江比一般好汉看得更远，至少他能隐察人情的细微。宋江不爱钱财是出了名的，当然可以说他有钱施舍送人，但富人无数，能够济困扶危的少之又少。武松在柴进庄上住久了，柴进不就嫌弃他么？只有宋江才能看出投资落难英雄的潜在回报。与柴进的嫌弃不同，宋江送银子与武松。这说明慷慨不仅是金钱的问题，它既是个人财力，又是德行修养，更是细察人情的识见。

宋江用他的慷慨在江湖上建立起名声，而名声又可以带来实际的"用处"。他的名声竟然可以使他从坟墓里爬出来，这效果他当初慷慨解囊予人时未必想得到。第三十一回"锦毛虎义释宋江"，当宋江被捆得像粽子一样，等着被"剖这牛子心肝做醒酒汤，我们大家吃块新鲜肉"时，心想必死无疑。就在喽啰刀、汤齐备之际，宋江叹了一句："可惜宋江死在这里！"正是这一叹救了他的性命。锦毛虎燕顺在弄清眼前的"汤料"正是江湖上的宋公明之后，"便夺过小喽罗手内尖刀，把麻索都割断了，便把自身上披的枣红纻丝衲袄脱下来，裹在宋江身上，便抱在中间虎皮交椅上"，叫来众人，"纳头便拜"。一瞬间，生死天壤，连宋江都不明白是怎么回事。还是燕顺说得好："仁兄礼贤下士，结纳豪杰，名闻寰海，谁不钦敬！""只恨缘分浅薄，不能拜识尊颜，今日天使相会，真乃称心满意。"

  古人积德的说法，正应在宋江身上。不管宋江平日撒银子是真心还是假意，在受者看来，便是积德。不是说凡积德皆能逃过死神。但像宋江遇到燕顺那样，落到山贼手中，山中毛贼杀人如麻，一般人肯定做了"酸辣汤"了，而宋江能从死神手里逃回来，不能不说德佑天人。他平日仗义疏财种下的"因"，结出了死里逃生的"果"。人在危困之时受人周济，不会想周济之人是何居心。但凡能够帮自己逃出围困，皆受之若纳。尽管宋江乐善好施是他"潜伏爪牙忍受"的长远目标之下的手段，但江湖好汉不管这个。既看不到，也不顾及。江湖好汉将之理解为"礼贤下士，结纳豪杰"，于是宋江就比众豪杰更上层楼。如果好汉们是用拳脚功夫去驾驭这个世界，那宋江就是用慷慨解囊去驾驭好汉们。他能够从死神手里逃回来，又坐上了梁山第一把交椅，靠的就是这个不二法门。

068　好汉当戒色

宋江在燕顺的山寨凭自己的江湖名气捡回一条性命，就发挥他一贯的特色，交结好汉，仗义执言。好色王矮虎掳掠得一个妇人，"正搂住那妇人求欢"，宋江等就来到跟前。宋江要解救那个妇人，有两个理由。第一，该妇人是宋江江湖知交花荣同僚的浑家，好歹是朝廷命官的夫人，给几分薄面放了她。第二，"贪女色，不是好汉的勾当"。他劝王矮虎放人时说过一句："但凡好汉犯了'溜骨髓'三个字的，好生惹人耻笑。"头一个理由当然是人之常情，第二个理由却颇值得深究。

上山落草，干起打家劫舍的营生，将头颅别在裤腰带上造反，满足的无非就是食色二性。如今美色当前不能享受，反而要戒色才能当好汉，岂不是辜负了落草的初衷？其实，世事往往就是这样，它会在追求实行的过程中走样，哲学谓之异化。浮士德为追求心灵的自由而踏上求知之途，最后却因与魔鬼达成协议而丧失自由。其他事情，如做官、发财，也莫不如此。即使上山做土匪，仅仅满足食色，到头来也要受约束。好汉自有好汉的道德准则，宋江讲得十分在理。盖占山为王，称霸一方，兄弟们就要十分团结，兄弟的情分决定着生死存亡，含糊不得。而女色之欲，天生只能独享，此事从无双赢，不可分享。于是女色往往被视为瓦解兄弟情分的力量，需要戒除。记得博尔赫斯讲过一个故事，两兄弟共欢一个女子，最后却决定把她杀了，为的就是不让兄弟的情分生嫌隙，兄弟之情战胜了异性之欲念。埋尸的时候，弟弟说："动手吧，兄弟！待会儿秃鹰就要来啄尸首了。"所谓红颜祸水，除了是上层统治者为自己的失败辩解之外，在民间或社会底层，它还是一种真实的经验。生死存亡的压力，使那些需要凝聚兄弟情谊来扩展一线生机的人们，将所谓人之大欲的女色视为畏途，视为禁忌而不敢沾边，实属在情理之中。凡重视兄弟情谊的社会集团，无论其目的是什么，自然而然就产生自身的道德准则，这些准则一定包含一条：戒除女色。宗教之中凡重视僧团、教团生活的，必然倾向禁欲主义。表面的理由可以有多种，例如考验意志、侍奉上帝等，然而究其实是功能的理由。色欲必将瓦解僧团、教团组织，使之衰朽腐败。为维持宗教组织的"健康纯洁"，必须禁欲。君不见在所有人的组织和稳定群体之中，能持久的两性关系只存在于婚姻中，舍此无有。人类的色欲，只是进化的产物，本身没有目的。它可以是一种冲破民族、阶级、种族偏见的建设性力量，也可以是一种瓦解兄弟情谊、腐蚀人生的破坏性力量。江湖草根的道德之所以首在戒色，乃是因为他们脆弱的情谊实在经不起顽强私情的腐蚀。古人之以红颜为祸水，其实也无可厚非。

　　王矮虎不明白这个道理，以为人生一世，草木一秋，既然做了山大王，为什么不能弄个把女人来满足私欲？看过这个故事，不得不承认宋江比燕顺一伙山贼更有长远的眼光。宋江当然不在乎那个妇人的生死贞节，但是他在乎引导这些粗豪不文的江湖好汉怎样真正地实现闯一番天地、封妻荫子、出人头地的目的。在实现这个目的之前，任何不利于山寨事业的个人私欲一定要克制。好汉戒色，所失者少，所得者大也。

069 黑白两道通吃

宋江虽然是梁山好汉的头领,可是着实不像一条好汉。从外观看,又黑又矮,绰号"孝义黑三郎"。故事写他爱好枪棒,打熬筋骨,却没有任何正面功夫的显示。按他上梁山之前的经历,他有很多机会摆弄功夫展示拳脚的,每到此等关头,施耐庵却写得宋江像全无功夫的废人。刚与武松分手,宋江独去清风寨找花荣,"树林里铜铃响,走出十四五个伏路小喽罗来,发声喊,把宋江捉翻,一条麻索缚了,夺了朴刀、包裹,吹起火把,将宋江解上山来"。宋江完全没有反抗,只有"叫苦",哪里像一个闯荡江湖的好汉所为?为避难,宋江夜上清风山,被文知寨算准了,"约莫有二更时候,去的军汉,背剪绑得宋江到来"。这一回宋江又是没有反抗。这等窝囊的人居然做得山寨头领,值得细究。

一个社会有"江湖",也有"魏阙"。一般人或者混迹于江湖,或者谋出身于魏阙,很少两样兼擅。不同的社会领域,语言、习惯、规矩、所需要的教养均不同,很少人能够同时适应这两个截然不同的生活空间。王伦就是一个悲剧的例子,他本来适宜在魏阙谋出身,不得已来做山大王,把秀才的器量应用于江湖世界,因此而身首异处。像鲁智深、武松等人,一身武艺,适宜在江湖上仗义行侠。一旦招安做了朝廷命官,自然穿起龙袍不像太子,浑身不自在,而"不自在"成为日后招安之后诸多不满的首要理由。因为人的生活是有惯性的,走上某一轨道就不容易刹车转向,经济学把这叫作"资本沉淀"。多年投入沉淀下来,形成行为模式、价值观,再要改弦更张当然不容易。可是我们在社会上也观察到有很少的人可以兼擅两道,既在江湖上吃得开,也在魏阙里有一官半职，俗称黑白两道通吃。过去评论界为宋江是个什么人争得不亦乐乎，什么"农民起义领袖"，什么"革命队伍叛徒"，其实均没有说到点子上。宋江就是社会上那种黑白通吃的人，和黑道来往，也说白道的话。在江湖有地位，本人又是朝廷的"基层吏员"。

传统社会的生活，上层和下层有一定的分裂性。江湖世界，讲究的是义气。为人不能两肋插刀，豪爽允诺，即使有些枪棒功夫，也休想江湖上畅通无阻。但是上层官府，讲究的却是尊卑名分，为人不能操正步、唱官腔，休想官场上混出人模人样来。就说水浒好汉里，有些头面的人物晁盖、柴进都慷慨好施，交结江湖，但没有在"公家"那里讨过生活，而讨过生活的花荣、卢俊义等又未能交结江湖，是以皆不如宋江。宋江的过人之处，便在于他两道兼通。他吃的是皇粮，郓城押司算是文吏一类。官场之内，他交结了很多朋友，例如郓城县的缉捕朱仝和雷横两个都头、清风寨武知寨花荣等。他们官位虽然不高，但和他一样，都是朝廷的人。然而宋江又与这些走入正途的人不同，他交结三教九流，在江湖上的名头远比在官场里的名头响亮。如盗抢生辰纲的晁盖一伙、武松等也都拜他为大哥。宋江能够见人说人话，见鬼说鬼话。公事办得妥帖，江湖上的交接规矩又滴水不漏。武松尚未落草，宋江就劝他早定招安大计。宋江深知这条谋财兼取好名声的"终南捷径"。这个宋江确实是《水浒传》中不同一般的豪杰，虽然矮黑，不免猥琐，然不能以流行的好汉标准看待他。

070　清风寨的政治

《水浒传》第三十二回写了一个十分奇怪的清风寨。按照我们所知的中央集权中国的权力结构常识，县级就是最基层的，并无寨级的行政层次。清风寨归青州管辖，又不是县级，那就约略相当于现在的镇级。它显然属于一级政权。不知施耐庵是否有意添此一闲笔，还是我们对古代社会的行政制度的常识有所未备，总之看官可以当它是一种"虚构的真实"。这个清风寨写得真实而耐人寻味，不在于古代是否真有镇一级政权，而在于它的权力结构与古代社会的地方制度十分神似。

清风寨有两个知寨，一文一武。文在武之上而文、武共治。这两个同僚却是宿敌，势同水火。宋江才告诉花荣自己救了刘高的夫人，花荣却说："兄长没来由，救那妇人做甚么？正好教灭这厮的口！"当刘高知得花荣与宋江友善，大喜过望，设下计谋："就和花荣一发拿了，都害了他性命！"刘高与花荣其实并没有什么前世宿怨，只不过同为一处父母官而相互争权夺利而已。花荣以为："若还是小弟独自在这里守把时，远近强人，怎敢把青州搅得粉碎！"这句话的关键是"独自在这里守把"。一个人说了算，何等快乐。刘高来了，分了权，花荣当然就不高兴。而刘高害花荣，也希图"那时我独自霸着这清风寨，省得受那厮们的气！"权力天然倾向独享而不喜分享，就像异性之间的欲念一样。但是制度的设计却偏偏要和他们的愿望相反，这是古代中国地方制度设置的精髓，想必刘高与花荣对此茫然无知，否则他们不会如此恶斗。

中国古代的制度设置，若要一言蔽之，则曰中央集权，而中央集权的最大威胁则来自地方割据。这么广阔的土地，又有崇山峻岭和河流的阻隔,那些地方统治者很容易利用地理的优势裂土称王。一旦割据势力形成,中央集权即披心腹之患。汉有诸侯作乱,西晋毁于八王,唐的藩镇终于演变成安史之乱,之后就一蹶不振。古人对地方设置的利弊亦心知肚明,所以地方制度的设置常常让两个官职或两个系统相互牵制、相互监视,内里互斗才无法一致对外。若有一方要割据,另一方就可能不服,禀告朝廷,从而挫败图谋。例如明清地方制度中,既有总督,又有巡抚,像既生瑜又生亮一样精妙。总督的全称是"总督某地等处地方提督军务粮饷兼巡抚事",巡抚的全称是"巡抚某地等处地方提督军务兼理粮饷事"。两种职事相互交叉,你中有我,我中有你。除了总督兼管数省,巡抚只理本省之外,其余具体职能均是一样的。既然已有一人做军务粮饷等事,为什么要叠床架屋多一人做同样的事呢?从管理效率说,这样设置是很不合算的,浪费了人力、物力。但制度设置要两弊相权取其轻,只有叠床架屋,官员之间才会相互监视、牵制,才能像乌眼鸡一样,你盯着我,我盯着你,谁人都动弹不得。若是斗将起来,你胜不了我,我亦胜不了你。结局是一总裁决于王权。

不了解此种利害关系的人步入官场,不免觉得人心叵测、处处计算,如同那个小小的清风寨。然而换一个角度观察,正因为臣工们陷于人心叵测、处处计算的内斗境地,才难以结党营私。即使是盘踞一方,身边也有掣肘之人,不易危害朝廷。谁也不能独大,朝廷才放心。这套制度安排当然减慢了办事的效率,相互牵制往往影响了所办之事的进展。然而农耕时代,除了用兵出征,其他事情就让它们在扯皮推诿牵制中进行,也无啥大碍。人事无完美,两害取其轻。遇着兵戎军国大事而继续让两个系统相互扯皮牵制,玩完的就是朝廷自身了,宋朝不就是这样由衰弱至灭亡的吗?

071　兵者，诡道也

如果一个民族的独特历史文化结晶可以称为国粹，那国粹就大别为两种。一种供国人自己实践奉行，例如儒家之道。尽管也有个别西洋人物非常服膺中国的儒家之道，但要展望西方人行儒家之道，就像传教士盼望中国变成基督教国家，不免异想天开。原因是此种历史文化结晶扎根于普通民众生活的洒扫应对之上，它具有非常深厚的日常性，难以更易。但另一种国粹就较有普遍性，它无分民族、宗教、信仰，可为所有同好者分享，因为它来源于对人类普遍现象的深思熟虑。在中国先秦诸子的学问中，兵学无疑属于后者。如果要选一种独步于全球的中华国粹，笔者则力推先秦兵学。愚常常感叹于中国兵学的精微诡异而又渊深广大，在文明初开的远古世界，是什么原因使得古人对战争现象有着如此精辟的观察和如此准确的判断，实在匪夷所思。直到 19 世纪，普鲁士的"国师"克劳塞维茨才写成欧洲史上第一部《战争论》，但是这本七十万言的皇皇巨著，除了"有体系"外，若论兵学的见解、兵道的微妙，笔者以为尤不逮不足万言的《孙子兵法》。这不是故步自封，纯粹是读后的感叹。

《水浒传》第三十三回，写花荣生擒青州"兵马总管秦统制"秦明，就无不贯穿兵者诡道的思想。花荣与燕顺一伙盘踞清风山，无非小盗一撮，按常理无力胜得过官军。怪不得秦明一听飞报的申状，就对知府拍心口："不须公祖忧心，不才便起军马，不拿这贼，誓不再见公祖！"官军强大，固然如此。但战无常胜，兵无常形。秦明依仗官军人多势众，装备精良，就轻视对手，便是应了《孙子兵法·谋攻篇》"不知彼而知己，一胜一负"的说法。兵未出而胜算仅得一半，可见前程未卜。秦明虽是"军官出身"，但"性格急躁"。而他今次的对手花荣是"将门之子"，是否读过兵法不可知，然而耳濡目染，用兵的谋略胜过秦明。花荣以弱胜强，用兵全凭一个"诈"字。《孙子兵法·军争篇》云："故兵以诈立，以利动，以分合为变者也。"敌对双方，你死我活，容不得任何非理性的感情意气或仁慈道德，只能凭冷静的计算，一切以利益为依归，以用兵如神来战胜敌人。花荣充分利用秦明求胜心切的弱点，故意拖慢决胜节奏。秦明越心急，花荣越声东击西，使官军疲于奔命，人困马乏，不能扎营，不能将息。然后利用地形的便利，放水冲淹官军。放水冲淹，古曰"水攻"。死伤极为惨酷，春秋战国之际即广为采用。花荣本次"水攻"，亦毙伤官军大半，剩下孤勇的秦明，也难抵挡"两边埋伏下五十个挠钩手"，把他颠下马来，绑了捉上清风山。

　　号称"霹雳火"的秦明，终于不敌打家劫舍的强人。兵道凶险，来不得半点感情意气。在人类事务上，一旦兵戎相见，遇到胜负死活，便只能立足于冷如冰雪的"工具理性"。"诡道"的形容，至恰至当。古代兵学大昌，发明见解独步，唯一的解释就是此片土地征战频仍。王侯富贵，转眼毁于兵燹狼烟。玉楼歌舞，瞬间化作颓垣荒草。战事的频率和战争的规模，恐怕不亚于好战的古罗马。中国古人对兵事体悟切肤，故能揭示兵道的本来面目。

072　无毒不丈夫

《水浒传》人物性格大多单纯。干起打家劫舍的营生，是非善恶，姑且莫论，但是所作所为，皆是直来直去，堂堂一条好汉，惹人喜爱，教人欢喜。例如清风山上燕顺一伙人拦住官军，要三千两买路黄金。都监黄信喝道："我是上司取公事的都监，有甚么买路钱与你！"燕顺反道："便是赵官家驾过，也要三千贯买路钱！"这种顶天立地的语言，又岂是终身谨小慎微、蝇营狗苟之辈所能道出。但是他们的共同首领宋江却不是此种磊落光明的性格。宋江极具莫测的两面性。他在众好汉面前礼仪谦让，周济他人时难，爱惜江湖名声胜过自身生命，怪不得好汉都叫他"及时雨"。但是当他一步一步走上"替天行道"的路，他刻薄寡恩、心狠手辣、杀人不见血的另一面，就逐渐为读者所认识。宋江设计赚秦明上清风山一事，是他冷酷无情一面的初始展露。

秦明出身军门，世食皇粮，本没有投身绿林的可能性。而宋江为了壮大队伍，极其希望有头有面的人加入清风山。盖因他的志向并不仅仅是"大秤分金银，大碗吃酒肉"，他的志向远比一般好汉高远，他要干一番功业，博个封妻荫子的好名声。秦明这样的人，自然就是极好的人选，不仅武功高强，而且也"心向朝廷"。当众好汉劝秦明入伙，而秦明表明生是大宋人死是大宋鬼的志节，并要求立即下山后，宋江即定下毒计。一面饮酒食肉，把盏言欢稳住秦明；另一面让人伪装秦明，穿了他的战袍盔甲，到青州城前叫阵，杀人放火。"到得城外看时，原来旧有数百人家，却都被火烧做白地，一片瓦砾场上，横七竖八，杀死的男子妇人，不计其数。"让青州知府以为他做了反贼，遂将他一家妻小尽行杀了。这条计策，一来以不计其数无辜百姓的死为代价，做出一个秦明叛变的"事实"；二来欺骗当事人，不仁不义；三来借刀杀人，害死秦明一家妻小。用宋江的话来说："不恁地时，兄长如何肯死心塌地？"

　　宋江这句话背后的理据便是为了目的可以不择手段。为了让秦明死心塌地上清风山，任何道德约束皆可蠲除。任何略有正义感的人看到事情发展到这地步，一定会不寒而栗。但是非常不幸，这种"不恁地时"的做法，在人类社会屡见不鲜。在正义和利益面前，多数人会选择利益，尤其是像宋江那样的"造反领袖"。为了"替天行道"的大业，区区几个百姓的性命算得了什么！正所谓无毒不丈夫。做大事的人是不是都有不择手段的禀赋，笔者不敢断定，但征诸史实却是屡试不爽。《水浒传》里宋江这种两面性格，也符合史书对带头大哥人物的一般描绘。因此当我们遇着欲"替天行道"做大事的人物，心怀戒惧警惕，应当不是没有理由的吧。

073 刘高与秦明

刘高与秦明，一为文臣，一为武将。一个是清风寨的文知寨，一个是青州兵马统制。他们的为人处世，刚好符合一般想象中的文武之道的所作所为。文臣狡狯多谋，运筹帷幄于帐内；武将奋不顾身，效力于疆场。然而同是兵败被捉上清风山，两人的命运却截然不同。秦明被解到聚义厅前，他先请死："我是被擒之人，由你们碎尸而死，何故却来拜我？"原来清风山上的好汉，不仅没有杀他之意，反倒解去绳索，纳头便拜。而刘高被掳上山后，故事再也没有正面写他。燕顺说了句："把他绑在将军柱上，割腹取心，与哥哥庆喜。"花荣"把刀去刘高心窝里只一剜，那颗心献在宋江面前"。可见一众好汉以为刘高除了死，便一无所用。若要问同是败兵之人，何以所得生死之别？那当然主要因为秦明一身武艺，正是宋江所求之不得的。而刘高则得罪宋江在前，陷害花荣在后，落在好汉手里，自无生理。但是想深一层，在尊敬与鄙薄之间，秦明之临死不惧，在任何时候都是值得尊敬的品德。而刘高虽有小智，但为人龌龊，贪生怕死，此种品质自然遭人唾弃。

道德品质事关善恶，而善恶是超越政治立场的。不同政治立场的人，完全可能奉行同一种道德标准。历史评价上，有所谓不以成败论英雄的说法，就是因为成败是具体时空的得失，而人的行为所显现的品德光辉，则是生生相继，超越得失的。仁智勇是传统教诲中最重要的做人立身处世的道德准绳。仁是关于自我与他人关系的准则，智是利害是非去取的准则，勇是自我生命取舍的准则。凭着仁智勇做人立身，虽或与荣华富贵失之交臂，但必不堕入恶道。但反其道行之，虽可以逞一时之能事，或弄权在手，或锦衣肉食，而最终必被唾弃。古人相信报应不爽，或现世即报，如刘高的下场。或报于后世，如秦桧之"白铁无辜铸佞臣"，就是因为道德律在人们心中不可磨灭。中国历史劫难相继而文明之绪尤传承不坠，得力于视道德如生命的传统之力。

欧阳修作《五代史·冯道传》，记这名政坛不倒翁如何明哲保身。冯道在"易君如易臣"的五代乱世，"事四姓十君"而得善终。冯道被史官称为"无廉耻者"，他总结出一套处乱世的不二法门："时开一卷，时饮一杯，食味，别声，被色，老安于当代耶！老而自乐，何乐如之？"在兵荒马乱的时代，不说事四姓十君不倒，即便尽天年，也不容易做到。而冯道一人之下，万人之上，与孔子同寿，七十三岁而亡，若以个人福禄来说，并世罕有。坦白地说，这是罕有的人生造化，他的《长乐老自叙》有得意自乐的理由。后世史家为何一定要将他钉于历史的耻辱柱上，就是因为"事四姓十君"，不符合传统社会的伦理准则，无论如何替他辩解，寡廉鲜耻而毫无立人大节是坐实了的。冯道之被史家唾弃，一如刘高被清风山上众好汉杀了一样。

074 忠孝不两全

文明虽然都产生于定居的农耕生活，但定居的程度却有很大的差别。像两河流域、印度河流域，甚至尼罗河流域的早期文明，都屡易其主。旧民族的败亡，新民族的入主，频繁变换，来去如风。唯独黄河流域的早期文明定居程度最高，华夏百姓屡世屡代都是生于斯，长于斯，葬于斯。高度定居的生活催生了高度宗教化的祖先崇拜和成熟的家族制度。高度适应祖先崇拜和宗法家族制度的一套伦理道德观念，随着国家规模的扩展，便与国家伦理产生难以弥合的矛盾。这通常被称为"忠孝不两全"。忠与孝理论上都应该同时遵行，但它们在特定的时间空间内却是自相矛盾的。先儒提倡移孝作忠，弥合两者的矛盾，但是事实上做不到。孝根本上是本于血缘的伦理，忠则是超越血缘的公共伦理准则。于是，血缘伦理与公共伦理的矛盾长期塑造了华夏大地上的人生。

体现在国家司法制度上则是情理兼顾的审判原则。例如杀人偿命，历朝皆是这样规定，但如果是手刃杀父仇人，则一面是违反国法的罪人，另一面是一名十足的孝子。如果要孝子偿命，则于血缘伦理无所交代。因为朝廷需要"以孝治天下"，不得不有所让步。于是杀人偿命的律法就存在杀父之仇不共戴天的例外。又如孔子说："父为子隐，子为父隐，直在其中矣。"父为子隐瞒，子为父隐瞒，如果也是善的话，那它只在血缘范围之内。但孔子认为是"直"，也就是说，这是正义的。可是正义不是应当在公共领域之内才能决定吗？在历史上，辅助齐桓公称霸的管仲曾经"三战三北"，当了三回逃兵。他的理由是有老母亲在家，而这个当逃兵的理由又被鲍叔牙认可。由此可见，在中国以孝为理由有时是可以与国法相抗衡的。关键在于孝有它的自然正当性，孝的正当性有时甚至凌驾于集体和国家伦理的正当性之上。总之，历史塑造了中国，如想有安宁的国家生活，既离不开国法，也离不开血缘伦理。当两者冲突之时，易道所谓"执两用中"就起作用了。

挫败了官军，攻陷了清风寨之后，宋江带领一众好汉浩浩荡荡奔赴梁山，期望与晁盖一伙会师，怎料行军到半路，得到老父身亡的消息。宋江第一个反应是："不孝逆子，做下非为，老父身亡，不能尽人子之道，畜牲何异！"一边是四五百人的行军安危，另一边是尽孝道，宋江怎样选择呢？众头领当然是以入伙梁山大事为重。因众人之中，只有宋江熟悉梁山好汉，且有救命之恩。若是宋江不在，"蛇无头而不行"，收留不收留都成了问题。但是在宋江看来："若等我送你们上山去时，误了我多少日期？却是使不得。"宋江没有说如何使不得的理由，不过我们知道。孝虽然属于"私德"，可是一旦成为社会通行的伦理准则，舆论则据此来品评人物。假如宋江不奔丧，固然成全了上山入伙，却蒙了"不孝"的罪名，对江湖清誉一定有不利的影响。宋江知道自己的底线，无论如何不能与"畜牲何异"。所以他只好弃下同伴不顾，只身返家尽孝。对梁山事业来说，此举无异于临阵逃脱，但碍于孝道的巨大压力，宋江也有他的理由。

075　话说排座次

《水浒传》写过好几次排座次，最重要的当然是群英汇聚的第七十一回"梁山泊英雄排座次"，此是后话，暂且不提。排座次开始于十八、十九回林冲火并、晁盖入伙之时，写得极为生动。林冲手刃王伦刹那，"吴用就血泊里拽过头把交椅来，便纳林冲坐地"。林冲虽然火并有功，但是势孤力薄，手下无人，即使坐了头把交椅，也非长久之福。幸好林冲不是量小之人，让与晁盖坐第一，而排在军师吴用、公孙胜之后坐第四。《水浒传》另一次排座次是花荣领着清风山的队伍投奔到梁山，新人到来，自然就生出排座次的问题。"次日，山寨中再备筵席，议定坐次。"可见座次是要"议定"，无非根据功劳、资历、功夫、出身、辈分诸因素。

观好汉排座次，首领之后，军师优先于武将，亦即文胜于武。这符合中国社会重文轻武的习俗。按道理，啸聚山林，武功意味着生死存亡的"可持续性"，优先于军师的权谋术数才是。但是也有另一种可能性，若要"替天行道"，便离不开军师，有了文臣，这事儿的正当性才算有安顿。况且舞文弄墨之人，一般不轻易参与揭竿而起。将吴用、公孙胜安排得仅次于头把交椅，也算对他们的安慰。而最不可解的是，好汉排座次，出身优先于资历。凡上山之前有一官半职者，有正当身份者，后来的座次皆优先于出身微贱、更早出生入死投身山林者。俗话说，万事起头难，特别是官府眼皮子底下割据一方、称王称霸的事，资历是一份最重要的本钱。因为早一天便意味着造反更彻底，连把头颅别在裤腰带的事都比别人早干，凭什么不比后来者排在前面？按我们所知道的现代革命史知识，资历也是第一重要的，例如黄埔一期就胜过黄埔二期。井冈山时期参加革命的，当然就优先于抗战时期参加革命的。有道是英雄莫问出处，只问何时成为英雄。可是《水浒传》排座次往往反其道而行之。在梁山那边，王伦不算，杜迁、宋万、朱贵都是最早造反上山的人，但他们始终不及后来者。只要新人一到，他们的位次自动靠后。如郭胜、石勇二位，半路出家，本无"造反"资历，到了梁山，也排在杜迁一伙之前。这岂非见新忘旧，不合逻辑？清风山这边，燕顺、王矮虎本是"开山祖师"，而花荣、秦明是后上山者，只因后者上山前食朝廷之禄，有一官半职，就排了前面。这岂不是重"官"轻"民"，与推崇揭竿的本意相反？

笔者拈出这不可解处，并非要强作解人，而是要指出故事叙述者所写有时与我们所知的社会常识背道而驰。因为小说是人写的，作者的价值观在虚构中起很大作用。梁山好汉排座次的逻辑，渗透着文人的价值观，渗透着尊官贱民的价值观。三阮、杜迁、燕顺之流，出身微贱，本在社会上无名无分，虽然造反得早，在作者眼里，也算不得什么，而花荣、秦明诸人，本来即有头有面。施耐庵尊此抑彼，也是读者始料不及的。葛兰西首揭"文化霸权"一说，意谓一个时代的思想乃是统治阶级的思想。诚哉斯言，《水浒传》作者明里书写替天行道仗义行侠，故事讲着讲着，崇文轻武、尊官贱民的一套又冒了出来。连施耐庵都未必意识到，一个同情造反者的价值观，其实也是与统治者的价值观联系在一起的。

076 宋江上山

过去以"逼上梁山"来形容水浒好汉聚义的因缘,看来不对。上山的原因其实很多,一部《水浒传》,大聚义之前,皆是娓娓道来,开人眼界。似乎只有林冲才是真正被逼上山的。像晁盖等人和武松是犯下弥天大罪,自知不免才以山林事业与官府公开对抗的。而杨志、鲁智深则属于时运不济,无处藏身,不得已以打家劫舍为生。像史进、柴进等,好枪使棒,激于义气加入梁山。而秦明、卢俊义等则纯属是被胁迫上山的。说到宋江上山,则别具一格,他是天人交战、徘徊良久才下定决心,走杀人放火受招安的险途。

比起众人,宋江属于处心积虑型。上山不上山其实对他来说不是问题,问题是何时上山。《水浒传》作者在宋江身上凝聚了江湖领袖人物的气质和禀赋。他胸有大志,所有好汉,甚至晁盖的志向都不及宋江高远。浔阳楼题反诗,他说自己"潜伏爪牙忍受",可见他不满足于做文吏押司终其一世。他见人派银子,好交结江湖好汉,并非出于天性。宋江固然不吝啬钱财,但从来没有见他周济过鳏寡孤独,他施舍的对象都是使拳弄棒之辈,这可以看作上山的"前期准备"。因为一旦走在江湖上,这些人是有用处的。盖领袖人物一定要经营自己的名声,组建自己的嫡系人马,否则难以服众。宋江上山之前,对自己的所作所为必然趋向落草为寇这一点,早有自我认识。第三十五回写官府派人来捉拿,他的父亲叫苦不迭,宋江安慰道:"父亲休烦恼,官司见了,到是有幸。明日孩儿躲在江湖上,撞了一班儿杀人放火的弟兄们,打在网里,如何能够见父亲面?"此时他已经有落草的准备了,只是最后的时刻还没有到来。故此从郓城刺配江州的路上，他一路大撒金钱，收罗亡命，与众好汉结拜兄弟。连江湖卖艺者薛永之流也不放过，素昧平生，宋江一出手就是五两银子。宋江路过梁山时，吴用、花荣等盛情邀他入伙加盟，则被严词拒绝。他以老父在堂，不敢做不孝子来推托，而又不肯打开枷锁，示人以忠臣形象。这种种行径，难免虚伪之讥，怪不得金圣叹说《水浒传》写宋江，寓含春秋笔法。看官不妨推测，其实这是宋江处心积虑的体现。若是此时上山，就是奔投亡命。理由不够堂皇，山寨上争个座次，也不好开口。他在等待一个合适的时机。最合适的时机无疑是"走投无路不得不"的时机，刺配江州还算不上，只是初步落难而已。

宋江与众好汉比起来，属于做大事者，而粗豪们只能是做小事的跟随者。凡做大事者一定要有两副面孔、两副心眼。像宋江一样，当着梁山好汉面，做得出戴枷喝酒、称颂国法如此矫情的事。但待下得山来，立即提了枷走路。因为对做大事者来说，只在乎目的，手段可以任意选择。即以上山一事来说，他人是做良民与为盗寇的选择，而宋江心里则根本不存在良民与盗寇的道德差别，全部的计算只在时机合适与否。他之所以常以孝子形象示人，只是他"忍功"的一种，并非本性纯孝，江湖领袖的人生角色要求他既耍"阳谋"又擅"阴谋"。宋江的粗豪才智果然了得。

077 与吏共天下

《水浒传》第三十六回有个细节写得颇为传神。两个公人押宋江来到刺配地江州，投在蔡九知府的厅下交割。蔡九知府精明，一见宋江一表非俗，便问："你为何枷上没了本州的封皮？"两个公人出首告道："于路上春雨淋漓，却被水湿坏了。"知府便无异议，收下公事。一场骗局，轻轻一掩饰，就这样过去了。看官知道，这一路本无春雨。如果说有，那就是宋江手中的银两直如春雨，润得这两个小吏替他圆场。小吏何德何能，竟公然瞒知府于眼皮底下？

中国古代社会官场传统植根深厚，世界各文明无出其右者。官府主宰社会，而官僚则八面威风，平头百姓以做官为人生的最大成就。但是人不是神，当权力专于官府，集于官僚手中的时候，其权力的运用往往仅"专权"两字不能尽道其妙。台上八面威风的官僚很可能是一个木偶，背后牵线者则另有其人。原因在于任何主政一方的官员不能事必躬亲，必有待于低层办事人员替他经办具体事务，公事才能落实，公事落实才叫作施政有成。于是施政推行分成两个层次：决策与落实。决策属之官员，而落实属之吏员。官与吏配合，官府机器才能正常运转。官府既然少不了低层办事吏员，也就给他们提供了长袖善舞、上下其手的极大机会。俗话说，"不怕官，只怕管。"又说"阎王好见，小鬼难缠"。这"管"的、这小鬼，指的就是官场小吏。为官的，古代循科举出身，其贤能者还浸润着儒家先忧后乐的理想，而幕宾、胥吏、刑名钱谷师爷等吏员，既为隶仆，遭社会轻视，而占据要津，不为钱财又为什么？所以办任何公事，一经其手，便要银两润滑才做得成。官府常予人黑幕重重的印象，其中的"小鬼"扮演了重要的角色。史书上有清朝"与胥吏共天下"的说法，恐怕不是虚言。清沈起凤《谐铎》说："彼刀笔小吏，案牍穷年。窃尔生平之一字，辄舞文而弄权。"他将书吏称为"衙蠹"，说他们"借文字为护符，托词章以猎食"。有则流传颇广的故事可以旁证刀笔吏的利害，某县厘官（收厘金的官员），城被攻破之时逃跑，事平之后申请复职。部吏驳斥曰："虽无守土之责，却有同城之义，当革职。"但同时又告诉厘官，如果送若干银子，就可保复职。该官无奈照办，部吏即改之曰："虽有同城之义，却无守土之责，当复职。"吏部的官员懵懂，也就准了。一字之易可使生死，谁说刀笔小吏无权？可以玩弄上峰于股掌，谁又说高高在上的大官不是木偶呢？

西方社会科层制的出现，按照韦伯的说法是由于工具理性的成熟，社会有了条分缕析进行管理的需要。反观中国社会科层制出现的时间，更远在现代性发生之前。以官僚制度为代表的科层制度并不是出于要条分缕析地管理社会的需要，而是出于驾驭和操纵社会的需要。或者可以说，驾驭和操控的成分居多而管理的成分居少。盖管理社会有待于许多辅助机制成熟才能有效施行。例如，治安要有警察，执法要有守则和指引。这些在古代都不能具备，官府更像压制凌驾平民的震慑者。官府对于社会只能做到威服和压服，不能做到与社会平起平坐地管理。官场必须通过口诵圣贤教诲而高高在上的官和实际操作而卑微的吏互为表里才能运作。唯其有卑微的吏才成就得高高在上的官，唯其有只能口诵圣贤教诲的官才离不开卑微的吏，由是而演成黑幕重重和上下欺瞒的痼疾而不能自拔。

078 "揭阳三霸"

《水浒传》笔触所及屡屡指向活跃于社会底层的三教九流人物,不过作者的态度颇有所犹豫,一时出于贬义,一时又出于褒义,看似两类人物,实质并没有什么不同。例如鲁智深看管相国寺菜园子时所遭遇的二三十个泼皮、杨志所遭遇的牛二,作者极尽讽刺、挖苦之能事。而第三十六回所写的宋江收罗的"揭阳三霸",实质同是草根流氓,作者却褒之为顶天立地的英雄。所谓"揭阳三霸",就是在揭阳岭下开人肉包子铺的李俊、李立兄弟,加上揭阳镇上行凶作案、收取保护费的穆弘、穆春兄弟,还有浔阳江边专门结果往来行商性命、取人钱财的张横、张顺兄弟。他们自号"三霸",把个揭阳地方简直当作了自家衣食的地盘,如同坐贾经营生意一般占据地头,视官府如无物。

征诸历史的经验,承平过后,中国社会几乎无处不有以游荡为生的草根流氓,史书上称之为"游民"。他们三五一伙,或打家劫舍,或害人性命,或取人钱财,总之不做正经营生,旁生邪业,官府为之束手无策。"游民"为中国社会一大害,当"游民"浮现的时候,也是朝政根基不稳的先兆。《水浒传》所写泼皮和"揭阳三霸",甚至晁盖诸人,亦无非此类不安现状、不务正业的"游民"。这些草根流氓对社会危害极大,它使务正业者不得安宁,黎民百姓性命没有保障。他们专发不义之财的行径也使得社会的道德体系为之瓦解,流氓文化为之弥漫。为何中国社会屡为草根流氓所困呢?一言以蔽之曰,生齿日繁,就业不足所产生的恶果也。传统的农业有一个特点,忙闲所需的劳力极度不均。俗话说,"人多好种田,人少好过年"。农忙的时候,劳力越多越好,因为一旦赶不上季节，全年收成就会泡汤。基于农忙的急迫性，人口越多就越好。中国家族制度鼓励多子多福，其经济原因就在这里。但是农忙一旦过去，劳力即成多余，平时鼓励快生、多生的人口，找不到事情做。现代工业还未发展起来，吸收不了多余的劳动力。加上承平日久，生齿日繁，终于，中国社会面临过剩人口问题。虽然农业技术例如种子、肥料、新作物引入等在缓慢进行，但是这些技术所创造的粮食增量，几乎全被源源不断的新生人口所吞没。生产力的增加如乌龟爬行，而人口的增加则如兔子飞跑，怎样都追不上。多余人口便衍生了草根流氓的社会问题。其中的枭桀之辈、不驯之辈，正业既无所为，便生出种种以游荡为生的法门。

中国古代社会泼皮、流氓横行，使人身安全得不到保障，看似是政治不良所致，但政治不良的背后更有社会的悲剧命运。将所有问题都归结为政治或官府不良所致，是不符合事实的。政治只能解决政治引致的问题，非政治引致的问题，政治是解决不了的。古代社会当然有官逼民反之事，但将所有"民反"归咎为"官逼"并不合乎事实。"揭阳三霸"就不是什么政治腐败而引起，纯粹就是草根流氓自身的行为。只要官府扫荡不到，社会就会有此类横行的黑道。传统社会政治再清明，也消除不了游民，任是什么圣明天子，也无可奈何。要彻底解决"游民"问题，则有待于现代工业和城市的发展，吸收农村剩余人口，让他们离开土地后成为社会百业之中的专业人士，而不是游手好闲，否则草根流氓将长期困扰中国社会。

079　为何枷上没了本州的封皮

这是江州蔡九知府质问看押宋江的两个公人的问话。宋江在郓城投案自首,被判个刺配江州,一路上由张千、李万看押。但是锁住的行枷,一时打开,一时关上,以致枷上的封皮,早已不知去处。不用说,这是银子的功劳。俗话说,"受人钱财,替人消灾"。公人受了宋江的银子,没有不替他行方便的理由。走到无人烟处,行枷自然摘下来,而上到梁山,遇到众好汉,宋江为了表示朝廷法度的尊严,故意戴着行枷饮酒,装模作样。来到江州,人犯要向知府交割。昏愦的蔡九知府一看枷上没了封皮,故有此问。然而老练的公人,轻轻一句"于路上春雨淋漓,却被水湿坏了",就把知府蒙住了。

历朝历代位居高位者并非不知道小官下吏或者出于人情难却或者出于本性贪婪,常常视朝廷的规矩法度为儿戏,执法的艰难一直困扰着这片土地上的统治者。就如流放人犯,既然行枷上了锁,为什么还要贴上封皮?出此招数显然是出于对看押人犯的公人的不信任。官员也知道,一出衙门,山高皇帝远,管不着的时候就是人犯行贿、公人贪赃枉法的时机。所以枷上锁,又贴上封皮,以保万无一失。但是官府的聪明正应了"上有政策,下有对策"的话头。规章制度是靠人去执行的,再严密的规矩法度,也有"老猫烧须"的时候。行枷贴封皮的做法,看似聪明,不也被两个受了宋江银子的公人轻轻地化解于无形?

古人其实对这种情形看得很清楚,所谓"有治人无治法"说的就是这个道理。但是说来容易做来难。近世西风东渐,西方法治的思想和司法制度深刻地影响了缺乏法治传统的中国。于是法治作为社会问题解决方案一直备受景仰，以为一旦法治，诸如封皮被雨水湿坏了的问题就不会出现。现实诸多问题不能解决皆是因为没有法治，以致认为法治是中国社会问题的万应良方。笔者过去亦深以为然，但阅世多了，则体悟到问题的另一方面，法治的推进一定要辅之以百姓日常生活风习的逐渐改变，否则法治的建设一定堕入枷上贴封皮的"儿戏"。规章制度不仅是喧腾于条文和官府的纸上文章，法治也不仅是法官大人惊堂木一拍的满堂肃然。法治必须是融于普通日常生活中的风尚习惯，若是官民没有遵纪守法的习惯，任是何等法律条文，也等同虚设。笔者多年前在英国，看到一位中学教师为了自己的孩子在本校就读的学额，与所有人一样，在风雪中轮候两天。这位英国人的举动，令笔者深为感动。如果设身处地，我们也许会以近水楼台的方便，网开一面。但是这位英国人不知道是不屑于还是不懂得取巧的功夫，总之没有做。这令笔者悟到，英国人得享法治，并非因为英国统治者高明，认识到现代法治的重要性，而是因为它的百姓有一种遵纪守法的风俗传统。如果这位教师如同押解宋江的公人，为了区区的学额，他也能很容易让自己不必遭受风雪之苦。

080 宋江如何不怕戴节级

俗话说，"不怕官，只怕管"。牢头狱卒虽无官职，但犯人落到他们手里，没有不浑身筛糠的。宋江在江州城牢里安身后，豪气勃发，不听差拨的点拨，不送银子给牢头总管戴节级。差拨提醒宋江："我前日和你说的那个节级常例人情，如何多日不使人送去与他？"宋江回道："这个不妨。那人要钱，不与他。若是差拨哥哥但要时，只顾问宋江取不妨。那节级要时，一文也没！等他下来，宋江自有话说。"这个关子在差拨眼里是卖大了，但宋江自有道理。这是差拨不晓得的。

戴宗和宋江一样，早已和梁山好汉暗通款曲，只不过各人都是单线联络，彼此阻隔而不知情。而宋江一路上了梁山，吴用将拜托戴宗关照宋江的信交到宋江手里。这在宋江眼里，戴宗就是"自己人"，而狱卒不知有这层利害关系，故宋江可以卖个关子，自鸣清高。不过戴宗同样不知，两人见面的情形颇为骇人。戴宗一见便喝道："你这黑矮杀才，倚仗谁的势要，不送常例钱来与我？"宋江继续进逼："你如何逼取人财？好小哉相！"几个回合下来，戴宗终于说出事物的真相："我要结果你也不难，只似打杀一个苍蝇！"这场类似的双簧，直到宋江说吴用的姓名才急转直下："兄长，此间不是说话处，未敢下拜。同往城里叙怀，请兄长便行。"转瞬之间，戴宗的言语判若两人。其中的关键是戴宗从言辞交锋中终于听出来，眼前的这个"黑矮杀才"原来与自己同伙。

这个精彩的场面令笔者想起儒家的一种说法："君子群而不党，小人党而不群。"以往的理解，好像这话只是指责小人，赞扬君子。但其实不然，它有对中国社会人际关系的透彻的洞见。一个德行高尚的人在公众事务中通常只"合群"而不"结党"，因为他只是参与，而不透过参与来实现自己的个人利益。故对任何人，上司也好，下属也罢，均坦坦荡荡，顺则兼济，穷则独善，不必任何逢迎，是谓"群而不党"。但是小人则一定"结党"，这里的"党"字，用的是造字时的本义。《说文解字》："党，不鲜也。"所谓不鲜，就是不明朗，是暗中勾结的意思。"党"字繁体从"黑"，直指本来面目。简体改从"兄"，带有现代的意味。小人结党，则只知小团体的利益，群体大众的利益反而抛诸脑后，是谓"党而不群"。小人有私利，故在公众事务中必定结党，因为结党才能营私。所以我们在古今的政坛上，通常看到小人得志，如烈火煎油。因为结党比合群更有力量，党小群大，小团伙彼此之间利益攸关，荣辱与共，朋比为奸。君子从政本着他的道德信念，通常只有个人的力量而没有小团伙的合力撑场，其结果往往中道夭折，就算有善终，也只是淡泊一生而已。亚里士多德将人定义为政治的动物。笔者倒是以为，"政治"两字易为"结党"，更符合传统社会的民情风俗。戴宗和宋江从道德的眼光看，都属于小人一流，他们对谁是"自己人"有高度的"政治觉悟"，凭着言辞机锋就能敏感地识别。

080 宋江如何不怕戴节级

081 造反的情谊

《水浒传》写一众好汉的故事，各有精彩。若论写人际脉络，则宋江与李逵的"造反者的情谊"最值得琢磨。这两个人的个性简直南辕北辙，互不着边。宋江胸有大志，要做出一番大丈夫的事业，而李逵只贪图当下快乐，有酒有肉即可。宋江为人城府深不可测，上山之前虽然没有长袖善舞的施展舞台，但人前一套，人后一套，玩得无出其右，而李逵则是一根直肠子，从喉咙一直可以看到心肝。宋江出身也不高贵，然毕竟是刀笔吏，有一点儿社会地位和身份，而李逵则纯粹草根，出身穷乡僻壤，打死人命，流落江州，"在牢里勾当"。这样风马牛不相及的两个人，如何会结下最牢固、最紧密而又最可靠的情谊？答案只有一个，这就是"造反"。如果没有梁山一场悲欢，李逵也许会江湖结拜，抱个粗腿，无论结拜个谁，肯定发展不出他与宋江超越兄弟、超越生死的情谊，大概只能像李逵和戴宗的关系一样吧，无非一般。而如果不是心里念着造反，宋江肯定看不上李逵，就算要在江湖上交结个把人，也要交结有点头脑的人，绝不能交结尽给自己惹来麻烦的人吧。

俗话说，"一个巴掌拍不响"，而"造反"肯定是很多个巴掌才能拍得响的事情。这意味着相互之间要结成超乎一般紧密的"同志"关系，这层关系一般是靠正义感和意识形态的认同来维系，但是这还不够，最好是能建立在深厚的个人情谊基础之上。这样就能从"同志"进而为"死党"，由对事业的忠诚进而为对领袖的"死忠"。李逵就是宋江的"死党"，而他对宋江的忠诚，就是"死忠"。李逵固然死忠宋江，但宋江并不死忠李逵，宋江只是需要李逵而已。这说明两人之间的情谊并非建立在人格平等基础之上。是李逵心智的缺陷才成就了梁山泊上这一段"同志"情谊。李逵认人不认事,只要宋哥哥一句话,他就会二话不说,死命向前。李逵成了宋哥哥造反大业的左膀右臂,关键时刻,若不是李逵的两板斧,宋哥哥的小命都保不住。但也正是这种异乎寻常的"造反者友谊",给李逵埋下可悲下场的伏线。此是后话,笔者适当时候还会提到。

李逵粗鲁,初见面时称宋江为"黑汉子",经戴宗介绍后改口叫宋江"我那爷"。之后李逵要银子,宋江出手就是十两。戴宗以为不必。宋江说:"些须银子,何足挂齿,由他去赌输了罢。我看这人倒是个忠直汉子。"这说明宋江真有识人之明。如果识字之人见人前后改口,便是势利眼。李逵粗人一个,不通文墨,前后改口,只见得忠直,所以宋江能够毫不介怀。李逵缺银子,见到出手大方的人,便如同见了再生父母。明容与堂本《水浒传》在此处批曰:"只这十两银子,便买了李逵,真是大贼。"前两句说得好,"大贼"云云,并不恰当。宋江与李逵类似周瑜打黄盖,各有所爱。李逵的草根本性和宋江在李逵眼里的人格魅力,是两人结识的基础,而银子毫无疑问扮演了穿针引线的角色。

082 李逵识宋江

讲过宋江识李逵之后，还要讲一讲李逵识宋江，才能认识这段"革命情谊"异乎寻常的地方。《水浒传》写了很多好汉，一众豪杰都很佩服宋江，很自然有了机会就推他为头领，因为宋江有扶危济困、仗义疏财的美德。然而没有几个人对宋江像李逵那样"死忠"，李逵简直就是宋江的藏獒，一生跟定一个主人，哪怕主人叫它去死都在所不辞。这种对带头大哥的忠诚达到了非理性的程度。

无论是金圣叹评本还是容与堂本《水浒传》，都将李逵推为上上人物。这不仅是说施耐庵塑造人物一流，而且也是说李逵的性格一流。如金圣叹《读第五才子书法》所说："写得真是一片天真烂漫到底。看他意思，便是山泊中一百七人，无一个入得他眼。"明代的评家其实是过分夸奖了李逵的性格。黑旋风固然有天真的一面，但他头脑中全无是非善恶的准绳，不分青红皂白，不问三七二十一使用暴力，简直是一个暴力狂，绝对当不起"天人"的评价。不过在晚明标举"性灵"，流行"童心"，对抗理学的社会思潮氛围下，我们也能理解评点家之所以偏好李逵的原因。

李逵结拜宋江，而宋江最后以造反名义将李逵毒死。李逵死于结拜哥哥手，这充分显露了他成长经历中的挫折和由此造成的心理缺陷。直至投身梁山事业之前，李逵一生穷困，没见过几个大钱，又养成滥赌的恶习，银子在他的人生中分量是不轻的。虽然他可以不以金钱为意，银子却是他鉴物辨人的标杆。戴宗早识李逵，并知晓他的恶习，决不会借钱给他。两人虽以兄弟相称，但关系只是平平。而宋江慷慨解囊，李逵便感激不已:"难得宋江哥哥,又不曾和我深交,便借我十两银子,果然仗义疏财,名不虚传。"李逵当作不得了的大事,在宋江眼里却是"何足挂齿"。李逵轻轻进入宋江的圈套,一拍两合,宋江便在李逵心目中树立起高大形象。李逵之死忠宋江还有一个心理原因。李逵自小丧父,更兼是社会草根,极度缺乏关爱,几乎无人看得起他。他身上的仇恨和暴力倾向,与这点大有关联。难得宋江这样有江湖地位的人看得起他,李逵见面"扑翻身躯便拜",他称呼宋江那句"我那爷",当然出自肺腑,绝非客气。在李逵的潜意识里,宋江就是慈父。结拜了宋江,就是找到了心理的慈父,李逵简直视宋江为神。第三十七回提到一个细节:宋、戴、李三人去浔阳江琵琶亭喝酒,宋江为自己和戴宗要了两个小盏,为李逵要了一个大碗,惹得李逵大发感慨:"真个好个宋哥哥,人说不差了,便知做兄弟的性格。结拜得这位哥哥,也不枉了。"和银子问题一样,对于心如发丝的宋江,这不过是举手之劳,就从心理上俘获了李逵。这不能说是宋江的聪明,只能说李逵没有脑筋。他不懂用理性去分析、掂量别人对自己的行为的含义,只用纯朴的情感处世,于是被人利用是避免不了的。李逵是暴力的化身,而这个化身也存在他的"阿喀琉斯之踵"。心智的幼稚与愚朴便是他的"阿喀琉斯之踵"。李逵不死于枪棒刀剑之下,而死于宋江的"赐尽"。

▶ 水浒丛话

燕青 李逵

083 宋江浔阳楼题反诗

古人有一种说法叫"诗言志",诗会显露出一个人的性情志向,自然人们也可以从一个人的诗来观察他的性情志向。反诗就是个好例子。反诗不是一般骚人墨客就能信笔落墨写出来的。没有大怀抱、大志向、大野心,是写不出反诗的。写反诗在中国人的人生里面是件可大可小的事情,这里所谓可大可小,与一般的可大可小不是一回事儿。写反诗,小则身首异处,大则九族尽诛。反诗其实就是谋逆者的宣言书,是窜伏草野的豪杰向饱食终日的当权者无畏地丢出的白手套。要取人天下,其中的风险当然不言而喻。要是被捉住,谋反不成,一定是格杀勿论的,甚至要斩草除根。不过笔者也要说一句公道话,世界历史上,无论古今,都没有中国历史上演的这一幕有如此之高的投入产出比。古人叫作提三尺剑定天下。想一想,天下值多少银两,而三尺剑不过区区一物。以区区三尺剑就可以取人天下,这种买卖简直就是无本万利,四两拨万斤的事情谁人不昼思夜想?买卖太诱人,做的人多了,风险自然也就提高,一直提高到身首异处、株连九族,但是也不乏扑灯的飞蛾。

宋江浔阳楼上题反诗,看似酒后闲笔,实则水到渠成。看他四处扶危济困、仗义疏财,着意经营自己在江湖豪杰中领袖群雄的形象,就知此事蓄谋已久。可是事与愿违,郁郁不得志,终于被浔阳楼上几口闷酒激发起了冲天的怨恨,可见事出有因。《水浒传》第三十八回写宋江借酒浇愁,写了一首《西江月》外加一首七言绝句表达自己非同一般的志向。首句"自幼曾攻经史,长成亦有权谋"可以看出宋江自我评价颇高,这很符合有大志者一定有超越常人的自我期许的通例。第二句"恰如猛虎卧荒丘，潜伏爪牙忍受"，宋江将自己比喻成猛虎，而猛虎乃群兽之雄。这猛虎不是得遂其志的猛虎，而是沉潜隐忍的"猛虎"。整首《西江月》中，最后一句"他年若得报冤仇，血染浔阳江口"是败笔。格局太小，气象不济，有如怨妇的毒舌，话虽狠毒，但实在不似大丈夫所言。不知施耐庵是诗才不济还是憎恶宋江其人而有意贬损他，可能两种原因都有。因为既然是反诗，就要反得似模似样，如此仅为自己报冤仇，其志向就有问题了。宋江反诗写得最好的是七言绝句最后一句："他时若遂凌云志，敢笑黄巢不丈夫！"颇有一种与赵宋王朝决裂的雄心壮志。黄巢非等闲之人，与宋江一样写过反诗。历史上最鼎盛的唐王朝结束在他的手里，虽然未捷身死，但毕竟横扫中原，何等壮烈。而宋江以为像黄巢一样的功业尤为未济，他要比黄巢反得更加出色。然而征诸他日后所为，杀人放火受招安，所图不过封妻荫子一类。宋江所言不符所行，诗句口气托大，有夸夸其谈之嫌。这一句与《西江月》最后一句格局气象相差太远而同出一人手笔，从艺术上讲，殊为不类。不过亦可以解释成宋江郁闷醉酒而心思错乱，所以诗句意味前后不相统一。

083 宋江浔阳楼题反诗

084 历史上的反诗

既然说到宋江浔阳楼上题反诗，不妨就将这话题扯远点，因为这类言志诗还真是历代皆有佳作。其实，中国诗歌可以单独辟出一个小类就叫作反诗。看官不要见个"反"字就以为不祥，其实反诗也是言志诗，只不过言者之志大而逆于时流，故从"魏阙"的角度看，以为言者有反志而已。反志正是庸俗的时流所不见也无法理解的天下之志。中国历史传统从"汤武革命"起就崇尚"造反有理"，造反在法理和伦理上都不成为问题，关键在于是否成功。儒家的亚圣孟子就反对汤武"弑君"的说法，认为只是"诛一夫"。只要能够诛一夫而成功，其他一切也就言之成理了，正所谓成王败寇。问题是这件事难度太大，取人天下要冒杀头诛九族的风险。怕死和贪图安逸者做不来这件事，而自然有英雄豪杰挺身而出，于是难度和风险便激发出冲天的豪情壮志。历代英雄豪杰借诗言其反志，表达出在一般诗歌中看不到的气贯云霄的天下之志。

反诗最令凡人景仰和钦敬的便是那种睥睨一切的"王者之志"。尽管诗人写诗的时候还不是王者，却是站在王者的高度俯瞰天下万物，指点苍生。如果你也有一点儿襟怀抱负，反诗就如同一道电闪雷鸣，点燃你心中的"野火"，你的豪情壮志也会被它激发起来。如果你有点现代感或人道主义情怀，你会觉得诗中的"王者之志"令人可怕；当你想象自己是被指点的苍生，心底不能不掠过一阵颤抖。这大概就是读反诗时的见仁见智吧。

历代反诗，笔者推为第一的当然不是宋江题写在浔阳楼上的两首。无论是《西江月》还是绝句，都很一般。这恐怕是因为施耐庵并不是真正的豪杰，而只是想象豪杰应有的样子，故拟出来的诗终于还是不及"真物"。历代反诗中，最值得称道的是黄巢的那首《不第后赋菊》："待到秋来九月八，我花开后百花杀。冲天香阵透长安，满城尽带黄金甲。"传说这首诗是黄巢考试落第后作。黄巢落第，对朝政失望之至，他触景生情，望着盛开的菊花，托物言志，决心独创一份事业。帝王心思用尽，以科举为笼络钳制士人的手法，却万万没有想到，它竟走向反面，激发不第士子的叛逆。"待到秋来"云云，恐怕已经不是再来应试了，而是"冲天香阵透长安"，来夺"鸟位"了。黄巢以菊花喻志，在柔弱的菊花身上，寄寓天下唯我独尊的王者志向。全诗没有一句直言，皆是委曲转喻，手法圆融剔透。真可惜当年考官瞎眼，走漏人才，否则就不会有"黄巢杀人八百万"一说了。

相比之下，发起太平天国起义的豪杰洪秀全的反诗就有点豪气有余而婉曲不足了："龙潜海角恐惊天，暂且偷闲跃在渊。等待风云齐聚会，飞腾六合定乾坤。"这首题曰《定乾坤诗》，因其露骨而近狂。以己喻龙而失志在渊，末句直抒胸臆，志虽大而有违修辞惯例。开口见喉，反而不佳。好的反诗实在是人的心智不同寻常的展露。

085 何物黄文炳

站在大宋江山的立场说句话，如果宋江是朝廷的一桶炸药，那点燃引信的就是无为军通判黄文炳了。由浔阳楼所题反诗看来，宋江虽"也是个不依本分的人"，但也不是那种蓄意谋反的枭雄。如果不是被逼到那个无处讨生涯的份上，尽管他"潜伏爪牙忍受"，但潜伏到年老血气衰退，消磨了雄心，就此窜伏草莽中了此一生也未可知。宋江不得不反，完全是由黄文炳一手造成的。这个黄文炳也是狗拿耗子多管闲事，他无事而到浔阳楼凭栏消遣，看到宋江的题咏，即刻笔录下来，向江州蔡九知府告发。由此而造成了宋江命运的转折，也意想不到丢了自己的一条小命。

告发，即告密，今俗称"打小报告"，或"告刁状"，是古今中外所有组织机构之内通常可见的现象。有人类社会即有偏好告发的小人，虽然告发在道德上屡遭谴责，却如同通奸偷情一样，屡禁不绝。原因在于上有好者，下必甚焉。一个组织越是要靠忠诚来维持，越是要靠成员彰显献身精神而获得晋升的机会，越是要将成员的忠诚品德和物质收益、官职大小挂钩，就越是激发成员的告发热情。因为在这种情形下，告发是成员表现对组织制度忠诚而获得肯定评价的途径。俗话说，有"德"才有"得"。但我们要问，在一个组织制度中，居上位者如何识别手下的"德"？明君贤相另当别论，一般昏庸如蔡九知府者，就吃两条：第一条是阿谀奉承，用俗话说就是擦鞋、吹捧；第二条是愿意告发、指斥他人。前者取悦自己，乐得受用，后者有助执政，剔除异己分子。无论阿谀奉承还是告发他人，都被眼光平平的执政者视为忠诚的行为，而忠诚通常都胜于才干。因而这两种行为都会大行其道，任何组织都逃不脱这两者。这两条可以说是官场、职场的铁律。

《水浒传》第三十八回这样描述黄文炳："这人虽读经书，却是阿谀谄佞之徒，心地匾窄，只要嫉贤妒能，胜如己者害之，不如己者弄之，专在乡里害人。闻知这蔡九知府是当朝蔡太师儿子，每每来浸润他，时常过江来请访知府，指望他引荐出职，再欲做官。"黄文炳与宋江前世无怨今世无仇，两人根本不认识，告发宋江题反诗显然不是出于任何个人恩怨。而大宋江山与黄文炳隔着十万八千里，宋江若真要谋反，关他何事？问题就出在他本人"再欲做官"，而引荐出职需要表明他对朝廷的忠诚，于是宋江无意中就成了黄文炳往上爬的踏板了。可怜宋江化作黄文炳的猎物，黄通判靠着这个猎物，可以得到朝廷的犒赏。当宋江第一时间获知拿捉"浔阳楼上题反诗的犯人郓城县宋江"正身赴官的消息时，方寸大乱，说："今番必是死也。"可见那时宋江尚是有贼心无贼胆的人。黄文炳抬举了他，促使他成为拉杆子公开对抗官府的英雄。可见人间多少冤屈、祸乱大都由告发罗织而成。黄文炳虽然"忠心可嘉"，实际上却是帮了倒忙，为朝廷带来一场祸乱。

086 昏庸蔡知府

阿克顿勋爵有句话流传很广："权力导致腐败，绝对权力导致绝对腐败。"可是权力怎样使掌权者腐败，阿克顿却没有细说。读过《水浒传》第三十八回，看一看蔡九知府的所作所为就可明白其中一二。蔡知府是当朝太师蔡京的儿子，外派江州做个知府，可以说是探囊取物，不用费什么力气。为官一方对他来说，职责所在大概是忘得一干二净的了，只剩下怎样安享荣华富贵。当无为军通判黄文炳助他罗织成宋江反诗案，他答应"书上就荐通判之功，使家尊面奏天子，早早升授富贵城池，去享荣华"。论功行赏是没有错的，但为官一方并不仅仅是"享荣华"。在这个富贵公子的头脑里，做官与享乐实在是同一件事。

正因为做官可以"享荣华"，这"享荣华"便渐渐侵入做官中来，发展到极致，"享荣华"便代替了做官，就像白蚁蚕食树木，一天一天地蔓延、扩展，直到忽喇喇大树倾颓。经济学用寻租来解释权力与腐败的关系，这有一部分道理，但寻租绝不是对腐败的唯一说明。权力寻租犹是一种"有为"的腐败，寻租总是想做某事，通过寻租来使自己得益。然而官场的很多腐败并非皆是寻租行为的结果，就像蔡知府一样，他为官并不替自己谋法外的私利，他只是昏庸。由于他的昏庸，在他的治下，为朝廷人为地创造出一个敌人。这种来自昏庸的腐败，与官员寻租一样，对朝廷而言同样是有毒的，也是致命的。昏庸所导致的腐败与以权谋私不同，它是将公权力的恰当运用弃置不顾，而被周围的小人乘机玩弄，因而产生危及自身统治的荒唐决策。蔡知府是一个典型，由小见大，官场里的昏官与小人是共生的物种，有昏官必有小人，而小人得志跋扈必仰赖于昏官。昏官寄生于官府的机体内，而小人又寄生于昏官。昏官吸取官府体制的营养，小人又吸取昏官的膏脂。一层吸一层，直到官府体制衰朽崩盘。

　　黄文炳抄录了宋江反诗呈上，明明写有题名人，蔡知府视而不见，问："却是何等样人写下的？"黄文炳说是宋江，蔡知府又问："这宋江却是甚么人？"金圣叹于此处提醒读者："数日前曾问枷上无封皮，数日后已梦梦不知，公子官活画。"宋江刚流配到江州过堂，蔡知府曾见过，数日之后则懵然不知，真是昏庸得可以。如果不是黄文炳的提醒，宋江装疯卖傻，便可以瞒过他了。后来吴用定计，伪造蔡京手书，以救宋江一命。又是这个蔡知府连伪造的家父来书都识别不出来，还是靠了黄文炳的老辣，才看出其中有诈。一个这样昏庸的官员，执掌一方职权怎能不坏大事？贪财好利如黄文炳之流，最巴不得遇到的就是蔡知府这样昏庸的命官，因为只有这样才可以摆布他们而实现自己的利益。宋江反诗一案，不能说没有半点根据，事实却是小题大做，把宋江推到朝廷的对立面，以致事情无法收拾。如果追究小题大做的前因后果，蔡九知府的昏庸是很重要的因素。因为他的昏庸，急于立功的小人如黄文炳之流才有可乘之机。翻开中国历史，多少后来无法收拾的败局，都是导源于当初掌权者的昏庸。

087 童谣与谋反

话说黄文炳携着宋江的反诗向蔡知府告发，照例客套之时，蔡知府说了近日流行街市的一首童谣："耗国因家木，刀兵点水工。纵横三十六，播乱在山东。"昏庸的蔡知府不解何意，黄文炳马上联系到反诗。首联暗藏宋江姓名，结句即指谋逆。蔡知府经高人指点，恍然大悟。故事没有交代这四句"童谣"是如何出笼的，由何人所作。以情理推知凡诗必有作者，如此露骨指明起事人的姓名，如不是宋江之流，也是与其亲近而心思谋反的豪杰。

西谚有云，"人是语言的动物"。这意味着人是可能被话语所影响和征服的，言辞在人类生活中扮演着极其重要的角色。不是说枪杆子、笔杆子，夺取政权就靠这两杆子吗？其实古人也明白这个道理。现代革命诉诸严密的理论论证，以对历史进化必然性的认识为鼓动人心的说辞，由此证明推翻旧政权建立新政权的合理性。"笔杆子"的角色在现代革命中显得更加理性而已。古人不讲这么多逻辑和推论，没有现代人那样崇尚理性。但古代也有"造反的舆论"。这种中国式的造反舆论与中华文明最高者的设定是联系在一起的。中国先民自来崇拜先祖，而人各祖其祖。于是久而久之，立国立人能被认可的最高者就只有"天"，盖因苍苍之天覆盖万物，涵盖万有。但"天"也有不便之处，"天"不能言。不像唯一神宗教如犹太教，耶和华直接将十诫当面颁予摩西。基督教耶稣为上帝之子，躬亲在人间行教，言语、行状汇集在福音书。伊斯兰教安拉虽然不直语人间，但通过先知传语，其教诲也彰彰在目。然而昊天在上，苍穹无言，怎样使它与人事发生关联呢？唯一的办法就是天人感应，垂象而示凶吉。不过，只要开了这条途径，就会被别有用心的人利用。将一些莫名其妙的自然变化解释成自己需要的样子，更进一步，自创一些人工的奇迹。于是就有了以童谣、民间传言、奇迹或天象的名目出现的"天意"。"天"和"天意"就这样成为古代舆论战的有力工具。古人的心智朴实，举凡天象的巧合、奇迹的神秘、民间的谣言皆以为事出有因，包含有微妙的上天大义。这一套借天而言人事的舆论发动实质不过是古代世界的造反意识形态罢了。

造反的老祖宗陈胜吴广，当初自造谚谣"大楚兴，陈胜王"，将它塞入鱼腹，然后再剖出来。这项举动其实就是一个"论证"，说明它出自天意。还让人晚上学狐狸叫唤，言外之意便是，连野兽都知道大楚当兴，陈胜当王，还有什么可怀疑的呢，赶快来入伙加盟吧。造反的豪杰做舆论煽动的功夫果然了得。汉末张角行五斗米道，这个道教祖师爷也是很懂得如何煽动人心的。他编了个民谣："苍天已死，黄天当立。岁在甲子，天下大吉。"一死一立，还许诺了一个永久和平、天下大吉的空中楼阁。这些舆论煽动面对的是无知无识的愚民大众，因其口号简明而过耳不忘。铿锵有力的音节、重复的韵脚，是一定要利用的。元末红巾军谋反前，好事者先凿一独眼石人，刻上"莫道石人一只眼，此物一出天下反"。然后趁着月色将它埋在即将开凿的河道中，并预先散布童谣"石人一只眼，挑动黄河天下反"。待开河民工掘出石人后，谋反者群起煽动，以为上合天意，下符民心，由此而展开轰轰烈烈的元末群雄大起义。话语对人心的影响是潜移默化的。当古代世界的童谣和一些奇迹、神秘因素结合起来的时候，就仿佛有了魔力，人们自觉不自觉地认同它们的指向。现代的革命理论摆脱了古代的幼稚、迷信色彩，它们偏向理性、逻辑、推论，与经验结合起来就产生了所向无敌的说服力。

088 杀人快活

细心的读者恐怕已经注意到,施耐庵多写以武力称雄的三条好汉——鲁智深、武松、李逵,一个比一个暴力倾向更甚,三人的暴力倾向是一种递进关系。写到黑旋风李逵,其暴力终于达到登峰造极的地步。黑属玄冥,主杀气,黑而旋风,横扫过的一切皆死。李逵板斧过处,人头落地,草木皆焦,他是一股死亡的旋风。江州劫法场一幕,他板斧下的"血色恐怖"表现得淋漓尽致。连绿林草莽的带头大哥晁盖见了都目瞪口呆,惊问:"这个出力杀人的黑大汉是谁?"

中国虚构文字中写得最传神而又最血腥的一幕恐怕就是江州劫法场了,而李逵是这最血腥一幕的主角。当刽子手"斩"刚出口,"一个虎形黑大汉,脱得赤条条的,两只手握两把板斧,大吼一声,却似半天起个霹雳,从半空中跳将下来。手起斧落",见人即砍。"当下去十字街口,不问军官百姓,杀得尸横遍地,血流成渠,推倒撷翻的不计其数。"一众好汉背着宋江和戴宗,"尽跟了黑大汉直杀出城"。到了城外白龙庙,李逵杀人意犹未尽,要找庙祝杀了祭门。占了人家的庙也就罢了,却一定要杀主人,这是什么道理?即便是强盗,也未必会如此。

中国没有毁灭之神,如果要塑一个,笔者以为黑旋风李逵的形象非常合适。明晃晃的两把板斧,见者有份,随即赴阎王处报到,正是恐怖和毁灭的传神写照。印度教有毁灭神湿婆,但湿婆又是舞蹈和再生之神,故形象并不恐怖,他在火轮中起舞。轮者,生死之环也。而《水浒传》中的黑旋风,只死不生。作者写了这样一个暴力和毁灭的形象,也颇耐人寻味。笔者相信作者是给了读者一条理解人性的线索,循着这条线索,我们会通达弗洛伊德晚年的看法——人性中有一种毁灭的本能。这是一种比性的本能更深刻地影响人类行为的与生俱来的"天赋"。李逵赤裸裸地"出力杀人"，社会原因的解释仅仅是一个方面，不足以说明何以鲁智深懂得节制自己的暴力，而李逵则以杀人为"快活"。同是过度使用暴力，武松血溅鸳鸯楼，杀张都监一家妻妾老幼十五口，然而武松的过分犹有血族宗法的解释。唯独李逵与他们不同，李逵最起劲杀的，包括与自己毫无关系的人。他要再杀入城去，"和那个鸟蔡九知府一发都砍了快活"。"快活"两字极之传神，贪官污吏不在话下，连无辜百姓的死也构成李逵"快活"的来由。他的板斧要不停地砍下去，如果人类的毁灭本能像一个潘多拉的盒子，那李逵就是打开了盒子的人。当然，促成他打开这个盒子的力量中肯定有社会的因素。从小受人欺凌，生活在穷困的境地，受折磨和凌辱的社会草根一旦有了一把斧子，可以放胆杀人，怨恨便将这个潘多拉的盒子掀起。掀起之后，李逵与这怨恨已经没有关联了，他的生活除了"快活"以外没有目标。无论做什么，饮酒食肉也好，打家劫舍也好，都是为了"快活"，而诸种快活之中，最爽快和起劲的还是杀人。

089 千古第一难题

晁盖一伙占山为王，有酒有肉，全仗当年宋江救命之恩。劫了生辰纲，若不是宋江走漏消息，晁盖等七条好汉恐怕早已做了朝廷的刀下鬼。晁盖冒险到江州劫法场，是知恩图报，没有想到更多。然而宋江一旦正式落草，中国社会的千古第一难题——排座次，便同样浮出山寨的水面。因为人是社会动物，这便意味着人是衣分三色，食分五等的。谁个在上，谁个在下，无日不是为了这个名分秩序和权力，争得头破血流。王伦不就是因为位高德薄而丢了小命吗？宋江的到来虽然未至于如此凶险，但也启动了重新洗牌的程序。众好汉言辞之间，也是暗潮汹涌。

晁盖与宋江相比，其造反生涯有一个致命的缺陷，这就是人脉关系不广。他出身小村的保正，是坐地户，虽好结识四方亡命，但毕竟有限。他的"基本队伍"其实就是劫生辰纲而聚在一起的六人，加上林冲，也不过七人。而宋江则不同，不但少有大志，更兼且准备的工夫十足，每到一处，广撒银子，纳头便拜，各路英雄对他竟是十分服气。他的这种"组织才能"是其他好汉远远不及的。观他流落江湖以来罗致的四方亡命，追随他上梁山一同落草的就有好多路人马：花荣、秦明一路，李俊、童氏兄弟一路，张氏兄弟与穆氏兄弟一路，欧鹏、蒋劲一路，戴宗、李逵一路。如果不是宋江的组织才能出色，梁山如何能招纳得如此之多好汉？所以宋江的到来要引起梁山排座次的变化，这既有组织壮大的自然之势使然，也有众好汉的野心、权术因素在起作用。

幸而晁盖十分"识做"，不管是虚情假意还是真心如此。队伍上山会师的第一件事，就是到聚义厅，"焚起一炉好香"，"请宋江为山寨之主，坐第一把交椅"。他的理由是宋江当初担着血海般的干系，"救得我等七人性命"。因此情愿以山寨相赠，报答恩情。这个理由是不符合人情的。古人报恩，无非雪中送炭和锦上添花。前者给人援手，解人之厄；后者赠金匮银，礼尚往来。晁盖送人一盘"事业"，却又未问他人如林冲等允否，显示出他心中的不安。看看聚义厅上座定，他的旧部只有九个。而宋江带来的新人，却有二十七人，是他的三倍。焉能不有所怵惕？宋江以年齿为理由再三推让，终于"坐了第二把交椅"。但他并非口服心服，刚坐定，就转述蔡九知府捏造谣言一事，言下之意当然是让众好汉知晓他上膺"天命"。果然他的铁杆李逵听罢就呼应："哥哥正应着天上的言语！"让晁盖做"大宋皇帝"而宋江做"小宋皇帝"。皇帝焉有两个？难道李逵不闻天无二日一说？可惜作者吝啬笔墨，没有写晁盖听到两人一唱一和之后有何反应，不过读者如果设身处地，应该不难感觉到它的弦外之音。好汉上山，说是聚义，表面团结，实质各怀鬼胎。这一回晁盖与宋江两路人马会师祝捷聚义厅，只不过是内部暗潮涌动的开始。

090 哥哥正应着天上的言语

人间有所谓"钦点"一事。皇上要臣子办事，要臣子任职，一律要"钦点"。这钦点的程序是用来昭告天下，臣子的权力来源是正当的。否则属冒名顶替，是要办死罪的。人间社会的权力结构如同一泓源泉，治理万民的大小臣工就像那水，而皇上则是泉眼，大小臣工的权力，都由泉眼涌出，来自皇上的"钦点"。那皇上的权力又来自何方？显然，人世间任何一个人都没有资格"钦点"皇上。如果没有类似的一番仪式，纵然皇上也无法说明他权力来源的正当性。于是黔驴技穷，只好仿效人间的事，弄出君权"神授"的节目。神的有无固然无人说得清楚，但疑信之间，一旦传为神迹，则众口铄金，他人就不能再来辩驳了。

麻雀虽小而五脏俱全，小小一个山寨，俨然一个独立王国。山寨之主这个位置，也要经过一番"神授"，这样才能名正言顺。所以晁盖与宋江会师于聚义厅之后，紧接着的便是九天玄女娘娘授三卷天书予宋江。九天玄女是一个道教女仙神，民间多处有供奉，以除暴安良、神奇法术显灵。历史上的造反者，多与这位神灵有关。相传刘伯温出山前，在处州罗山洞中得九天玄女四卷天书相授。他以四卷天书助朱元璋打天下，功标第一。宋江之流"替天行道"，无非就是造反，所以与九天玄女扯上关系，祭出道教的神主牌为自己的正当性辩护，是在情理之中的。九天玄女对宋江说："传汝三卷天书。汝可替天行道，为主全忠仗义，为臣辅国安民，去邪归正。"这便意味着宋江是荣膺天命的，虽然暂坐第二把交椅，但山寨中的第一把交椅，实在是应该宋江坐的。用李逵的话就是"哥哥正应着天上的言语"。晁盖坐着第一把交椅而没有应着天上的言语,坐第二把交椅的宋江却应着天上的言语,正好说明晁盖这个时候已经退化为德不配命的头领,随即死于祝家庄一役,是一个合理的结局。

权力"神授"这种把戏在中国历史演了数千年,早已没有什么神奇的了。连《水浒传》的作者,也把这一幕写得非常滑稽。宋江被两个江州都头追赶,慌不择路,走入"还道村"的古庙,躲藏在神厨之后,浑身发抖,口中念念有词:"我今番走了死路,望神明庇佑则个。"真是"身后有余忘缩手,眼前无路想回头"。一个江湖上声名远播的好汉,紧要关头无非就是方寸大乱,只有临时抱佛脚的本事。如果不是一阵黑尘吹落都头的火把,见了官的宋江,恐怕会软成一摊烂泥。宋江浔阳楼自作反诗赞自己"长成亦有权谋",这时却是毫无权谋气象,自打嘴巴。俗话说,苍天有眼,读过这第四十一回"宋公明遇九天玄女",只觉得苍天的眼至少这一回是瞎了。"天命"垂顾这样一个不堪当大任的"阿斗",那些跟着他在梁山之上图个快活的好汉,命运是凶是吉,令人担忧。或许这正是故事叙述者想传递给读者的另一信息。

▶ 水浒丛话

宋公明遇九天玄女

091　为主全忠仗义，为臣辅国安民

这句话是九天玄女秘授给宋江的。所谓"为主"是指宋江前半截在山寨做主，在山寨"话事"的时候，要全忠仗义；而"为臣"是指他后半截受了招安，下山做皇上的臣子，就要辅国安民。《水浒传》的故事发展到这里，那些要上山的好汉差不多都上山了。剩下其他几个山头，如鲁智深、杨志所据的二龙山等，尚未"大聚义"而已。凡一种与官府为敌的社会势力，在未曾很大程度危害既有的社会秩序，或者说未曾惹起官府注意的时候，并不存在内部的"伦理焦虑"。就是说，不需要打什么高调的旗号。这个时候最能凸显出原汁原味的人类生存欲望。"七星聚义"时三阮说的"成瓮吃酒，大块吃肉"最能体现这种没有道德高调的赤裸裸的"原初状态"。《水浒传》所写的每一个山头，无论是王伦时代还是晁盖时代的梁山，无论是李忠的桃花山还是朱武的少华山，都有一个"聚义厅"。看起来"义"是一个道德范畴，但其实不然。因为这个时候的"聚义"只是用来区别山上、山下的，并不是用来规范自身的。上了山，走了剪径杀人的路，便是"聚义"。这个"义"字，可以直译成"成瓮吃酒，大块吃肉"。除此以外，没有别的。

但是当鸡鸣狗盗之事做大了，情况便有所不同。因为人多了，迫切需要发展出一种用于规范内部的伦理力量，用来统率众人，于是就渐渐产生了山寨的"伦理焦虑"，即便是江湖，也需要一个人人听来顺耳的旗号。"聚义"之所以不行，就是因为它无法用于规范内部，约束属下。相比而言，"全忠"就能满足山寨力量日渐壮大的需要。因为它指涉的是上下之间的服从和秩序。有了下对上的顺从，有了上对下的约束，山寨

才更像一个与官府对峙的山寨，而不是一伙鸡鸣狗盗的毛贼。犹记得 20 世纪 70 年代，大批《水浒传》，说宋江搞投降主义，将晁盖的聚义厅改成忠义堂。其实这是不顾文本的影射，对故事而言，毫无道理。不论是否如李逵所说，"杀去东京，夺了鸟位，在那里快活"，这个"忠"字是不能没有的。如果杀去东京，这"忠"便是对着宋江自己。如果招安下山，这"忠"的指涉就是朝廷。"义"与"忠"的差别，一是团伙内部的平行关系，二是团伙内部的上下关系。团伙大了，必须有上下关系的规范。当年刘邦造反成功，坐了龙庭，但群臣在朝廷上饮酒打架，毫无尊卑秩序，连刘邦都觉得做皇帝无趣。后来请来叔孙通，制定臣下朝见仪轨，三跪九叩，尊卑有分，这才让刘邦觉得过瘾。梁山大"会师"之后，光好汉就有数十口，连喽啰则有数千。若依三阮之言，喽啰要不要"成瓮吃酒"，要不要"大块吃肉"？若是这样吃将起来，饮将起来，一座金山银山都会吃空，更何况要自谋粮草的山寨。事业之所以由"义"到"忠"，不是投降不投降的问题，而是一个与官府为敌的社会组织壮大之后的自然之势。九天玄女的秘传真言，不过是传递出个中消息而已。它发生在宋江改聚义厅为忠义堂之前，显然神仙比宋江更有远见。

092　可信而不可任

人际关系隐曲微妙，除去爱恨情仇不提，单说铁杆哥儿们之间的信任关系，也是大有文章。现代汉语"信任"一词已经把其中的微妙模糊了，其实"信"与"任"是有所区别的。"信"的意思是相信对方对自己的忠诚，任何环境下都不会背叛，而"任"的意思是对铁杆哥儿们的能力抱有信心。相信忠诚是一回事，而对能力抱有信心又是另一回事。所以我们在历史和现实都观察到这样的情形：僚属对上司忠心耿耿多年，鞍前马后立下汗马功劳，但一直不获提拔重用；或者上司一着不慎，将身边的马仔放了外任，但随即闯祸，牵连主人。一如诸葛亮，百密一疏，错派马谡独当一面，招致街亭之失，因而有"挥泪斩马谡"之事。诸葛亮并不怀疑马谡的忠诚，但他确实看走眼了，故虽斩而"挥泪"。

"信"一个人并不等于"任"一个人，宋江对李逵便是"信"而不"任"。宋江绝对相信李逵对自己忠心，他对李逵却放心不下。甫一见面结拜，宋江就对戴宗说李逵是个"忠直汉子"。他看出这个人没有心眼，认人不问理，属于"死忠""愚忠"一类。于是就将李逵如藏獒一样豢养在身边，随时放出去可立一功。但藏獒凶猛力大，一旦脱离了主人的缰绳，说不定就坏了主人的大事，或给主人招致祸害。对于这一点，宋江早有警惕而李逵却浑然不觉，这正是李逵后来被他最信的人——宋江——毒杀的根本原因。宋江将自己的父兄接上山寨享福后，惹起李逵思念娘亲之情，李逵也提出回家取娘亲上山。宋江先是不同意，后来执拗不过，与李逵约法三章，不吃酒，不带斧头，速去速返。李逵都答应了，等他下了山，宋江对众人说："李逵这个兄弟，此去必然有失。"随即派了李逵同乡朱贵尾随跟踪，暗中接应。幸好宋江留了后手，李逵途中果然莽撞闯祸。如果不是朱贵使了手段搭救，李逵早被曹太公缚起送官领了赏银。

人间的友谊一定涉及信任，若是不信任，则无友谊可言。但仔细分梳，信与任又不是一回事。有"信"而无"任"，到底有没有真挚的友谊呢？笔者倾向于否定的意见。宋江虽信李逵，对李逵却毫无同情之心。李逵回到山寨，哭述娘亲被老虎所食一事，宋江听罢，"大笑"。宋江信李逵，完全是因为他忠直而有用。历史上也有类似的例子，雄才大略的皇上临终，便将太子之母赐死。汉武帝就将太子刘弗陵的生母赵氏赐死，以免外戚专权。在自己能约束外戚的时候，当然相信他们的忠心，而一旦撒手人寰，情况就不是那样了。《水浒传》故事和史实都告诉我们，有信而无任的人间友谊，不但不可贵，简直是一种危险的关系。人间行走，焉可不慎？

093 曹太公因何致祸

传统社会的生存方式大致可分为两种：一种是定居，生于斯，养于斯，老于斯；另一种是游走，逐富源而居，东西游走，居无定处。不同的生存方式，养育出不同的人，前者是定居一族，后者是游走一族。这种生存方式直到现代化的今天，依然未有根本的改观，更何况《水浒传》的时代。定居一族，生活空间恒久不变，都是那条村，都是那溪水，连每天见的人，也都没有两样。社会学上把这叫作"熟人社会"。它的好处是守望相助，彼此因熟悉而感情融洽。不好的地方是生活经验太过局限，如井底之蛙，不知外面的世界有多大。笔者的一个亲戚就是这样的人，三十年前她第一次进城看见蜿蜒的火车，就问："为什么火车前边快，后边慢？"可是游走一族，由于走南闯北，见过世面，故眼观六路，耳听八方，掌握许多为前者所无法想象的社会信息。传统社会给这种人前多加上一个"流"字，如流民、流寇、流官等。一般认为前者淳朴，后者奸猾。这其实是不同生活经验所塑造的。

阴差阳错，当这两种本不相干的人碰在一起，就会生出不幸，通常是前者吃亏。因为他们的生活阅历太过局限，不知水深水浅，以己之短击人之长，焉有不吃苦头的道理？话说李逵杀了四虎，被山下曹太公庄的人当成英雄簇拥来到庄上，偏偏被假李逵——李鬼的老婆认出来，报告曹太公。李逵因闹了江州法场，正吃官府通缉，捉拿送官可领三千赏银。曹太公自作聪明道："你们要打听得仔细。倘不是时，倒惹得不好；若真个是时，却不妨。要拿他时也容易，只怕不是他时却难。"曹太公唯一关心的是眼前这个自称张大胆的杀虎好汉到底是不是官府通缉的李逵，除此以外的就根本没有想过。这便显示出他生活经验的局限。他大概以为李逵只是一个官府要拿的人犯,如今走落在庄上,正好瓮中捉鳖。绝对想不到李逵的背后有一座梁山泊,就算他曹太公领到了赏银,李逵的同伙也不会放过他,也绝对想不到李逵是一个凶暴异常的"杀人不眨眼的魔君"。凭他的有限经验,是否对付得了眼前的李逵?

应付李逵这种流落四方、有广泛社会关系网的人,根本超越曹太公局限的社会经验。古人常教诲,"各人自扫门前雪,莫管他人瓦上霜"。看起来像是缺乏公德,自私自利,但并非仅是没有生活智慧的空言。当一个人面临一种自己的生活经验不足以掌控的情形时,必须懂得审时度势,不为名声、利益、美色所诱。《道德经》有言,"福兮祸之所伏"。官府虽有三千赏银,然这三千赏银是不是他曹太公能消受得了的?一着走错,满盘皆输。果然李逵的背后还有个来接应的朱贵。李逵被绑起来了,但半路被朱贵用计劫去。果然,松了绑的李逵第一句话就是:"不杀得曹太公老驴,如何出得这口气!"落在李逵手上,当然是有凶无吉。

094 盗亦有道

第四十二回"假李逵剪径劫单人",说李逵是个"杀人不眨眼的魔君",真是说对了。李逵要杀人时,不是板起双斧排头砍去,便是一脚踏住胸脯,手起刀落,从来没有思量过片刻,除了遇上假李逵。话说李逵回家取娘亲上山享福,途中却遇到一个"手里拿着两把板斧,把黑墨搽在脸上"的汉子跳将出来。李逵喝道:"你这厮是甚么鸟人?"来人答曰:"若问我名字,吓碎你心胆!老爷叫做黑旋风!"笔者读到这里,一阵好笑。一笑古人尚有雅兴,无论抢与被抢,开首皆有言语对话。抢的,光明正大;被抢的,口服心服。不似如今剪径,白的进去,红的出来,值钱的拿走,如此便了。二笑冤家路窄,真假李逵会在一处,定然有喜剧随后。

假李逵当然斗不过真李逵,不到一个回合,李鬼便被李逵一脚踏住胸脯。有意思的是李逵并没有指责李鬼剪径行动本身,因为这也是"替天行道"的科目之一,李逵是认同拦路抢劫的。大概因为彼此都是同类吧,在君子眼里这两人实在没有质的差别,只不过李逵属"梁山泊股份有限公司",而李鬼却是"单干户",其实是同道。李逵愤怒的是如此不济事的家伙也来冒名顶替:"你这厮是甚么人,那里来的?也学老爷名目,在这里胡行!"事情终于清楚了,"孩儿虽然姓李,不是真的黑旋风。为是爷爷江湖上有名目,……因此孩儿盗学爷爷名目,胡乱在此剪径。"说白了,李鬼为了一口饭,但自己又没有拦路抢劫的真本事,刚好李逵江州劫过法场,那"排头砍去"的功夫名声远播,鬼惧神惊,于是便借用李逵的"象征资本",在僻静的路上吓唬往来客商。没想到真身到来，闹出一场险些丢了性命的误会。

　　按普通人的想象，李逵堕入绿林强盗一路，已经声名狼藉，如何还会这样珍惜自己的"名目"呢？原来，李逵所谓"名目"，用今天的话来说，就是信用。各行各业，为正为邪，为君子，为小人，为三教九流，皆是要讲信用。没有信用，在个人是人生的破产，在社会是政治的瓦解。凡人到了穷途末路的时候才不讲信用，而社会到了穷途末路的时候便是信用崩溃。如同李鬼那样，真是走投无路了，才会盗用李逵江湖上的名目。而李逵则方兴未艾，正要与梁山众好汉大展拳脚，故而十分珍惜自己的江湖名声，这是他立身为盗的资本。江湖之上一提起李逵，就想起其"排头砍去"的功夫，神勇无比，十分了得。他凭了这个，受梁山好汉的尊敬，受小民百姓的畏惧，受官府的仇恨。所有这些都成全了他的江湖地位，故而他珍惜自己的羽毛。他给李鬼的临别赠言是："只我便是真黑旋风，你从今以后，休要坏了俺的名目。"并赠银十两，可谓仁至义尽。追究初衷，当然是让李鬼记住：世上只有一个黑旋风。

095　　　　　　　　　　　　　强龙不压地头蛇

笔者有个姑表舅公，早年在越南西贡（今称胡志明市）经营批发生意，在家乡起有大屋。排华之后结清生意，定居香港，常回内地行走。问他做生意最重要的是什么，他说是"捞地头"。笔者当时无知无识，惘然不解。后来阅世日深，才恍然大悟。所谓"捞地头"，就是多年盘踞一处，使得人脉关系熟络，遇到机会可以先人一步，遇到竞争对头可以先发制人。人是一种有感情的动物，感情要时间、机缘去培养。如果东一榔头、西一棒子，人脉就无法积累。其实，不但做生意需要"捞地头"，混迹官场也是如此。君不见那些长袖善舞的老衙门，也是以盘踞一处为不二法门。所以行走人间，常见强龙不压地头蛇。所谓地头蛇就是盘踞多年、关系熟络的老混混，即使官大一级，也要望而却步。就算权力在手，毕竟不能一手遮天。

《水浒传》第四十三回写杨雄遭遇"踢杀羊"张保，就是一个例子。杨雄是蓟州的两院押狱，他不是正途出身的官员，好歹算个节级，常在知府身边。但是杨雄吃亏的地方在于他是外地人，跟随做知府的叔伯哥哥，流落蓟州。杨雄职位的光鲜和得到的打赏财物却惹起了地头蛇张保的觊觎。这个军汉出身的老破落户也敢来欺负作为官府爪牙的杨雄。这看来似乎不合道理，然而却十分符合中国传统社会的一般情形。官欺民是一类，大欺小是一类，富欺贫是一类，熟欺生也是一类。张保便是倚仗他对蓟州城头的熟悉，纠集七八个亡命，前来欺负人生地不熟的杨雄，见面即来"借百十贯钱使用"。杨雄以无财物相交为借口婉拒，张保却质问："你今日诈得百姓许多财物，如何不借我些？"真是来者不善，善者不来。两人当下就扭打起来，张保有备而来，杨雄当然不是对手。"杨雄被张保并两个军汉逼住了，施展不得，只得忍气。"别人赠予的一众财物，就这样被一哄抢而散尽。如果不是石秀路见不平，杨雄只能"吃下这只死猫"。

　　熟络地方人情是做人立身处世一个很大的优势。杨雄的名分、地位无论如何都在张保之上，但下三烂的张保却敢打起杨雄的主意，凭的就是他对地头的熟络。蓟州这个地盘是他的势力范围，凡来者皆要雁过拔毛。谚语有"虎落平阳被犬欺"的说法，就算山大王老虎离开自己的地盘，连狗也会打上门来欺负。由此想到，中国社会的人生百态十分有趣。围绕着官府权力可以形成势力范围，凭借着金钱财物也可以称雄一方，但是凭借盘踞地头的熟络同样可以形成"揾食的米路"，甚至依赖着一技之长，也能练出不容插手的自家摊子。人生就是这样由此而入彼，上上下下，一时趾高气扬，一时却低声下气，全凭为主为客的地位一瞬之转。如同杨雄遇到张保，无可奈何，但回到他管的监牢，又可以作威作福。故而中国人生多沧桑之叹，中国文学亦多感伤之言。

096　和尚缘何称贼秃

《水浒传》第四十四回写到的一个僧人裴如海，又是一个淫僧。中国古典小说里出现的和尚，形象几乎都是负面的，所犯的罪过也都几乎相同，就是淫人妻女。这个裴如海不过是众多出现在虚构故事里淫僧形象中的一个。如果以为文学所反映的社会现实皆是真实可信的，那佛教在中国没有可能传到今天，早已堕落成贼寨淫窟了。如来香火一苇渡江以来，历经劫难，然而薪尽火传，缭绕不熄。除了人心有需要外，历代僧团、寺庙组织未必如是之不堪，亦是其中的原因。小说家言未可尽信。孟子讲对了，尽信书不如无书。然而小说里僧人皆贼秃又将如何解释呢？笔者以为，最好将它作为民间的偏见。人类的生活离不开偏见的存在，这是无可奈何的事情，不过有时候偏见也能部分折射出社会现实。虚构故事里的社会生活，多是偏见里的社会生活。淫僧形象的普泛化反映出传统社会丛林制度本身存在的缺陷。

中国社会佛教寺庙分两种，僧人当然亦托身于这两种不同的寺庙。一种叫十方丛林，庙宇及其财产，当然，田产是该寺庙的公产，住持只是管理人，圆寂之后由寺庙和尚公推德高望重者继任，传贤不传子。一般有历史、有渊源的著名寺庙都是十方丛林。另一种是私庙。所谓私庙，就是庙宇及其财产皆是住持的私产，这种私庙传子不传贤。老和尚临终，指定一人继任，通常是他最信任的徒弟。这样的私庙可以想见，就是一盘生意，姑称为"信仰生意"，以信众的精神灵魂为经营生意的对象。很显然，如果没有足够的灯油香火，私庙就会陷于破产。作为住持，千方百计引来施主，广结善缘，讨好香客，施展百般计谋也在所不惜，而这是维持私庙的题中应有之义。僧人无非是私庙的雇工，所不同的只是不用日晒雨淋，而靠念经打忏混口饭吃，哪里顾得上进德修业？于是种种败德之行，便在如来的名目下涌现。

《水浒传》所写的这个裴如海当是一个私庙僧人。他家里开绒线铺，小康之家而去做和尚，不同寻常，说不定是抱了"候补继承"私庙的动机而送进去的。他是他师父的"家里门徒"，他师父与潘巧云的父亲结拜兄弟。故裴如海与潘巧云以兄妹相称。潘家是报恩寺的传统施主，在这层关系的掩盖下便发展出一段苟且的孽情。金圣叹在回评中说："世间当知如是种种怪异之事，皆是恶僧为钱财故，巧立名色。既得钱财，必营房室；营房室已，次营衣服，广于一身，作诸庄严；作庄严已，恣求淫欲。"人生以及任何事业的进展都离不开钱财，但并非任何人生和事业皆要生财。如将生财作为天下第一大事，则必定败坏事业，例如宗教。宗教劝人忏悔罪过，但欧洲中世纪教会以赎罪券来敛财，教众以金钱代替精神的洗练，遂致教会制度衰朽。佛教而成一盘生意，寺庙而充商场，无论何种败德的秽行，都是不难想象的。佛教有此，乃是如来一大不幸，僧人在民间故事中无好印象，也值得出家人深思。

097 石秀精明

精明，广东人叫作"醒目"。一个醒目的人，通常非常"识做"。你说上半句，他便将你的下半句做出来。甚至你不用说，使个眼色，他便知道该怎么做。这样的人就是"醒目仔"，能听懂言外之意，能从环境细微变化中领悟信息，能及时做出准确的反应。石秀在一部《水浒传》中精明、机巧的程度，当与卢俊义的仆从浪子燕青平分秋色，而在所有好汉之上。两人都是"醒目仔"，但区别是燕青的精明受一种淳朴的道德观制约，而石秀的精明仅服从于自己的利益和他认同的"义"。他因为精明，故机巧之心他人难测，而手段也特别毒辣。李逵虽然滥杀无辜，却不像石秀那样刻毒阴鸷。如果要在众好汉中选一个残忍刻毒的人，笔者推石秀为第一，在武松、李逵之上。原因便是他们都视他人性命为草芥，而石秀做这除草芥工夫的时候，格外精明。

武松和李逵都是莽汉出身，不似石秀从小走南闯北，跟随叔父"来外乡贩羊马卖"，只因叔父半途亡故，流落蓟州。商贩生涯造就了他眼观六路的本领，而天性的刻毒更养成他毫无仁爱之心的性格。与杨雄结拜兄弟之后，合伙开了屠宰店。一日，他从外县买猪回来，看见砧头刀杖家伙收藏起来，便知事情不妙。"必有人搬口弄舌，想是疑心，不做买卖。我休等他言语出来，我自先辞了回乡去休。自古道：'那得长远心的人？'"石秀不愧见微知著，即刻定下以退为进的策略，虽然交出来的账目没有半点私心，但他心里的第一个念头却是怀疑杨雄的兄弟情谊。防人之心不可无虽也在情理之中，但石秀的机心和城府正反映了他以自己利益为先的人生哲学。正因为这样，他窥破裴如海与潘巧云的奸情,却不料被潘巧云反咬一口。见背于杨雄之后,发下毒誓,要"了此一事",辨清自己的清白和化解杨雄的误会。为了这兄弟的"义",他需要四条人命垫背。先杀了裴如海和报信的头陀,然后教杨雄"做个好男子"。他的所谓"好男子",就是要杨雄亲手杀死潘巧云和侍女。这恐怕是古典小说中仅次于桃园结义的代价最高的"兄弟情谊"。连赞武松为"天人"的金圣叹都看不过眼,给予贬评:"若石秀之杀四人,不过为己明冤而已,并与杨雄无与也。"兄弟的"义"只是一个托词,其实是自己内心不平的冤屈。为了自己的清白而用他人的性命去证明,这精明难道不是太刻毒了么?怪不得金圣叹称石秀"一种巉刻狠毒之恶物"。

精明无非就是一个人的经验理性,善于观察,善于总结,经历得多,经验理性自然积累。推崇经验理性,本也无过错,但人生的经验理性必须有道德良心的约束,就像手段必须被目的所制约一样。如果毫无道德良心,一味地讲究精明计算,则手段越高明,结局越惨酷。古往今来,多少豪杰之士将人间看作经验理性的试验场,精明是精明,绵密是绵密,结果却是不离石秀的"巉刻狠毒"。

098　《水浒传》佛牙考

佛牙是什么，想必看官一定知晓，就是释迦牟尼佛灭度后留下的齿舍利。传说佛灭度后留下四颗佛牙舍利，又一说留下七颗。由于佛教的传播，这些佛牙和其他佛舍利被带到四面八方被信徒供奉。又由于历代战乱，不少佛舍利已经被毁或湮灭。如今有凭有据有来历的传世佛牙全世界只有两处，一处在斯里兰卡的佛牙寺，另一处在北京八大处灵光寺。前者东晋法显和尚《佛国记》有亲历的记载："城中又起佛齿精舍……佛齿常以三月中出之。"后者最早的文字记述可以追溯到 10 世纪的辽代。不见经传的《水浒传》所写蓟州报恩寺何以突然冒出"佛牙"？即便是虚构故事，作者也未必如此大胆。此事蹊跷，可以略为一考。

话说《水浒传》第四十四回写僧人裴如海勾引杨雄妻潘巧云，以寺庙新造水陆道场，便于超度前夫亡魂为借口，敦请潘巧云到报恩寺随喜并还血盆忏愿。为了这一天，裴如海自言："我把娘子十分爱慕，我为你下了两年心路。"裴如海这个勾引良家妇女的局设了两年，可见其机心手段。待那天潘巧云上报恩寺，先是引到僧房拜茶。"一个小小阁儿里，琴光黑漆春台，挂几幅名人书画，小桌儿上焚一炉妙香。"待潘氏父女坐下，端出早已备好的"这等有力气的好酒"，不到两杯，潘公便不胜酒力，被搀扶下去睡了。剩下三人的时候，裴如海发出邀请："请娘子去小僧房里看佛牙。"潘巧云深会其意："我正要看佛牙了来。"这个"佛牙"便十分可疑。第一，如果是佛齿舍利，一定没有置放在和尚僧舍的道理。这等代表敬爱佛法僧三宝的佛教象征物，皆是专室秘藏，置于鎏金包银的塔内。君不见西安扶风法门寺地宫里的佛舍利，何等庄严宝重。不仅有八重宝函、十二环锡杖，还有外罩纯金宝塔和汉白玉灵帐。这等宝重的佛教灵物，岂是一个区区的寺里普通和尚裴如海所掌握？裴如海不是住持，有何特权请一个施主看佛牙？裴如海的"佛牙"盖是另一物事。第二，这个"佛牙"容不得第三者在场。当潘巧云敦促"你且教我看佛牙则个"时，裴如海说："你叫迎儿下去了，我便取出来。"迎儿在场这件"佛牙"便取不出来，岂有堂堂宝物容不得他人观看的道理？自此之后，《水浒传》文本就没有再提佛牙一事。当写到两人"卸衣解带"的时候，金圣叹在旁边着了一句："佛牙遂入血盆，一时心愿都毕。"写到这里，不用笔者多言，看官也知道裴如海的所谓"佛牙"是什么东西了。

和尚僧人在民间传言里，形象大都不好，而古典小说里出现的淫僧恶佛居多，鲜少看见正面形象，正是这种民间心理的折射。在民间指称僧人的语汇里，很多都是糟蹋出家人的。例如民俗惯称和尚为"秃驴"，或者径呼之为"贼秃""花和尚"等。裴如海出场，施耐庵称之为"道人"，未几，改称"和尚"，随后则都称"贼秃"，可见作者对他的轻蔑。"佛牙"云云，皆同此类，是作者一时锦心绣笔生造出来的隐语、贬语，打趣这个无良的淫僧。

099　兄弟之义的背后

岁时拜祭，一定要有个祭台，祭台上面祭品、牺牲是少不了的，否则不成敬意。古人最早用人祭，后来改用牛羊猪，称为太牢。祭品只用羊猪，则称少牢。当代人拜先祖多用乳猪、鸡和果品。这一套祭祀的礼仪行为也可以看成是一定的社会组织和制度的隐喻，中外皆然。若是没有祭品牺牲，人类的特定组织和制度的合法性就难以保证，甚至没有办法维持下去。问题是什么人被选中，在什么程度上担当祭品牺牲的角色而已。宗教在传播过程中，那些不信其教的"异教徒"自然就被选中做祭台上的祭品。中世纪欧洲几乎无日无之的火刑，十字军东征时对异教徒的暴行，君士坦丁堡陷落时奥斯曼大军的屠城，皆是其例。任何信仰其实质无非是一种生存方式，既然宣称自己的神是唯一的，何以异教徒一样生活得好好的？因嫉生恨，至欲除之而后快而已。

中国社会很早便演化出以男系血统为核心的家族制及其先祖崇拜。兄弟之义在此种文化中扮演着极其重要的角色，除了父子之孝，便轮到兄弟之义。有道是"兄弟如手足，妻子如衣服"。夫妻好时，只够得举案齐眉，不好时，老妻便同敝屣，弃之可也。夫妻之情与兄弟之义在只能择一的紧要关头，无疑前者只能让位。这意味着在此种文化下，尤其是那些处于兄弟之义边缘的妇女，有可能被选中为祭品和牺牲，献上家族制和先祖崇拜的祭台。这就是古典小说经常被人诟病毫无人性、人道，不以女性为人的缘故。桃园结义而至于要杀妻，事与妻本无关联，皆因不幸而被选中，作为"兄弟之义"的陪衬。武松杀嫂，亦缘潘金莲断了武松的手足之情。如此粗暴残酷，以至于剖心挖肺，也说明维持"兄弟之义"是需要淋漓鲜血的，不如此，不足以昭示"天地正气"。石秀与杨雄只是结拜兄弟，其间的"义"更加脆弱。正因为它的脆弱，石秀才变本加厉，翠屏山上教杨雄"做个好男子"。第一招，"哥哥，这个小贱人留他做甚么？一发斩草除根！"杨雄将侍女迎儿"手起一刀，挥作两段"。第二招，嫂嫂任从哥哥"措置"。"杨雄向前把刀先挖出舌头，一刀便割了，且教那妇人叫不得。"然后"一刀从心窝里直割到小肚子下，取出心肝五脏，挂在松树上。杨雄又将这妇人七事件分开了"。很多读者不知"七事件"是什么。这便是极其残酷的肢解，身躯剖成六件，外加女性的乳房。这等做法，就算在古代世界也是骇人听闻的，然而当兄弟之义被抬上"手足"的高度，便注定了"以义杀人"。石秀非此洗不清自己的清白，杨雄非此不解自己的羞辱。"兄弟之义"是维持不坠了，但背后的残暴不仁，甚至丧心病狂，令人震惊。用无辜女性的鲜血成全出来的"兄弟之义"到底有没有那么高的价值，任何受过现代教育的读者，是不难判断的。《水浒传》中，这两个结拜兄弟的下场是上山之后，同为一般的步兵头领，共同镇守西山。招安后去打方腊，征讨过程中杨雄背疽发作而死，石秀中箭而亡，封忠武郎。约略近于不求同生，但求同死之义。

100 梁山为何要打祝家庄

气象学上有所谓"蝴蝶效应"的说法。谓巴西一只蝴蝶扇动翅膀，会引起美国一场龙卷风。它的意思是任何微小的初始条件，只要事件处于临界边缘，有可能引发意想不到的严重后果。这个多少有点儿不可思议的道理恰好可以用梁山打祝家庄一事来证明。

祝家庄旁近梁山，但一向相安无事。你行你的阳关道，我走我的独木桥。两者而至于要兵戎相见，起源于一只报晓的公鸡。话说杨雄和石秀闹出人命后只好上梁山，半途携了时迁。三人风餐露宿来到梁山脚下的祝家店。店小二好心接待，无奈店内无物可以下酒。时迁一时技痒，把店家报晓的公鸡偷来下了酒。民事纠纷本来不难化解，或者时迁知所节制，也不会闹出事来，或者店家退一步想，赔钱也可以了事。事情一错在时迁，而店家不肯让步，事情就难以收拾了。好汉仗着武艺高强，祝家店却是人多势众。时迁半途被捉去，只剩下杨雄、石秀上了山。两人把"本身武艺，投托入伙先说了"，众人大喜，"让位而坐"。但是渐渐说到偷鸡，闹出纠纷，开罪了祝家庄。晁盖大怒，喝叫："孩儿们！将这两个与我斩讫报来！"因为两人的行为实在有违好汉本色，与"忠义为主，施恩于民"的山寨宗旨不符。晁盖的意思是斩了两人，"我亲领军马去洗荡了那个村坊，不要输了锐气！"但宋江的眼光就更加远大。他劝下晁盖，斩了两人，白白折了两员好汉，祝家庄并不买账。反而梁山借此兴兵，一来可以扳回一局，"不折了锐气"，二来"则得许多粮食，以供山寨之用"。宋江讲的种种理由中，粮食是实质问题。山寨招纳的人多了，食口日繁，消耗日大，渐渐地就有了粮草兵马的后顾之忧。

而祝家庄收藏的粮食特别多，又在眼前，"若打得此庄，倒有三五年粮食"。有了山寨事业前途的攸关，祝家庄的命运就凶多吉少了。

在人事关系上，也常见类似的现象。开始好端端，怎的渐渐就成了冤家对头。闹将起来的事由，全是鸡毛蒜皮，似乎不可理喻。但是慢慢地想下去，又觉得事出有因。如果顺着闹将出来的小事单个地看，无处寻其踪迹，初始条件离着后来的结果十万八千里，似乎完全牵连不上。但将小事一件连一件，凶兆就显露出来。正是日积月累的微小之事，让人们浑然不觉的那些隐蔽的关系逐渐改变，以致闹成大事。比如山寨如果不招纳这么多亡命之徒，维持小小的"独立王国"，那它与祝家庄的关系，也就永远处于井水不犯河水的境地。民谚有云，"兄弟因家业而分散"。家业未大的时候，相濡以沫。家业大了，人也就生觊觎之心，一生觊觎之心，兄弟的别扭就跟着来了。等到老太爷百年归寿，兄弟也就像乌眼鸡似的，恨不得你吃了我，我吃了你，斗得不可开交。祝家庄的厄运，固然起自那只公鸡，但即使时迁没有偷鸡，只要梁山一心招纳亡命，祝家庄就无日不在火炉上烤着，它灾难的命运难以避免。

100 梁山为何要打祝家庄

101　面子与上山

好汉上梁山的原因千奇百怪。读者耳熟能详的是林冲被逼上梁山，晁盖一伙则因取"一套富贵"而落草为寇。杨志则是正途阻塞，万般无奈上了山。鲁智深之上山，无非求一安身之所。上山原因最为有趣的是扑天雕李应，他因丢了面子而迈出了落草的第一步。李应本是李家庄的庄主，广有地产田宅，况且与祝家庄世代结盟，守望相助。无论从哪一方面看，都不会走"叛逆造反"的路。但是事物的变化往往有令人意想不到的地方。因为感于朋友之义，前后两次修书给祝太公，希图放了因偷鸡而被捉住的时迁。他万万没有想到都被驳了回来，在朋友面前丢了面子，由此而生怨。梁山打祝家庄的时候，李应就不施与援手，令祝家庄侧翼无人接应而败北。

丢了面子会产生怎样的怨恨，不给面子会招致什么结果，看看《水浒传》第四十六回，就可以知道事态的严重性。在人际交往中，面子从古至今都是性命攸关的。晚清的时候，美国传教士明恩溥以他数十年在中国传教而对中国社会人情世故的观察，写了一本《中国人的气质》，将中国人的性格特征归纳了二十多条，其中首要的就是"面子"。明恩溥之论是否公允姑且按下，但至少与欧美人相比，待人接物而讲究面子，确实是"中国特色"之一。五四以来，因为批判国民性的思潮，多以为讲究面子是不好的，是一种性格的弱点。当然，讲究得过了头，到了"打肿脸充胖子"的程度，就是病态了。可是彼此交往，讲究一下面子，该给的就要给出去，该得到的也要有个自我意识。这应该不是一笔就能抹杀的。面子问题之所以出现在中国社会，反映了一种根深蒂固的传统习惯：以一个人的年齿辈分、德行修养、官职地位、世俗成就来给予相应的人格尊重。只要这个传统习惯一天没有大的改观，面子也就一天不能不讲。

讲面子到底好不好，却是一言难尽。看来是有它不好的地方，比如缺乏人格平等的意识。有的人面子大，有的人面子小，甚至小到可以抹杀的程度。这究竟是违背现代人格尊严平等的。过去多讲面子的坏处，笔者写过文章。就如现实生活，讲面子就增添了不少麻烦。吃饭排座次，大家谦让推脱半天。烈日之下照相，不求快点完事，但求排位尊卑得当，搞到苦不堪言。但讲面子也有它的好处，它可以是一个世俗的激励机制。你要人家给你面子，你就得让你的面子变大一点。这就是社会的激励。另外也可以让人情更融洽一点儿，世俗的沟通需要润滑剂。相互都给面子，礼尚往来，沟通合作就可以更加顺利进行。因为世俗的交往都是互利的，而相互给面子就是互利的前提。祝家庄孤立无援的时候，祝太公理应感到万分后悔，不该让三犬子仗着年少气盛，得罪了李应。折了李应的面子，逗了自家的志气，看样子是胜了一局，却换来了李应的怨恨，埋下了日后覆没的祸根。

102 梁山也有纪检

俗话说，"麻雀虽小，五脏俱全"。自从宋江"死心塌地，与哥哥同死同生"，入伙梁山之后，山寨的气象便十分不同了。用吴用的话说，"近来山寨十分兴旺，感得四方豪杰望风而来"。不过细心的读者也看得出来，四方豪杰望风而来的山寨，也就不再是从前的山寨了。山寨一面大兴土木，多设了三处探听凶吉、接应投奔义士的酒店，山前设了三道关卡，又疏通水道，修筑山前大道。另一面兴起了"制度建设"，颇有"依法治寨"的气象。例如设立书算账目，掌管支出纳入，雕刻兵符、印信、牌面，着人管收山寨钱粮，连筵宴也有专人管理。在诸种制度建设里，最耐人寻味的是"新近又立了'铁面孔目'裴宣做军政司，赏功罚罪，已有定例"。这个军政司，就是梁山的纪检部门。裴宣做纪检大员，也算宋江找对了人。他从前是京兆府小官——六案孔目，为人清廉，执法严明，人称"铁面孔目"，因得罪知府，落草饮马川，后由戴宗介绍上梁山。可惜《水浒传》并没有着笔写裴宣具体的梁山执法，否则更为有趣。

或许以为奇怪，一伙只想"大秤分金银，大碗吃酒肉"的绿林好汉，如何能走上自我约束的正途呢？中国百姓有个习惯，英雄莫问出处，单问能否成气候，成则尊之，败则贱之，正所谓成王败寇。宋江加盟之后，在官府眼里，梁山虽是贼寇，他们却还想"成王"。而凡要"成王"，"大秤分金银，大碗吃酒肉"的那一套就行不通了。为什么要制作那些兵符、印信？就是为了号令严明，一旦有人不执行头领的号令，就可依此而治罪。为什么要设立账目？就是为了防止有人从中贪污。宋江这样介绍"铁面孔目"和他的军政司："此是山寨号令，不得不如此。便是宋江，倘有过失，也须斩首，不敢容情。"宋江的说法多少矫情，哪有斩首斩到自家头上来的，不过至少说明山寨之作为社会组织走向了成熟，因为懂得自我约束。

在中国的政治传统里，自我约束是与政权的寿命攸关的。懂得自我克制，清正廉明，爱民如子，一个朝代便体格健壮，得享高寿。放纵贪婪、腐败，无法自我克制，就是一个政权瓦解的征兆。民间有个故事，说周文王初识姜太公，姜太公便要文王背他回城。文王求贤若渴，只好放下身段背着这个八十老翁，一步一摇，满头大汗。姜太公在背上劝文王咬住牙关，多走几步，哪怕再多走一步也好。文王最后实在走不动了，姜太公就告诉他，你背我走了二百九十四步，你的天下便是二百九十四年。文王听后十分后悔没有多走几步。故事当然是虚构的，却形象地道出了统治者的克制与其统治寿命的关系。八十老翁在背上，舒服吗？当然不舒服。但若要图舒服，就不要将万民的性命担在肩上。统治，并非单纯作威作福，而是要将臣民背在背上。懂得节制欲望，清除腐败，这就是统治者的自我克制，当然关乎政权的命数。一部二十四史，讲的也无非这个道理。

103   以造反的名义

好汉造反，最初的缘由都是人间缺少正义，贪官污吏把持一方，好人没法活了，因此才挺身而出，替天行道。造反者与朝廷被描写成善与恶的对峙，前者象征着光明、正义，而后者则代表黑暗、罪恶。笔者当然不否认败德秽行会招致对它的惩罚，但是代表"天"惩罚罪恶的力量是不是天然成就了人间正义，笔者是存疑的。掌权者的贪婪和腐败固然损害了人间的正义和道德，但是造反者的行径，也未必不侵害人类善的道德准则。正因为这样，当造反过后，新秩序树立起来，日子逐渐远去，光芒逐渐消散，他们那些"以造反的名义"造成的道德伤害，便会逐渐浮出水面。《水浒传》对此也有令人深思的刻画。

第三十三回写宋江为了挟持秦明上山，不惜定下一条毒计。一边酒肉款待被捉住的秦明，一边让人装扮成已经叛变的"秦明"到青州府前叫阵、杀人，用这种诈术"先绝了总管归路的念头"。知府看到爱将投贼，于是断送了他"妻小一家人口"。等到秦明走投无路的时候，宋江出来"特地请罪"，邀请上山。这时的秦明，只得"纳了这口气"。类似的例子，再见于第四十九回。李应虽然被祝家庄驳了面子，但也不是对梁山就投怀送抱。在打祝家庄的过程中，李应始终中立。为了使李应上山，宋江让人装扮成知府，捉拿李应治罪，半途又将之解救出来。一来使事主感恩戴德，二来开罪了官府，再也做不成良民。更将李家庄一把火烧成废墟，不由得你不上山落草。当李应看到当初捉拿他的"知府"，一个二个都是强梁好汉，顿时"目睁口呆，言语不得"。这种做法真称得上不择手段，无所不用其极。很显然，这种毒计与人的良知、道义原则是背道而驰的。

当朝廷不能够按照正义的原则清正廉明地治理的时候,贪官污吏的巧取豪夺,当然透支了社会的道德。然而当造反演变成不择手段的时候,造反者"以造反的名义"做下的一切同样透支了社会道德。只不过前者人人容易看到,而后者则隐蔽在"替天行道"的背后而已。笔者不知道宋江有没有夜半扪心自问,但可以肯定的是宋江一定明白不择手段才可以成事。宋江在聚义厅对李应说:"我等兄弟们端的久闻大官人好处,因此行出这条计来,万望大官人情恕。"如此看来,造反和统治,其实就是恶恶相因,以一种恶代替另一种恶。人类社会或许本来就是如此,这是人存在的悲哀。社会的发展演变不是善打败恶,不是善取代恶,而是此恶打败彼恶,此恶取代彼恶。黑格尔有一句名言,"恶是历史前进的杠杆",恩格斯亦赞同此种看法。那种将造反者与统治者的争夺看成光明与黑暗的争夺,事实上多少有点儿幼稚。

104 为富不仁解

一个人为富和他的不仁从道理上说是没有必然联系的。富有的人和贫穷的人都可能不仁，反之亦然。《水浒传》写到许多身无分文的人，如李逵之滥赌、赖账和滥杀无辜，都属于恶德。而十字坡上卖人肉包子的张青两口子，揭阳岭上开人肉作坊的"催命判官"李立，何止不仁，简直残忍之至。但是汉语这样组词，将为富与不仁顺势连接在一起，暗示两者的逻辑联系，虽然夹带有"仇富心理"，却是有它的事实基础的。明白了为富与不仁之间的肌理，才算了解中国的传统基层社会。

中国传统社会法治的基础十分薄弱，人们的日常行为多讲究势，因势而成其事。势大势小，势强势弱，在日常交往中十分重要兼且十分微妙。若不发生争执便罢了，一旦冲突起来，不讲贪官污吏长袖善舞，就算有青天大老爷，也是山高皇帝远，远水救不得近火。"势"的大小便决定了争执的胜负。有道是仗势欺人，不仗着自己的强势，怎能压服他人？然而，一旦讲究"势"，问题就来了，怎样才能有"势"呢？要使有势，无非三种途径：政治力、财富力和暴力。前者为官府所垄断，后者为铤而走险者所惯用，中焉者就是芸芸众生的生命意义之所寄托。正因为这样，中国社会的人生数千年不变：上焉者，十年寒窗，一朝出仕；中焉者，贩牛走马，圈田买地；下焉者，聚众揭竿，杀人放火。其中有窃钩者，又有窃国者，更有下山受招安者，宋江是也。前后姑且按下不表，单说中焉者芸芸众生。古人说，有财斯有人。财富一旦累积起来，狗腿子便如蝇逐臭，集合在钱财的旗帜下。更有所谓"富二代"少爷小姐之流，未能备尝聚财的艰辛，躺在财富的温床上飘飘然。一来有了打

· 224 ·

手可以调遣，随心所欲；二来钱财迷了心窍。有这两者，要教他为富而仁，简直同与虎谋皮一般。

《水浒传》第四十八回所写的毛太公就是一个例子。解珍兄弟是贫穷的猎户，好不容易打到一只虎，要拿去官府交差。老虎跌落山下毛太公庄里，惹起了毛太公的觊觎。他在前厅应付两兄弟，他的儿子毛仲义领着庄客偷偷将老虎抬到官厅领赏。然后再带人来捉解珍兄弟，反咬一口，更使银子予知府，要取人性命。一般人会想，毛太公有钱有势，何苦与两个穷猎户过不去？但是事实告诉我们，正因为他有钱有势，他才要与穷猎户过不去。如果他也与穷猎户一般无钱无财，他才不会自找没趣去惹穷猎户。毛太公的行为动机没有好的解释，或许这是有钱人快乐的一种游戏，可以从他人的厄运中获得欢愉。毛太公日后咎由自取，都是因为钱财种下了祸根。

与"为富不仁"十分相似的一句西谚是"有钱人要进天堂比骆驼穿过针孔更难"。这些夹带着民间经验的说法，仅仅把它们看成对富人的嫉妒、仇恨是不够的，它们还揭示了个人道德教养与财富的关系。财富如果没有德行的节制，更容易唤起人性的邪恶，更倾向于仗势欺人。

解珍解寶

105 近火先焦

三打祝家庄的间歇,《水浒传》作者穿插了一个解珍兄弟上山的故事。看完之后,想起了一句民谚:"拔出萝卜带出泥。"最后上山落草的竟然不止蒙冤的解珍兄弟,而且连上了一串带上三姑六姨关系的各路好汉。其中有小节级解珍的表妻舅乐和一家,有开屠坊的表姐顾大嫂一家,有落草为寇的表姐夫孙新的两个叔侄邹渊、邹润及其喽啰,又有孙新的哥哥做州兵马提辖的孙立及其一伙部下。奔赴梁山的时候,简直就是一支浩浩荡荡的血缘、姻缘大军。之所以能集合这么多人"谋反",并不是这兄弟俩特别会做"宣传工作",而是一旦反了官家,所有沾亲带故的人都跑不了。所以不论情愿不情愿,结局只有一个,上山做贼。顾大嫂以病为由骗来孙立,告知劫狱的决定,孙立立刻有顾虑:"我却是登州的军官,怎地敢做这等事?"顾大嫂告诉他"近火先焦"的道理,"走了的倒没事,见在的便吃官司","伯伯便替我们吃官司、坐牢"。莫说顾大嫂威吓,她的话反映了中国传统社会犯罪而"缘坐"的现实。

所谓"缘坐"是法律规定所有与犯罪者有血缘关系的族亲都要因血缘亲疏而受到不等的惩罚，不论他们是否有相同的犯罪事实。以在数千年司法史上有承前启后地位的《唐律疏议》为例，第二百四十八条关于贼盗类的法律规定："诸谋反及大逆者，皆斩；父子年十六以上皆绞，十五以下及母女、妻妾、子妻妾亦同。祖孙、兄弟、姊妹若部曲、资财、田宅并没官，男夫年八十及笃疾、妇人年六十及废疾者并免；余条妇人应缘坐者，准此。伯叔父、兄弟之子皆流三千里，不限籍之同异。"这种"缘坐"的法律传统，今人或许觉得残酷而无理。但是中国是一个讲究血缘亲疏的社会，家族、亲戚在人生的各方面扮演极其重要的角色。从正面讲，一人得道，鸡犬升天。家族中有人做了大官，沾亲带故，不知造福多少族中子弟。多少人就是靠了族亲的扶持，开始迈出立身处世的第一步。一个人得以立身处世，背后多少宗亲叔伯扶持。若是得了一官半职，反本报恩，当然也要报答宗亲叔伯。然而从反面讲，家族中有人犯罪，法律便要规定株连，也就是"缘坐"。因为不"缘坐"，反将起来，宗族的力量蔓延开来，也是很严重的。古代史上残酷的"缘坐"，不胜枚举。吕不韦谋逆败亡，举族流放夜郎。汉武帝时南越国谋叛，征讨之后，越族丞相吕嘉三千余人，流放今云南腾冲一带。明成祖诛方孝孺九族，外加门生朋友一族，共十族。死者八百余人，流者数千人。

历经现代革命，血缘的传统是逐渐地淡下来了，司法再也没有"缘坐"，但是时至今日血缘意识还是十分的强固。它不以司法株连的形式，而多以观念歧视的形式继续流传。

106 中国版的特洛伊之战

古代战争在火器未曾应用的时候，守比攻更具有优势。只要将城筑得坚固，深沟高墙，留足口粮，守方就是以逸待劳。攻城一方，只有徒叹奈何。依靠人力，仗着长矛、大刀和弓箭，是很难拿下一座城池的。荷马两部传世史诗《伊利亚特》与《奥德赛》写的特洛伊之战就是攻城战。希腊联军由阿加门农率领，攻了十年还没有攻下来。一个孤立的城池竟然可以支撑十年，在现代是难以想象的。如果不是奥德修贡献木马计，希腊联军恐怕要以失败告终了。坚固的城池不会毁灭于外部敌人的进攻，只会毁灭于内部敌人之手，这几乎是古代战争的真理。

梁山好汉打祝家庄，就同希腊联军打特洛伊城差不多。宋江初次进攻是败绩，再战也是败多胜少。正在一筹莫展之际，得病尉迟孙立一伙投托上山入伙的消息，而孙立与祝家庄的教头栾廷杰是同门师兄弟。于是军师吴用设下"梁山木马计"，让孙立等人伪装投托祝家庄，来一个里应外合。如果以军事力量论，梁山好汉就有数十条，而祝家庄战将只有祝氏三兄弟，外加扈家庄的"一丈青"，基本处于劣势。但因为祝家庄是守方，梁山众好汉竟然占不到任何便宜。如果不是中了木马计，鹿死谁手还真不好说。

人类的冲突上升到用兵的地步，就全然没有章法和道德规矩可循了。唯一可以衡量的标杆就是成败，或成或败，胜者为王。战争只讲胜负，它注定是一场零和游戏。如此残酷的游戏使得任何常态社会的礼仪章法都要让步，人性本有的良心道德也要放在一边。参战双方所做的一切都只为一件事，就是要取胜。《孙子·始计篇》有云："兵者，诡道也。"兵道之诡，就诡在不择手段，无所不用其极地追逐胜利。春秋时代的宋襄公不谙"诡道"而留下了笑柄。他与楚军相战于泓水，楚兵渡河一半时，谋臣便劝他出击。宋襄公却说"仁义之师"不能乘人之危，要待楚军渡河列阵，才决一胜负。错过了时机，结果宋军大败，宋襄公也被打瘸了腿。宋襄公是一个高贵的君子，但高贵只能行于待人接物，不能以高贵来用兵。有道是"卑鄙是卑鄙者的通行证，高尚是高尚者的墓志铭"。就说孙立，因家人"谋逆"而无处藏身，不得已投靠梁山，但为了投托大寨的"进身之报"，就将与自己无冤无仇的祝氏一门连同师兄一起，献在梁山的祭坛之上，他人之血成就了自己在山寨的地位。若是一个有良心的人，一定寝食难安。不过既然两军对垒，人也只有异化成工具，去执行吴用布下的"木马计"，放下良知，以残忍的手法从内部打破祝家庄这个堡垒。

107 狗仗人势

古代社会，一般而言，要能办事就得有面子，而面子却要靠势力来支撑，势力大便是面子大。势力的大小往往预定事情的成败，而事情的善恶是非往往要让位于势力的大小。有道是强龙不压地头蛇。势力大的，不管对错是非，很多时候能把势力小的"做掉"，把势力小的"摆平"，让势力小的"食死猫"。有冤屈的时候，法律、官府帮不了多少忙，谁叫你的势小，谁叫你势孤力薄？人要生存，生活要过下去，势力单薄的穷人、弱者怎么办呢？办法是有的，那就是投靠有势力的山头，使自己成为有势者的一部分，成为他们的附庸。历朝历代，投托官家，归附豪强，甚至卖身为奴也在所不惜，这种事情数之不尽。例如，在唐代做了官或者有功名就可以免税，那些不想交税或交不起税的人就携家带口连同自己的土地一并投托"加盟"，甘心做大地主、庄园主的家奴或僮仆，这叫作背靠大树好乘凉。投靠者中有不得已的，有无可奈何的，但也有仗势欺人的。社会对后者更是极端鄙视，称之为狗仗人势。这种人往往没有好下场。

《水浒传》第五十回"插翅虎枷打白秀英"就是写仗势欺人者的故事。白秀英生有几分姿色，卖唱为生，旧日在东京卖唱时就已经和现任郓城知县勾搭上了。知县赴任郓城，白秀英也赶来郓城开勾栏唱院本。有知县撑腰，虽操贱业，别人也不敢欺负。因为后台了得，白秀英也口无遮拦。有势可仗，气焰难免嚣张。一时口角，白秀英竟不把来听唱的本县都头雷横放在眼里。都头，好歹相当于"刑警队长"一类，与一个唱戏的，其社会地位是无法相提并论的。雷横被激不过，于是动手打人。

白秀英也不示弱，到知县处告"枕边状"，"守定在衙内，撒娇撒痴，不由知县不行"。更过分之处，她要知县下令将雷横绑在她做场的勾栏门前示众。卖唱收钱，天经地义，但雷横也只是一时忘记随身带钱而已。这种事情宽心一点就是了，何须白秀英那样，一把利嘴，出口伤人呢？利口伤人，已是有失轻重，更何况又踩上一脚，令雷横雪上加霜。一个卖唱为生的弱女子，何德何能，有这样的能耐？说穿了，就是背后的知县。她以色相才艺，卖身投靠。知县爱色，白秀英爱势，各取所需。

然而仔细分析起来，这样的一拍即合，在弱势者一定有难言之隐。羞耻之心，人皆有之，不然雷横的母亲骂她"千人骑、万人压、乱人入的贱母狗"，她为什么即"柳眉倒竖，星眼圆睁"呢？可见她在知县那里受的也是屈辱，知县也不把她当正经人。如果知趣，低调一点也就罢了。可是她偏偏受不了这屈辱。她要把因屈辱而生的怨恨再发泄到他人身上。发泄到更弱者身上可能小事化无，但发泄到强者如雷横一类人的身上，就自掘坟墓了。

108 皆是宋公明哥哥将令

在中国戏曲小说里,有分量的悲剧几乎没有,连窦娥最后也沉冤得雪。凭着此点,有人遂认为中国的戏曲小说幼稚,肤浅而不够深刻,总是向往大团圆,将期望寄托在"好皇帝"身上。批判揭露贪官污吏,又只反贪官,不反皇帝,没有看清总的社会制度根源,总而言之不够彻底。其实,这种批评是简单地将希腊悲剧传统与中国戏曲传统加以比较而得到的,忽视了它本身其实只是一个美学趣味差异的问题。并不是中国作家本身肤浅。悲剧也有肤浅的,喜剧也有深刻的。沉冤得雪,并不见得浅薄。此处不能详辩,仅提供一个反例,说明家喻户晓的通俗小说,也能"透过现象看本质"。

李逵天性暴戾,残忍刻毒,恐怕在水浒好汉中无出其右,尤其在结拜了"宋哥哥"之后,由于他的骁勇亡命,更成为打斗杀戮场合的"勇将"。李逵一生杀人无数,而最暴力、最刻毒的,无疑是将济州知府四岁的小衙内"头劈做两半个"。知府并非贪官,亦无半处得罪梁山好汉。只为梁山好汉定要朱仝上山,而知府托朱仝看照小衙内,两家有情有义,朱仝自然不肯上山做贼。于是梁山好汉想出这条毒计,结果了小衙内,陷朱仝于不义,绝了他的退路,自然就要上山。无辜的小衙内做了梁山毒计的牺牲品。有识者谓这是李逵残忍好杀的缘故。这个固然,但细读《水浒传》,还有点睛之笔。朱仝追李逵一伙来到柴进的庄上,而吴用、雷横从侧阁子走出来,对朱仝拜道:"兄长,望乞恕罪!皆是宋公明哥哥将令,分付如此。"这一句话,极有分量,也极有见地。换言之,这个伤天害理的阴鸷行为并非李逵一人孤立所为,他只是执行者。"宋哥哥"叫他做，他不得不做。犹如主人叫狗去咬人，狗也只好勇往直前。咬人一事，虽然在狗，根子却在歹毒的主人身上。《水浒传》这一笔，堪称绝妙。它让读者看到暴戾、残忍、伤天害理行为的背后，皆在于"带头大哥"阴毒邪恶的动机。

可以更进一步推测，"宋哥哥"的将令未必如此具体到要刀劈小衙内，而只是不惜任何手段取朱仝上山。正是这样的"将令"留给了马仔回旋施展的空间，让李逵可以胡作非为。因为有"将令"在手，奉旨行事，无论怎样做背后都有堂皇正当的理由。人性的邪恶与暴戾便在这样的权力结构中被释放、被放大。司马迁受过宫刑，他对酷吏的观察特别有意思。汉武帝时，酷吏张汤用事，相当于"最高法院院长"。他治狱不讲情面，多少权贵亲戚死在他的手下。"所治即上意所欲罪，予监史深祸者；即上意所欲释，与监史轻平者。"意思是凡汉武帝要治罪的人，张汤就严办；而凡要开释的人，就着人轻办。其他贵戚都觉得张汤严酷寡恩，怪罪张汤，殊不知他只是汉武帝手中的拉线木偶。即便酷吏残毒，那也是"奉旨办事"，而正因为奉旨，在权力结构中，他残酷的天性就有了释放的机会，就有了用武之地。一如李逵，有了"宋哥哥"的将令，小衙内无辜也要当灾。从文学的角度讲，如施耐庵无见地，"皆是宋公明哥哥将令"这一句，是写不出来的。

109 也吃我杀得快活

李逵以杀人为乐,笔者之前写过了,但意犹未尽,此处再进一新解,以飨同好。李逵这个人物值得玩味,不仅仅是自第三十七回现身后迅速上升成为一个点串故事、增加趣味的关键角色,更在于他性格特异,不仅言语有趣,就是行为也是他人做不出来的。一直以来为评点家所激赏,或云"天人",或谓"古今圣人第一"。笔者在此处要说李逵其实是一个病人。

现代医学以应激为病理反应,所谓应激是指人的身体受到内外环境因素以及社会心理因素的强度刺激而出现的全身性非特异适应性反应。当任何强度刺激,例如高温、寒冷、创伤、中毒、大手术、恐怖和愤怒等达到一定强度时,身体都会出现一系列非特异性变化,医学上称之为应激反应(stress response)。应激反应是一种十分原始的反应,哪怕是单核细胞生物如细菌、酵母等在遭遇环境急剧改变时,也能产生代谢变化来对抗环境造成的损伤。而人由低等生物进化而来,当应激反应出现时,它可以表现在基因、细胞、器官、全身乃至精神活动等多个方面。虽然应激在进化的意义上是抗损伤,但是由于它极大损耗机体潜能,会导致一系列的应激性疾病(stress disease),严重者精神变态甚至死亡。例如经历过残酷而恐怖的战争的军人,常出现心理及精神的障碍,不能融入社会过常人的生活,甚至生活不能自理。

古典小说也写到这种应激性病变及其导致的死亡,只是以前没有医学解释而已。例如《三国演义》写到张飞在长坂坡前孤身一人,大吼三声,只见曹操身边的夏侯杰"惊得肝胆碎裂,倒撞于马下"。广为人知的孔明三气周瑜的故事也是如此。《说岳全传》第七十九回讲到，牛皋捉住金兀术，骑在他身上，高兴过度，大笑三声而亡。而金兀术一气之下，也见了阎王。《儒林外史》中范进因中举而竟至发疯，必待老丈人胡屠户扇了耳光才回过神来。这些例子均说明了应激病变会造成非常严重的后果。

　　李逵之爱好杀人，从中寻到无穷快活。这以常理解释不通，只有把它看成应激病变才合乎其理。李逵杀人快活是应激病变的变态类型。他身世贫苦，活在草根阶层，遭人欺压，杀了人才背井离乡。在他的经历中，必是受了生理、心理和精神的深度创伤，此种强度刺激在他日后的神经活动中留下了深度的后遗症。他的早年生活已经毁掉了他正常感受人生快乐的功能。被摧毁了的常人快乐功能转而使神经系统只能在杀戮中产生快乐的刺激，所以李逵的后遗症便是以杀人快乐的形式出现。他念念不忘杀戮，从鲜血淋漓四溅、尸首横陈的场面中获得生理的满足和精神的快慰。祝家庄一役，又是他最为神勇。但杀的数十人中只有祝氏兄弟算是正身，其余都是无辜。李逵杀到扈家庄，"正杀得手顺，直抢入扈家庄里，把扈太公一门老幼，尽数杀了"。宋江斥责他滥杀，"本合斩首"，但将功折罪，此役毫无功劳。李逵笑道："虽然没了功劳，也吃我杀得快活！"这不是病态，又是什么？

110 李逵的哲学

李逵粗鲁不文，但像任何粗鲁之人都有他的生活理念一样，李逵也是有自己理念的人。这出现在第五十一回"李逵打死殷天锡"，他说了一句连柴进都惊骇不已的话："我只是前打后商量！"意思是凡事先用拳头说话。李逵说的"后商量"，只是门面语。他挑起过那么多斗殴，从来没有看过他事后跟谁有什么商量，"后商量"只是为"前打"辩护而已。李逵做人处世的理念在中国有根深蒂固的传统，他的拳头哲学至少跨过了三个世纪的时空，在20世纪90年代央视版电视剧《水浒传》的主题曲歌词"该出手时就出手，风风火火闯九州"里找到回响。

用拳头解决人间纠纷，说浅了是个人性格、教养使然，说深了反映了社会文化的价值取向。准确地说，文化价值取向积淀在个人的血脉里便形成一定的性格气质。就如《水浒传》粗豪，没有不崇尚拳头哲学的，连手无缚鸡之力的吴用，也是拳头场里的军师。李逵虽然极端一些，但也绝不是他个人的问题。柴进仗着自己是龙子龙孙，前朝苗裔，丹书铁券在手，以为谁也不敢欺负他。当本朝权贵殷天锡欺负上门的时候，他相信"在法治的轨道解决问题"，劝李逵不要鲁莽造次。"我家放着有护持圣旨。……放着明明的条例，和他打官司！"应该说，柴进的想法符合文明人的处事准则，但无奈未必适合"国情"。李逵当时就和他嚷道："条例，条例，若还依得，天下不乱了！"李逵讲得也有部分道理。天下乱确实和不依条例有关。如果人人依法而行，就没有权贵借势欺人这等事了。殷天锡之流的出现，也是朝廷体制纵容、放任的结果。纵然有丹书铁券，也不能保证平民百姓的家产平安。所以，李逵的拳头哲学其实是针对一种社会情境，它是草根阶层的"对策"，针对的便是来势凶猛、一般平民难以抵抗的"上头压迫"。殷天锡何许人也？当朝太尉高俅弟弟高廉的妻弟，唤作殷直阁的便是。关系是隔了好几重，然而家族裙带的深厚传统，维持了几重血亲姻亲关系的威势。殷天锡看中了柴进叔叔柴皇城的花园，勒令迁出。如此的巧取豪夺，在一部《水浒传》里讲了很多此类故事。无论史书还是现实，亦皆可以印证这类仗势欺人的事在中国社会屡见发生。即使有圣明的王法，也不能尽数超拔那些孤苦无告的人。

其实说得明白一点，仗势欺人之事正是王法的副产品。有王法一天，便少不了有仗势欺人之事的一天。王法固然有积极正义的一面，它正能量的发挥一要仰赖圣明天子，二要仰赖大小臣工兢兢业业、爱民如子。这两条相互配合，更要天时地利人和恰到好处。读罢二十四史就知道这太不容易了。因为王法的存在需要乾纲独断，而乾纲是要有人来维护的。不说皇上是否圣明，但说在下臣工就免不了夤缘附会，从中渔利，生出仗势欺人之事。像李逵那样的人，乾纲离他的生活太遥远，正义的光芒照不到他的门槛。于是这"黑煞星"就从血性里发挥出野蛮来，用拳头来为自己的生活开路，而这正是社会的悲哀。

111　和尚与道士

《水浒传》里道士与和尚的形象极端不同。和尚一概贪财好色,淫人妻女,如报恩寺和尚裴如海勾引杨雄妻子潘巧云,而道士既不贪财,也不好色。他们都是有真本事的人,如呼风唤雨、神行作法之类,虽状之近妖,但言之凿凿,至少施耐庵是真当一回事的。第五十二回写戴宗与李逵两人去蓟州取公孙胜上山,而李逵求效心切,对不放公孙胜归梁山的罗真人心怀不满,欲夜半加害,结果上演了"独劈罗真人"的好戏。这罗真人明明被劈成两半,但偏偏不会死,而且流的是白血,不是俗人的红血。这被施耐庵当作"元养真气不曾走泄"的证据。第二天,李逵被罗真人作法从天上丢下蓟州府尹的衙门,衙门的公人将他缚起来,淋了狗血、尿和屎。桀骜不驯的李逵总算从罗真人的手里得了一场教训。叙述者是不是真的相信世间有罗真人那样的神仙,那另当别论,但对罗真人却是充满敬意,没有半点挖苦打趣。一样是虚构故事,何以和尚与道士的形象大相径庭呢?

处在中国社会中间阶层的官僚士大夫对佛教较有好感,连佛教本身在形态上都演变出专门适应官僚士大夫生活的"居士佛"。不必剃度出家而兼有僧人的名号,素荤兼擅而口谈般若,这就十分契合士大夫的生活方式。苏轼不是叫作东坡居士吗?盖因大乘佛学要旨皆在教人放下,从色中悟空。但需要放下,又放不下的,正是士大夫自己。佛教的虚智正觉成了官僚士大夫的"心灵鸡汤"。有人从中悟得正觉,获得心灵的解放,如陶渊明、苏东坡;但更多的人只如"学海无涯苦作舟"一般,不得已也,如王维、白居易、韩愈等。佛学被当作方便法门。然而这只是社会上层有教养的士大夫的情况，对社会草根阶层而言，般若色空禅定一套佛学智慧便不是那么容易被理解。愚夫愚妇一来放不下，二来没有东西可以放下。对草根民众来说，神明庇佑发财多子多福就是上上大吉。这种民众心理被某些佛门恶僧看准，于是生出种种诈骗、取巧的手法，敲诈愚弄信众，为民间所深恶痛绝。通俗演义从宋以来勾栏瓦舍说话讲史的话本演变而来，反映的是民间大众的一般观感。有些时候，僧人的形象不佳，动称"秃贼""淫僧"，实在与此大有关联。

　　道教在神学教理上并无如大乘佛学那样的高深要旨，除了益寿延年和房中的秘传法门之外，在官僚士大夫那里没有多少市场，反而因为直接诉诸鬼神保佑，所以深得草根民众的趋附。鲁迅曾说，"中国的根柢在道教"，指的就是具有广泛而深厚的民众心理基础的符箓丹书、驱鬼弄神那一套。道教的操作形而下、直接、方便和简洁，易为愚夫愚妇所接受，中国基层社会更多更强烈的反而是道教的精神气质。释道两教在中国，形上层面是道教向佛教偷师，行下层面是释氏向天师学艺。读道藏典籍，见其神仙说教多着佛门痕迹，而游寺庙宫观，可见佛门寺庙也相当道教化。佛庙有偶像可以求财，可以求子，也可以求功名富贵。释道融汇，历超千年，说之不尽。简言之，中国人的精神世界里，上层通行的是禅理，下层通行的是道术。如《水浒传》这样的长篇章回，是由当年面向市井民众的说话（口头讲故事）艺术发展演变而来，它的价值观是草根市井的价值观，对道士有好感而对和尚极尽讽刺挖苦之能事，是可以理解的。

112 以毒攻毒

话说戴宗与李逵一起去蓟州九宫山取公孙胜回梁山,被公孙胜的师傅罗真人所阻。李逵怀恨在心,以至于夜半"独劈罗真人"。第二天被罗真人施用法术玩弄,让他腾空而起,落入蓟州府尹的衙门。"厅前立着许多公吏人等,看见半天里落下一个黑大汉来。""马府尹喝道:'你这厮是那里妖人?如何从半天里吊将下来?'"李逵半晌说不出话来。于是府尹"教去取些法物来"。所谓"法物"是什么东西呢?太有趣了——"一个虞候掇一盆狗血,没头一淋,又一个提一桶尿粪来,望李逵头上直浇到脚底下。李逵口里、耳朵里都是狗血、尿、屎。"污秽之物可以用来辟邪避凶,这是一个很有意思的人类文化现象,也是文化人类学的研究课题。

府尹之所以用污秽之物来浇李逵,很重要的前提是他被当作"妖人"。如果府尹知道是打家劫舍的梁山泊贼寇,肯定着之正法了事。可惜他不知,以李逵为妖孽,而妖孽是不祥之物,不存在于正常的人间秩序之内。在正常的人间秩序之内,根本无从应对。"恶人"或"犯人",那府尹一顿板子便可解决,但"妖人"打板子便无从奏效。既然妖人属邪,那只有用更邪门的东西才能镇压住、克制住它。用种种匪夷所思的手法,包括府尹以秽治妖的手法来对付妖孽,根本上就是出于以毒攻毒、以邪治邪的原理。道教认为人间秩序之外还充满了邪灵、妖孽,于是种种千奇百怪对付邪灵和妖孽的手法就集中在道教的名下。"法物"除了狗血、屎尿之外,更著名的是女人的月水、阴门、经带等。在我们熟悉的近代史大事变中,要数太平天国和义和团将这些"法物"发扬光大了。

鲁迅《阿长与〈山海经〉》写道保姆阿长自述早年经历："我们就没有用么？我们也要被掳去。城外有兵来攻的时候，长毛就叫我们脱下裤子，一排一排地站在城墙上，外面的大炮就放不出来；再要放，就炸了！"太平天国称清朝为"清妖"，属于妖孽一类，用得着道教的法术，所以阿长就被捉来赤裸站在城墙上，这就是道教法术中有名的"阴门阵"。"阴门阵"有记载的历史最早可以追溯到明末的军阀张献忠。高罗佩《中国古代房内考》提到，张献忠"将被屠杀的裸体女尸暴露于被围攻的城外，想用它产生魔力，防止攻城者的炮火"。清末义和团也是将洋人看作"妖人"，至今粤语尚余有将外国人称为"鬼佬"的说法。要对付这些非我族类的"妖"和"鬼"，义和团祭出了道教法术，将狗血、阴毛、经带、月水等，都当作攻打"洋妖"的利器。著名的廊坊大捷中，义和团就有用赤裸女体伏在火炮上而发炮的"妙着"，而义和团攻打东交民巷和西什库大教堂，更是将种种"法物"派上了用场。

如今科学昌明，这些匪夷所思的法术被归入了愚昧、迷信。不过以毒攻毒的理念还是会结出好果子的。中医就是一个显明的例子。有些有毒的物质和植物是入药的，例如砒霜、朱砂、蟾蜍、防己等，都有毒性，却可以将病治好。常识只知道以毒攻毒，但归根究底何以此毒能攻彼毒，还需要科学研究来证明。有根据的保留，无实证的存疑，被证明荒谬的抛弃，这样才是实事求是的态度。

113　直指人心

李逵不仅是梁山事业的实干家，也是山寨出色的舆论鼓动家。他的宣传，不靠天花乱坠的花言巧语，靠直指人心的明白话。第五十三回写李逵服侍公孙胜回梁山，路上住店，李逵外出遇到打铁匠汤隆。两人素不相识，靠各自的好功夫得以结识攀谈。汤隆仰慕李逵江湖上的威名，而李逵粗中有细，不失时机做起汤隆的"思想工作"。居然一句话就把汤隆说得弃了草房和打铁铺，跟着李逵上山"闹革命"。李逵径直质问："你在这里，几时得发迹？不如跟我上梁山泊入伙，教你也做个头领。"

汤隆之所以上山，是因为他经不住李逵的质问。小镇上开个打铁铺，半饥半寒的生活应该是没有问题的，但"发迹"就谈不上了。而一旦想到"发迹"，做"头领"，便只有上山一条路了。古往今来多少惊天动地的大事业，外表的旗号一如梁山"替天行道"那样好听，但实际都免不了要落实为李逵的大白话，本是要"发迹"，要做"头领"。没有这种激情的冲动，任何大事业的波澜也掀不起来。这不是以小人之心度君子之腹，而是一部数千年历史反复证明了的事实。但是这个事实不容易被认识，原因在于这明心见性之谈缺乏高尚道德的面目，不能用来做公开的旗号，而公开的旗号必须用动听的言辞来装饰。久而久之，装饰的言辞被认为道出了真相，而真正的面目反倒被遮蔽起来。李逵的话也只有与汤隆面对面的时候才脱口而出。如果在大庭广众之下，李逵难免有抹黑梁山之嫌。明明是"替天行道"，怎说是"发迹"？明明是"聚义"，怎说是做"头领"？

幸好历史留下了丰富的记载，我们可以透过英雄豪杰自道心迹，印证李逵的话不是胡乱说的。《后汉书·班超传》："大丈夫无他志略，犹当效傅介子、张骞立功异域，以取封侯，安能久事笔砚间乎？"结果是班超投笔从戎，果然立功异域，封定远侯。《南史·鲍照传》："大丈夫岂可遂蕴智能，使兰艾不辨，终日碌碌，与燕雀相随乎？"但鲍照时运不济，出仕幕府求出身，又任参军，却在乱世死于乱军。《周书·蔡祐传》："大丈夫当建立功名，以取富贵，安能久处贫贱邪？"班超、鲍照、蔡祐，都是"少有大志"的人，建立过或大或小的功业。他们在尚未顶天立地之时，都把"大丈夫"作为效法的楷模，他们心目中"大丈夫"的图像，无一例外都是立功名，取富贵。《古诗十九首》有句："何不策高足，先据要路津。无为守贫贱，轗轲长苦辛。"诗句写得分明，古人在别的方面唱高调，但在大丈夫求出身脱贫方面却讲老实话。李逵秉持说实话的好习惯，一言以蔽之，求"发迹"。当然上文所说的大丈夫与李逵不同，他们走的是正道，梁山好汉走"杀人放火受招安"的捷径。然而两者就其性质而言都是男儿"事业"，凡是事业都需要不是道德所能涵盖的个人欲望的冲动来推动。立功名、取富贵也好，谋"发迹"、做"头领"也好，其实都是个人欲望冲动的不同表述罢了。明白了这一点，我们对"替天行道"之类的大话，就会多了个心眼。

114 公孙胜下山

对公孙胜，施耐庵着墨不多，然而他在群雄中辈分极高。如果以七星聚义智劫生辰纲为山寨事业的始作俑者，那公孙胜就是"造反元勋"之一。忠义堂上水浒英雄排座次，公孙胜排名仅次于宋江、卢俊义和吴用，位居第四，称为"天闲星入云龙公孙胜"。但是在迎宋江上山，正当享福之际，公孙胜却突然提出要回乡探视本师和老母。从此消失于山寨，回归本山一意修行。如果不是宋江打不过高唐州的高廉，要搬公孙胜做救兵，恐怕他不会再离开蓟州的本山。

道士或方士在中国社会表面上给人的印象是视富贵如浮云，一如闲云野鹤、不系之舟，但是仔细观察却又不尽然。历史上道士基本上扮演两类很不相同的角色：太平盛世，道士出山，他们会混迹于王公大人的府第，出入于宫廷禁地，用修炼得来的法术，包括内丹、外丹和容成素女之术等，助人主、王侯权贵长生久视，益寿延年；而世道混乱的时候，道士下山，襄助朝廷的谋反者或其他英雄好汉，出谋策划，帮助崛起的豪杰夺取新权力。前者如司马迁所述，活跃于秦始皇宫廷，上表"求仙人"的徐市，为秦始皇炼求"芝奇药仙者"的侯生、卢生，都是道士一类人物。汉武帝时更养了不少方士，专门内廷侍候。李少君、齐人少翁就是这类人物。李少君"以祠灶、谷道、却老方见上，上尊之"。李少君"匿其年及所生长，常自谓七十，能使物，却老"。他对武帝说："祠灶则致物，致物而丹沙可化为黄金，黄金成以为饮食器则益寿，益寿而海中蓬莱仙者可见，见之以封禅则不死，黄帝是也。"这个精明而骄横跋扈的汉武帝居然被方士玩弄于股掌之中。后者如乱世群雄并起，揭竿者的队伍里，更是少不了方士的身影。汉末黄巾、赤眉、铜马、青犊、五斗米之属，皆以天命大道为号召，以方术为手法，或本身即妖道，而自立山头。《后汉书》载，黄巾张角"自称'大贤良师'，奉事黄老道，畜养弟子，跪拜首过。符水咒说以疗病，病者颇愈，百姓信向之。角因遣弟子八人使于四方，以善道教化天下，转相诳惑。十余年间，众徒数十万，连结郡国，自青、徐、幽、冀、荆、扬、兖、豫八州之人，莫不毕应。遂置三十六万"。张鲁五斗米道尤为荒唐，信者纳五斗米即得道，杀人祭天以为号召。晚清太平天国洪杨之徒，天父、天兄降临凡间显灵示法的一套，实际上吸取了大量民间道教、方术的手法，与基督教截然有别。洪秀全虽称颂耶稣，以为兄弟，实际上他是用道教的理念理解基督教，用道教的方法改造了基督教，他的天兄乃道教化的天兄。正因为如此，天父天兄一套说辞，不被外国传教士接受。

公孙胜也是一不甘寂寞的道人。他探听得生辰纲消息，特来报知晁盖："此一套富贵，不可错过。古人有云：'当取不取，过后莫悔。'"后来罗真人为打败高廉，特放他下山，还传授"五雷天心正法"。罗真人嘱咐即将下山的公孙胜："依此而行，可救宋江，保国安民，替天行道。"由此事可见，道教在古代中国的确跳动着一颗不安分的心灵。有时蛊惑人主，有时行法人间。

114 公孙胜下山

115　呼延灼报捷

话说高太尉调集汝宁郡都统制呼延灼兴三路兵马清剿梁山。若论单打独斗，呼延灼外加韩滔、彭玘三将或不敌水浒众好汉，但论兵甲战法，水浒喽啰的"红缨面具、铜铃雉尾"，不是官军的对手。故较量下来，互有胜负。呼延灼折了一将，天目将彭玘被"一丈青"等人擒获。而梁山这边被连环马冲得溃不成军，林冲、雷横等六将中箭受伤，"杀死者不计其数，生擒得五百余人，夺得战马三百余匹"。这个战绩对呼延灼而言，在战将的作用远胜于兵卒的古代战争中，只能说小胜而得势，不能说大胜。他却迫不及待"随即差人前去京师报捷"。

道君皇帝听得"呼延灼收捕梁山泊得胜"的消息，"天子甚喜，敕赏黄封御酒十瓶，锦袍一领。差官一员，赍钱十万贯，前去行营赏军"。呼延灼与韩滔"出二十里外迎接"天子使者。谢恩受赏等例行公事已毕，置酒款待使者之际，使者才发觉，"彭团练如何不见？"这时呼延灼才说出真相："为因贪捉宋江，深入重地，致被擒捉。"显然呼延灼在捷报中隐瞒了彭玘被生擒的过失。他的捷报无疑又是一个报喜不报忧的"捷报"。故金圣叹句下批曰："此报捷之通诀也。"

真是一语中的。连呼延灼这等粗鲁不文的武将都懂得报捷领功的要诀，何况深于刀笔的文臣表功的时候为自己文过饰非了。中国历代官制，其实是一个层级式的代理制度，下一级代理上一级授予的权力。内阁六部大员代理皇帝授予的权力，州府都督代理中央朝廷授予的权力，而县衙则代理州府都督授予的权力。这种官制在上级能够获得准确信息而又能秉持公道的时候，令行禁止，系统的效率非一般可比。但获得准确信息又事关下属官位的存废予夺，州府不满县衙，参个本子，七品芝麻官立马变成平头百姓。朝廷不满州府，昨天还趾高气扬，今天就摘去顶戴，威风扫地。同样，皇上不满大臣，即刻杀头流放。总而言之，生杀予夺皆掌握在上一级权力，此一关键使上头获知准确信息并非易事。下一级的代理者肯定以自身荣辱安危为标准过滤上报的信息。上级获得准确信息的阻碍来自下级上报过程的欺骗，经济学术语叫作代理人欺骗。上级获得信息准确与否关乎决策成败，而下级如何上报关乎升迁顶戴。上下交相逆则朝廷祸患随之而来。如果天下太平，施政效率慢一点也就罢了，若是军国大政因信息不准而错误决策，那影响非同小可。这个代理制度促使下级上报信息的行为，有利于立功升迁的信息多报，而不利于立功升迁的信息就瞒报或不报，根深蒂固，难以更改。

数千年来，中国官场此种报喜不报忧的恶习已经成为久治不愈的痼疾，成为官僚体制缓慢衰朽的癌症。多少雄才大略的君主，多少自作精明的权臣，皆是被属下精巧伪装的虚假信息所玩弄，以致朝廷、国家大政方针的决策一错再错。如果不是使者前来赏军，谁会告诉朝廷"彭团练不见了"？就算使者来了，发现了，朝廷也未必知晓。只要呼延灼使个小手段，收买使者，一样也会"按下不表"。

▶ 水浒丛话

116 败将的待遇

《水浒传》第五十四回写宋江擒获前来收剿山寨的两个官军大员，一个是战将彭玘，另一个是副使炮手凌振。按理说，彭玘是三军统帅之一，无论官职还是在官军中的地位，都要较副使炮手为高。日后彭玘在地煞七十二星中排行第七，而凌振只排行十六。这可以说明宋江俘获的这两人，彭比凌地位更高。但两人受降的待遇却截然有别，看来宋江更重视副使炮手凌振，这是什么缘故呢？

捉到彭玘后，《水浒传》写道，宋江"且叫左右群刀手，簇拥彭玘过来。宋江望见，便起身喝退军士，亲解其缚，扶入帐中，分宾而坐，宋江便拜"。几个回合对话，彭玘便感于义气，答应"当以捐躯报效"。但捉得凌振，"宋江便同满寨头领，下第二关迎接。见了凌振，连忙亲解其缚，便埋怨众人道：'我教你们礼请统领上山，如何恁地无礼！'凌振拜谢不杀之恩。宋江便与他把盏已了，自执其手，相请上山"。凌振不从，宋江请出彭玘来招降。凌振却说，老母妻子在京师，若为人知，必招诛戮。在宋江答应取家人上山团聚之后，凌振才答应效劳。宋江如此区别对待，如此势利，背后大有深意。

彭玘为群刀手簇拥，意思很清楚。如果不从命，不肯投降，则推出去斩了算了。因为一员武将，山寨当然韩信点兵——多多益善，但若不为所用，则少一个也没有什么大不了的，山寨这方面的人才并不缺乏。凌振却不同了，他是"宋朝天下第一个炮手"，更兼炮艺精熟。当他率领"炮兵"前来加入呼延灼清剿大军之际，刚试发了三炮，而只有一炮打中滩边小寨，就使得"宋江见说，心中辗转忧闷，众头领尽皆失色"。

换言之，凌振掌握的是攻克水泊的独门绝技，它是那时克敌制胜的"高科技"。在"高科技"的阴影之下，山寨事业命若悬丝。反过来，如果得到这种人才捐躯效命，那梁山泊便立于不败之地。所谓"同满寨头领，下第二关迎接"，所谓斥责众人无礼，所谓"把盏"，所谓"自执其手"，所有这一切看似奉若上宾、礼贤下士的功夫，其实都是为了山寨事业。

上述两个败将的不同待遇，实际上折射了人才、知识、技术在中国传统社会附属于政治势力的处境。无论什么人才、什么知识、什么技术，在中国社会和文化传统中皆不享有自我管理的位置。它们获得什么样的地位，端看政治势力的需要而转移，也如浮萍一般，一会儿沉，一会儿升。因为既然附属，而政治的轻重缓急有所不同。如果急时是升，那缓时就是沉。由受降的待遇看，似乎凌振更受尊重，其实不然。宋江的行为种种，皆是如同作秀，是一种为情势所迫的扮演。山寨度过这个危机之后，凌振所代表的"高科技"，便可以束之高阁了。彭玘所代表的武艺，是更常用的技能，排座次的先后便证明这一点。宋江所代表的政治势力，懂得轻重缓急，懂得审时度势，于是对人才、知识、技术做出种种动作，这些扮演可以极端不同，但背后都只有一个不变的功利目的。

117 山寨里的技术人才

由晁盖、宋江掌控的梁山泊是一架暴力的机器。像任何权力机器都需要知识、技术的辅助一样，随着山寨事业的壮大，我们看到头领们开始有意识网罗一些专业人才，甚至卑躬屈膝地恭求专业人才为他们效劳，殚精竭虑地罗致他们上山。"轰天雷"凌振、"金枪手"徐宁是也。他们与时迁、萧让等鸡鸣狗盗之徒不同，掌握的均是独门绝技，专业知识的面貌十分鲜明，凌振是宋朝"天下第一个炮手"，而徐宁祖传的金枪技法是单破连环马犀利的不二法门。作为专业人才，他们从不用冲锋陷阵，只需要用专业知识配合山寨的战略战术就可以了。

如果我们把梁山泊看成中国传统社会组织的一个缩影的话，就可以发现山寨里有两类截然不同的人才。一类是以吴用、公孙胜为代表，可以称之为军师或御用型的文士，所谓"笔杆子"是也；另一类则是以凌振、徐宁为代表的技术型人才。由于山寨的暴力性质，这两类人都不可能坐"第一把交椅"，必须是枭雄型的人物才堪当第一把交椅的重任。吴用出身私塾先生，虽然粗识圣人言语而又足智多谋，但缺乏组织才能和号召力。同样，公孙胜乃一道人，修炼得一些神秘的方术、道法。然而讲到独当一面，率领群雄，两人皆不能服众。吴用、公孙胜一儒一道，恰好象征了意识形态话语在传统政治格局中的位置。他们掌握的是"软知识"，与权力的距离甚为接近，权力也离不开他们掌握的"软知识"，因为山寨权力的正当性是由他们掌握的知识来论述的。如果没有当年吴用如簧之舌的鼓动和谋划，七星也聚不起义来。如果没有公孙胜主持罗天大醮仪式，水浒众英雄亦无从排定座次。权力如果缺乏论述和仪式来给它"加冕",顷刻面临土崩瓦解。由于"软知识"的这种性质,吴用、公孙胜虽不坐第一尊位,却可以进入权力的核心。两人在山寨第三、第四的座次,显示了这些"软知识"对政治势力的黏附程度。

  与此相对应,凌振、徐宁掌握的知识则可以称为"硬知识",它们没有意识形态话语的色彩,是纯粹的技术,但对于山寨的生死存亡,也有不可或缺的价值。他们既是无关政治立场的匠人,便可以服务于朝廷,也可以服务于山寨。无独有偶,他们两人都是先效劳于朝廷,后卖命于山寨。由于"硬知识"的这种纯粹技术特征,作为专业人才,他们在山寨的政治格局里,不可能进入核心的决策层,然亦不至于落在粗鲁不文的莽汉之后。一般而言,处于中间的位置。凌振排地煞星的十六位,徐宁排天罡星的十八位。凌振座次在时迁、朱贵之流的前面,而徐宁又在李逵和三阮的前面。论上山的资历,凌振、徐宁均无可炫耀。三阮是"造反元老",而朱贵更是王伦时期的"革命火种",但凌振、徐宁均后来居上。一个很重要的原因是当山寨渐成规模的时候,"硬知识"就变得十分重要。没有凌振和徐宁的效劳,山寨事业必毁于官军的清剿。大功告成之后,排定座次时,资历的重要性便下降了。这便是三阮等人资历虽老,但不能排位靠前的原因。山寨看似论资排辈,其实是看形势和时机,任人唯能的。

118 宋江架空晁盖

金圣叹讨厌宋江，凡读过贯华堂本《水浒传》的人都看得出来。第五十一回柴进落难，晁盖欲"亲自去走一遭"，下山救他，被宋江拦住道："哥哥是山寨之主，如何可便轻动？"然后主动请缨，"情愿替哥哥下山"。金圣叹于此批道："写宋江自到山寨，便软禁晁盖，不许转动，而又每以好语遮饰之。权诈可畏，如画。"一部《水浒传》，宋江以"山寨之主"为理由阻拦晁盖下山共有四次。第五十七回为救孔明、第五十八回为救史进，宋江的理由都是"哥哥山寨之主，未可轻动，原只兄弟代哥哥去"。容与堂本《水浒传》第六十回"晁天王曾头市中箭"中，还有一个宋江阻拦的细节，更加生动。曾家五虎前方叫阵，晁盖大怒要发兵，宋江例行阻拦。晁盖却回话道："不是我要夺你的功劳，你下山多遍了，厮杀劳困。我今替你走一遭，下次有事，却是贤弟去。"这个细节明显暴露出晁盖对宋江阻拦有所不满，但不知为什么金圣叹的贯华堂本却将之删去。光从这几个细节看，很难得出宋江有意架空晁盖的结论。不过，施耐庵也在两人之间留下若干缝隙，可以由此伸延出另一个造反好汉内部权力斗争的故事。由于晁盖身亡，这线索也就断了。

人类社会里，"山寨之主"的位置不好坐，虽有高高在上的威风，却也因此沦为众矢之的。正如项羽所谓"彼可取而代也"。连猴群领头的公猴最忌讳、最提防的都是年轻少壮的雄猴，更何况"山寨之主"提防被下属架空篡权。与动物社会不同的是人类取而代之的行为会采取隐蔽、欺骗的方式进行，架空上司，就是常见的权诈方式。带头大哥可以发号施令，但亦意味着劳碌伤神，因为要掌握有用信息才能正确决策，控制所有关系才能保证实施。这时，擅长篡权的下属便乘虚而入了。他会关心你、服侍你，让你舒服，让你浑身通泰，吃好、玩好，不知不觉关于决策的信息和关系便落入下属的掌握之中。当山寨之主醒悟过来的时候，为时已晚，已经被篡权者架在半空之中，上不着天，下不着地，最终被废黜篡权。在人类社会里，权力天然地与责任和享乐连在一起。掌握了权力，不可能只弄权享乐，而不担当必要的责任。只要享乐，怕劳碌伤神，最终的结局就是被架空、被篡夺权力。

　　历史上所有不得不演"禅让"把戏的皇帝，都是由大权旁落开始的。魏武王曹操架空建安帝，隋文帝杨坚架空北周静帝，唐高祖李渊架空隋恭帝杨侑，甚至唐太宗李世民架空自己的老子李渊，这些都是由架空开始进而篡权的例子。宋江熟习经史，他屡劝晁盖不可轻动，到底是好心还是歹意，实在难以分辨。或许好心，或许歹意。无论如何，天长日久，统兵的实权便落入宋江的手中，晁盖想不被架空也很难。所以容与堂本《水浒传》写他发怨言，不满宋江，亦在情理之中。从经营山寨事业开始，他们就落在权力斗争的樊笼里，谁也不能逃脱防备与猜忌、掌控与篡夺的权力定律。水浒故事经历漫长的演变，作者并非一人。由晁盖的怨言看，似乎要开启内部权力斗争的叙述，或许这一线索被后来的作者和编订者截断了。

119 兄长义气过人

宋江不仅是个有强烈政治野心的人，看他浔阳楼题反诗，将自己比做卧山冈的"猛虎"，正在"潜伏爪牙忍受"，而且也是个有极强组织能力的人。《水浒传》笔涉的山寨不止梁山一处，还有朱武盘踞的少华山，鲁智深、杨志和武松占据的二龙山，李忠、周通安身的桃花山，等等。这些山寨，揭竿立寨的时间与梁山相差无几。就算是梁山，宋江到来之前，与其他几个山寨一样，不见得有什么发展壮大。晁盖火并王伦，也止于"七星"基本核心加上林冲。规模止于几个头领、几百喽啰。二龙山上武松人面较广，也不过只招徕了孟州道上卖人肉馒头的张青夫妇。宋江上了梁山，情况迅速改观，山寨事业飞速壮大。不仅宋江的风头盖过了晁盖，而且新引进的人才，也多属于宋江的人脉。

除了招揽平日交结的豪杰外，宋江还有他人没有的一样手法——招降纳叛。得到朝廷官军将领的俯首输诚，对于官军眼里如同乌合之众的梁山好汉来说，并不容易。虽然人皆贪生怕死，但不仅战败被虏，杀身成仁本来就有准备，而且舍生就死，名垂青史，历代仁人志士屡见不鲜，可以印证。既然效命疆场，又何惧一死？所以人类趋生避死的心理并不是宋江能够成功招降纳叛的唯一原因。宋江能够成功运用这一手法，要归因于他的个人魅力。但他为什么有如此魅力，使得朝廷败将心甘情愿效命于他而做了叛将逆臣呢？答案就是宋江的"义气"。《水浒传》第五十七回，群刀手将五花大绑的呼延灼推上来，宋江即喝叫解绳索，扶上帐坐定。先表明招安之志，继而表明情愿让位，再说已经招纳了朝廷诸人。"呼延灼沉吟了半晌，……叹了一口气，跪下在地道：'非是呼延灼不忠于国，实感兄长义气过人，不容呼延灼不依。愿随鞭镫，决无还理。'"招纳韩滔、彭玘、凌振等人的过程也是大致如此。

宋江的义气是真是伪，古代小说不长于心理刻写，我们很难弄个水落石出。劝降的过程中未必句句是实话，如情愿让位之类，听者一定知道不可当真。可是为了表明诚意，修辞一下也无可厚非。金圣叹以为宋江皆是"权诈"，"丑语难堪"，并不符合文本。笔者以为宋江劝降表现出相当的义气，这是肯定的。但也不排除他明白个中道理，以义气为手段，达到招降纳叛的目的。古代世界，凡揭竿聚义之类，依赖的是首领的个人魅力。现代革命虽然也有领袖魅力的问题，然而意识形态论述的合理性本身，乃攸关的第一义。不合时代潮流的意识形态论述，吸引不了觉醒的青年大众。返看梁山众好汉，注意经营自身个人魅力的，实在没有几人。晁盖可以说是其中之一，但自觉意识和手法与宋江无法相比。到梁山聚义的后期，即便宋江没有架空晁盖的动机，晁盖实际上也是处于被架空的位置。因为宋江的个人魅力远胜于晁盖，陆续上山之人都是向宋江输诚，宋江实际上居于山寨之主的地位。

120 天下无解不得的冤仇

科学家曾经做过一个有趣的实验：让两只猴子协同完成一项劳作，回报是各得一颗果子。等猴子在劳作和得到果子之间建立稳定的条件反射之时，果子改为只有一颗，抢到果子的猴子通常就独吞了。然而下一次，人们预想不到的事情发生了：那只分不到果子的猴子不但不与独食的同伴合作，反而主动攻击它，二者相互撕咬起来。这很可能暗示，猴子也有正义感，或者说人类要求得到公平的对待，存在着深厚的生物基础。否则为什么所有文明首要的道德原则都是"己所不欲，勿施于人"呢？这或许告诉我们，朝廷与谋反者的关系也有点类似那两只猴子的关系。官民之间本来是协作的，共同劳作生息于同一片土地之上。但朝廷命官在分享劳动果实的时候，由于有先手之利，通常欺骗了百姓，独吞了劳动果实。不仁不义的行为激起了民愤，官逼民反，大胆者便揭竿而起，反噬一口。社会因此陷入上层与下层撕裂的无休止的循环之中。

鲁智深饮酒食肉，仗剑行侠，可毕竟是剃度的出家人。他对人世间的悟解不仅胜过贪渎的官吏，也胜过其他揭竿的好汉。第五十八回贺太守强抢民女，也把拯救民女的史进下在牢里。鲁智深与史进为友，挺身到太守府里行刺，被狡猾的太守识破捉住。这时，鲁智深当着贺太守的面，提出解脱冤报的和解方案："天下无解不得的冤仇。你只把史进兄弟还了洒家，玉娇枝（笔者按：被掳的民女）也还了洒家，等洒家自带去交还王义，你却连夜也把华州太守交还朝廷。量你这等贼头鼠眼，专一欢喜妇人，也做不得民之父母！"一部《水浒传》一百单八条好汉，他们说过很多话，要数鲁智深这段话最有水平。他知道贺太守强抢民女不对，但也明白贺太守的行为对不起朝廷。作为好汉懂得前者容易，晓得后者的只有鲁智深一人。鲁智深是一个真正明白是非善恶、有理性、讲道理的好汉。

这个和解方案极其可爱，也十分符合正义的原则。虽然鲁智深被贺太守捏在手里，但勇敢无畏的他还是置之度外，像正义女神手持天平，公平对待身陷事件的双方。放了史进，放了玉娇枝，这并不是一个过分的条件。史进本来无罪，他为救玉娇枝而身陷大牢。这当然是贺太守的不是。玉娇枝，一个普通民女，贺太守也无权强抢来满足自己的淫欲。事情闹到这个地步，都是起因于贺太守的贪婪好色，说明他已经无资格做父母官，而且也对不起朝廷，应该立刻挂冠辞官，告退还乡。事后证明，鲁智深的和解方案，其实是双赢的，尤其对贺太守，算是仁至义尽了。比起不久之后的身首异处，不知优渥多少倍。然而事情往往就是这样，习惯作奸犯科的贪渎官吏，根本不可能看到权力坐垫之下已经燃起的烈焰，他们往往己所不欲，强加于人。贺太守听完鲁智深的话，只是"气得做声不得"，吩咐虞候："且监下这厮，慢慢处置！"他哪里知道，宋江此时正带着三路大军，直扑华州而来，他已时日无多。

121 晁盖之死

晁盖曾头市中箭，一命呜呼，梁山事业的始作俑者，终于由灵位所书"梁山泊始祖天王晁公神主"（见容与堂本《水浒传》）而得到确认。读《水浒传》之人，大概如同笔者一样，总觉得一世豪杰，如此草草收场，有些蹊跷，他死得太突兀。不过设身处地为作者设想，让晁盖一直活下去会怎么样呢？后果同样不容乐观。晁盖与宋江之间一定得斗将起来，他们两人的"路线"是不同的。这样势必要插入另一个主题，叙述草莽豪杰之间的内讧。所以一个简单的答案是，从水浒故事发展的角度看，晁盖不得不死。他的死结束了《水浒传》"聚义"的时代，而由宋江开启了山寨"忠义"的时代。

晁盖有豪杰的性格但没有问鼎的政治野心。他做东溪村保正时发生的一件事最能见出他的性格。这是一件"不怕鬼"的故事。河对面的西溪村闹鬼，在西溪立了一个石塔镇鬼，便将鬼赶到东溪。晁盖大怒，愤然将石塔搬过东溪，将鬼赶回西溪。他做事可以不怕天不怕地，却欠缺考虑，粗鲁不文。"托塔天王"的外号亦非常符合他本人的形象。他是本地富户，丰衣足食，从衣食的角度看本无为了"生辰纲"而落草的动机。他之所以铤而走险劫"生辰纲"，完全是感于义气，被身无分文的流浪汉刘唐和穷教匠吴用撺掇，被北斗星坠屋梁的迷梦所蛊惑，而做出鲁莽行动。他除了日后得到山寨之主的虚荣之外，所获并不如吴用、三阮、刘唐等人。他率好汉江州劫法场，救宋江一命，亦完全是回报救命的大恩大德。晁盖在梁山代表了那种草莽豪杰的人生。晁盖固然没有说过"招安"，也不会向朝廷"投降"，但是他也没有为梁山事业的日后前景做过任何设想。手下好汉诸人，父母妻小如何安顿，如何度世，统统没有动过心思。大概在他的心里，梁山之上，有酒有肉，义气第一。衣食无时，便打家劫舍，如此度过一生，这就是"聚义"。如果他有路线，他的路线就是"山头本位主义"。容与堂本第四十七回杨雄、石秀来投梁山，因路上时迁偷鸡激怒了祝家庄，晁盖觉得两人失德，要将他们"斩讫报来"。这显示了山寨粗豪朴素的是非标准，然而斩了两人，对山头不利。晁盖没有看出来，作为山寨头领，是眼光不够长远的表现。幸亏宋江出来阻拦，否则坏了两条好汉的性命。事后证明，晁盖之重视山头的形象，远没有宋江之重视实际利益来得眼光远大。

　　既然揭竿造反，无非就是三种结局。一是维持"聚义"的狭小格局，做打家劫舍的草寇。这条出路，不是被官军剿灭，就是快活一生。二是标明旗号，像李逵说的那样，"杀到东京，夺了鸟位"。但很可能"鸟位"未夺到手，就已经兵败身死。前一种结局，写来像"土匪传"或"山大王传"，后一种结局是古代小说家所忌讳的。《水浒传》提供了第三种结局，改换旗号曰忠义，等到本钱足够大的时候，讨价还价，回归体制。这是"杀人放火受招安"的道路。既是如此，晁盖还有什么不死的理由呢？

121 晁盖之死 ◀

122 聚义厅改为忠义堂

晁盖曾头市中箭身亡，宋江在吴用、林冲等人簇拥倡议下，"权当此位"，做了山寨之主。宋江在发号施令的第一天，颁行新政，"聚义厅今改为忠义堂"。宋江没有做任何解释，即使是揭竿造反，新主登基就打出新旗号，这多少有点儿对旧主不敬。容与堂本《水浒传》，晁盖的灵位上写着"梁山泊始祖天王晁公神主"，宋江继"始祖"而"二世"。但甫二世就改旗易帜，可见事情的严重性质。

聚义厅之改为忠义堂可以视作山寨改弦更张的"改良"措施，宋江作为总的设计舵主，欲山寨转型，其实也是与时俱进，不得不然。打家劫舍，落草为寇，远在古代世界，虽然可以"大秤分金银，大碗吃酒肉"，却无法取得生活的正当解释。揭竿造反者固然站在朝廷的对立面，但他们无法为自己的生活方式创造出文化意义。换言之，他们可以过另类的生活，却不能自创出另类的意义。马克思曾说过，所有占统治地位的文化都是统治阶级的文化，这实在是一个关于人类社会的非常深刻的观察。无论揭竿者怎样反抗朝廷，他们都无法反抗统治阶级的文化。因为文化伴随他们成长，被养育之人无法反抗滋润他们思想成熟的营养。统治阶级文化关于生活意义的论述笼罩着他们，使他们陷入进退维谷的绝望境地。

所谓"聚义"其实就是苟延残喘的另一讲法。看看《水浒传》写到的所有大小山头，二龙山、桃花山、少华山、白虎山等，小则两三人，多则五六人，就算是宋江上山之前的梁山泊，也不过"七星聚义"加上林冲等二三王伦旧部。这些小团伙，都是熟人旧友一起出来混江湖。故而团伙之间排他性极强,加上地盘的限制,讨个生活或者有余,要在社会上活得似个样子,活得风光有面,是万万做不到的。《水浒传》笔涉两处与梁山素无往来但视梁山为寇仇的平民庄寨,一处是祝家庄,另一处是曾头市。虽然后来都被梁山兵马荡平,但也曲折反映出希望过太平日子的平民百姓对打家劫舍的"草寇"的仇恨。自称"聚义"的自我安慰,遮盖不了他们在百姓眼里"强盗"的形象,也掩饰不了自家落草为寇的真面目。"聚义"了,但到底能打多久,他们心里也没个底。宋江是对这局面最深思熟虑的人,他知道,"聚义"不可能持久,或者为官军荡平,或者迁延时日。只有把事情闹大了,朝廷因惧怕而改弦更张,草寇才能受了招安,最终找到自己的生存空间。聚义厅改为忠义堂,受人诟病,但这未尝不是宋江替"聚义"事业指明了一条出路,尽管这条出路也同样黯淡。

123 梁山泊寨中若得此人

梁山失去草创始祖,正处于愁云惨雾的哀悼时期,宋江却忽然想起来:"北京城里是有个卢大员外,双名俊义,绰号玉麒麟,是河北三绝,祖居北京人氏,一身好武艺,棍棒天下无对。梁山泊寨中若得此人时,小可心上还有甚么烦恼不释?"所谓"忽然想起",说明这事儿宋江一直惦记着,只是因戎马倥偬事务繁忙,一时还没有提上日程。如今桃花山、二龙山诸路好汉已经会师,自己又名正言顺坐了山寨第一把交椅,这个山寨用得着的人,一定要赚得他上山落草了。这到底是为什么?

佛教有加持一说,谓众生软弱,必须加附佛的神力以使之战胜众恶。用佛教加持来解释宋江赚卢俊义上山,再恰当不过了。强盗上山,好汉落草,虽然有刀兵在手,官军也畏惧三分,但若要使"替天行道"的招牌擦得铮亮,免除自欺欺人的嫌疑,则一定要有与强盗、好汉不同的社会上流人物的加入。例如祖宗三代出身清白、有功名在身、有传颂一方的名望的人物等。有了他们的加持,强盗就渐渐变得传有"天命"。梁山诸人,有武有文,但符合上述条件者,并无一人。最有文墨的是吴用,穷乡教匠,不登大雅之堂;最有人脉的是宋江,江湖名声,难与名流比肩。虽说中国社会,英雄莫问出处,但是无出处的英雄一定得有有出处的人扶助加持才能成就其英雄事业,否则便是亡命天涯的草寇而已。宋江甫一被扶正,聚义厅刚改为忠义堂,则万事俱备,只欠东风,所以宋江才会念兹在兹,"忽然想起"河北玉麒麟。因为这是由"强盗"变成"英雄"的关键一步,相当于贼赃洗底,黑钱漂白。

水浒故事流传，定型于明代，施耐庵、罗贯中之流一定记得明朝开国之主朱元璋原来也是强盗一名。他非常幸运，在获得被认可的正当性的过程中，得到刘基的加持。而刘基就是朱元璋的"卢俊义"。《明史》说刘基，字伯温，是"元至顺间，举进士。……有廉直声"，"起为江浙儒学副提举"；"基博通经史，于书无不窥，尤精象纬之学"。江浙一带，名声隆厚，所谓"江左人物，首称基"。一个身世清白、饱读经书而循正途出身的人投身强盗事业，不是那么容易的，就算八人大轿也抬不来。揭竿的初期，通常是不可能的。朱元璋"赚得"刘伯温，时机恰到好处。那时朱元璋刚刚有问鼎的势头，但并不明白国之大统为何物。朱每年都"设御座行礼"，遥拜当初的红巾军首领韩林儿。刘基"独不拜"，他告诉朱元璋："牧竖耳，奉之何为！"自此朱元璋才懂得什么叫大丈夫当自立门户。元末群雄并起的形势，朱元璋胜出，并不是必然的，陈友谅、张士诚亦有机会，但他们最终失败，以强盗始以强盗终，就是因为欠缺了刘伯温式人物的加持。怪不得朱元璋感恩戴德，称他为"吾子房也"。其后刘伯温受丞相胡惟庸谗evaluator不得善终，那是后话。

124 "中国的根柢全在道教"

这是鲁迅讲过的一句话。或以为，中国是一个儒家社会，孔夫子是中土第一等圣人，然鲁迅的观察与此不同。他认为，中国社会台面上的一套固然是儒家的，或是佛教的，但台底下的一套却是道教的。所谓"根柢"，含义有二：一言其重要，形容它的根本性质；二言其草根基层的影响力。看看《水浒传》"吴用智赚玉麒麟"的故事，可以小见大，印证鲁迅理解中国社会的独到之见。

施耐庵未提卢俊义是否饱读诗书，却说他是一个有官职在身的人，时称员外郎。所谓员外，即朝廷命官正员之副的意思，所以员外郎又称副郎。没有实职，是个虚衔。我们不知道他的员外身份是正途科举出身还是花银子捐出来的，不过他"北京大名府第一等长者"的声誉却传遍河北，总之属于社会贤达一类人物。既是到了贤达的地步，却如此轻易地被吴用"智赚"了，乍看令人费解。吴用事前夸下海口："小生略施小计，便教本人上山。"吴用的"小计"，亦无甚稀奇，不过是装扮成算命的道士，给卢俊义算了一卦，令他神魂颠倒走进设好的陷阱。堂堂一个"河北三绝"，识不破一个村塾教师的诡计，这是怎么回事儿？连燕青都想得到，我"若在家时，三言两语盘倒那先生，倒敢有场好笑"。

中国传统社会其实是个"巫风"很盛的社会，虽说儒家有不事鬼神的实用理性传统，然而实用理性的光却照不进许多人生的角落。这些角落就被"巫风"所占据。人生的寿夭福祸、前程凶吉、婚娶禄命，全都不是理性能解释的，更不是理性能预测的。道德理性只能描绘一个应然期许的社会，而这个应然期许的社会远远不是我们正在生活的社会。道德教诲常说，善有善报。可粤谚偏有云"奸奸狡狡，又煎又炒；忠忠直直，终归乞食"。现实告诉人们，道德理性所讲的大道理，既不能安慰人心的恐惧，又不能满足人心贪婪的欲望。内心深处无名的恐惧和难以填满的欲壑将人生推向非理性的巫卜。这巫卜的传统在中国社会是由道教来代表的。千百年来，上至帝王将相，下至草根百姓，鲜少不向巫卜势力低头示好。表面上讲一套儒家、法家的大道理，私底下依然求神问卜。"巫风"盛行使得道士妖人在人世间大行其道，千奇百怪的巫卜算命术、素女房中益寿延年术又兼寒石散丹之类养生术，不可胜道。就算是卢俊义，被吴用"百日之内必有血光之灾"的妖言一吓唬，就乖乖就范了。鲁迅曾说："人往往憎和尚，憎尼姑，憎回教徒，憎耶教徒，而不憎道士。懂得此理者，懂得中国大半。"比起佛回耶三教，道士提供了最为贴切实用的镇静心灵恐惧、满足贪婪欲望的"按摩术"。道教的根底远溯文字发明之前的初民社会，与佛回耶等基于个人智慧而产生的一神教或无神宗教相比，渊源当然深厚得多。

125 吴用的营销术

西方传播界拜李奥·贝纳为广告大师，而笔者以为他比戈培尔博士差得远了。没有戈培尔的"广告营销"，希特勒纳粹一定没有日后的声势。在中土，如果要远溯祖师，则吴用也一定厕身其间。因为他也深晓此理，而且躬行实践，为山寨干下一宗杰作。以算命为幌子，成功蒙骗卢俊义落入上山坐交椅的陷阱。第六十回"吴用智赚玉麒麟"，吴用之智不仅表现在他能玩弄巫卜，更表现在他能营销这一套骗术，吸引眼球，造成轰动，使卢俊义未卜先信。他还没有见着吴用，就对道童说："既出大言，必有广学。"

吴用深知，巫卜骗术要吸引愚民尚且容易，但要吸引有身份名望之人，殊非易事。一定要"曲线救国"，第一步通过吸引大批愚民造成轰动，则上层人物的目光自然就会投过来，不由得不上钩。吴用下山之前提了一个条件，要一个"奇形怪状的伴当和我同去"。李逵跳将出来，自恃生得够"奇形怪状"。于是吴用教李逵扮作哑口道童，"戗几根蓬松黄发，绾两枚浑骨丫髻，穿一领粗布短褐袍，勒一条杂色短须绦，穿一双蹬山透土靴"，十足一个古代"犀利哥"的形象。果然李逵的广告效应出奇地好，除了瞒过把守城门的军士，还招得一帮小儿跟随。"北京城内小儿，约有五六十个跟着看了笑。"一路走到卢俊义当值的解库厅，"小儿们哄动越多了"，卢俊义终于按捺不住，着人去请算命先生。吴用营销骗术的第二招是自高身价。盖现代经济学以为价格反映的是产品的供求关系，其实那是书斋学问，经不起人间百态的推敲。在无奇不有的人间，价格更反映人的心理期待。例如同一物品，叫价十元，无人问津，但叫价百元,则可能来者甚众。正所谓不求最好,但求最贵。既然好与贵的关联形成了普遍共识,则骗子不妨利用贵价来吸引眼球。吴用的招纸写着,"讲命谈天,卦金一两"。区区一个江湖术士,如何敢开出这个价,大大违背常识。这个价钱即使当今也是极贵,更遑论元明之世。但偏偏违背常理才引得卢俊义的关注,从引起关注到惊异神奇,从惊异神奇再到俯首拜服。吴用就是用这天价吸引愚民围观,震慑社会贤达如卢俊义之流。

如果用今天广告营销的术语转译吴用的这两招,那就是品牌形象加上价格战略。多么动听的词汇,多么高深而专业的术语,但本质不过是骗术的另一种讲法。可惜当年还没有广告营销,否则吴用也不必落草为寇,大可以弄一个博士学位。正途出身的也好,"克莱登大学"的文凭也好,反正做广告营销的大师是绰绰有余的。不过既然是行之有效的伎俩,那也自有它的道理,否则吴用怎么敢发誓,让卢俊义上山"如探囊取物,手到拈来"呢?然而,读者也不要高估了吴用的营销术。他所通晓的道理,只证明了人性的悲哀,因为这些营销术是建立在人的愚昧和人生的无聊这一基础之上的。如果吴用遇到的是明白如燕青那样的人,再高明的营销术也不会起作用。

▶ 水浒丛话

126 千古绝骂

凡称得上绝骂，必定得满足两个条件。第一是够毒辣，越毒辣、越尖刻，才越传递出强烈的愤怒，否则只是一般的骂，称不上绝骂。第二是要有道理，骂本来是不讲道理的，但绝骂一定要有道理。道理在，铁板钉钉，就算想抵赖，亦有口难辩。现代史上称得上绝骂的，要数鲁迅嘲讽周扬等人为"四条汉子"。配上鲁迅的笔墨形容："却见驶来了一辆汽车，从中跳出四条汉子……一律洋服，态度轩昂。"这番描绘，使四人洋场恶少的形象定格在 20 世纪 30 年代的上海滩头，任凭时代变迁也难以磨灭。直到三十多年以后，这个称呼还使四人吃尽苦头。可见骂术也有高低之分。

话说石秀为救卢俊义，独自一人劫法场，可怜寡不敌众，被解到大名府梁中书面前。而石秀好汉本色，毫无畏惧，"睁圆怪眼，高声大骂：'你这与奴才做奴才的奴才！我听着哥哥将令，早晚便引军来打你城子，踏为平地，把你砍做三截！'"梁中书和一干随从大概从来没有听过如此放肆和入骨的叫骂，竟然"厅上众人都吓呆了。梁中书听了，沉吟半晌，叫取大枷来，且把二人枷了，监放死囚牢里"。有意思的是梁中书并不辩驳，笔者以为他是无话可驳。这话骂得入骨入髓，梁中书百口莫辩，只好用大枷而无法用话语还击石秀。

听了石秀千奴才万奴才的叫骂，梁中书有如哑巴吃黄连。他贵为中书，但他很难否认自己不是"奴才"。要不是奴才，为什么当朝蔡太师生辰，他要进贡十万贯生辰纲呢？显然蔡太师就是他的主子。正如他的夫人，也是蔡太师之女问道的那样："这功名富贵，从何而来？"言下之意，饮水思源，当从蔡太师而来。既把蔡太师当主子，自己便是奴才了。但蔡太师又何尝不是奴才？蔡太师的功名富贵一样有所自来。没有徽宗皇帝，哪来什么太师？皇帝便是他的主子，皇帝要他生，他便生；皇帝要他死，他便死。这不是奴才是什么？石秀固然刻毒，可是没有骂错。梁中书所处的官位，正是给蔡太师做奴才的位置，而蔡太师则给皇上做奴才，所以他便是与奴才做奴才的奴才。当然梁中书以下，还有人给他做奴才，比如还有太守、县令等，他也可以称自己是主子。可是遇到石秀这种人，就很难不被称为奴才了。

在中国的政治传统里，只有一个独尊的皇权，各级地方政权皆是皇权的不同层级的代理。一级代理一级，层级式地贯串下去直到基层，形成管治的秩序。朝官之视授权给自己的皇帝，形同主子。反过来，朝官之视得到权力的州官、县官，实是奴才。生杀予夺、功名富贵皆来自顶头上司，顶头上司要不被当成主子也难。但随时可以摘去顶戴，随时可以富之贱之，不当之为奴才也难。《左传》有云，"王臣公，公臣大夫，大夫臣士，士臣皂，皂臣舆，舆臣隶，隶臣僚，僚臣仆，仆臣台"。一直臣下去，奴才的奴才也可以一直排下去。而石秀的叫骂代表了来自草根阶层的愤怒，传神之至，故笔者推之为千古绝骂，不知看官以为然否？

127　　　　　　　　　　　　　梁山抬举卢俊义

读《水浒传》，写捉得卢俊义上山，真是觉得英雄不值。面对擒获之人，梁山头领个个低声下气，没有一丝丈夫气象，反而像奴才见了主人。首先是"捧出一包袄锦衣绣袄，与卢俊义穿了"。然后是抬过一乘轿，让卢俊义上轿，然后是一路鼓乐，再然后是宋江跪迎，赔话请安等不在话下，接着是"宋江杀牛宰马，大排筵宴，请出卢员外来赴席"，还要坐在中间。席间宋江再次提起"屈员外作山寨之主"等语。再接着就是山寨头领，上至吴用、公孙胜，下至李逵、朱武等，轮流设宴把盏，凭着"将酒劝人，本无恶意"一说，让卢俊义食了两个多月的酒肉。而卢俊义却是大义凛然，一人的气焰直压全山寨。当宋江表示情愿让位时，卢俊义劈头喝道："住口！卢某要死极易，要从实难！"俗话说，人要脸，树要皮。梁山之待卢俊义，已经颜面尽失，尊严全无。如果是个人，还可以用热脸贴了冷屁股来辩解，但山寨对着一个卢员外竟然如此，只能让旁观者觉得羞耻。如果笔者做了山寨之主，一定让卢俊义成仁取义，方出得一口恶气。

当然这是气话，不可当真。山寨是一架造反的机器。笔者多年读史阅世，方对造反的真义有所悟解。盖人可以造一个具体的现世秩序的反，但无法造一个构成现世秩序的抽象秩序的反。伯克在法国大革命过后讲过的一句话，令人深思。他说："从这座被谋杀的君主制的坟墓中，却走出来一个丑陋、庞大、超出人类全部想象力的可怕的怪物。"具体的君主制是被推翻了，然而推翻具体君主制的人，用尽全部想象力也只能建设一个没有君主的君主制。演员是新人，舞台也是新的，上演的却是旧戏，与从前相差无几。用李逵的话说，杀到东京，夺了鸟位，让哥哥做大宋皇帝。李逵"根正苗红"，他讲的话发自内心。按照他的逻辑，即使造反成功，造反者能想象的新世界的极限，也不过是类同大宋江山那样的江山。叫大宋江山或小宋江山或什么江山都没有关系，然而那江山一定得有皇帝，有将相，有臣子，有百姓。支配的模式是改变不了的，纵然想制造出一个新世界，那新世界也仿佛旧世界。鲁迅《阿Q正传》专门写了一章阿Q的"革命"。阿Q能想象的革命和李逵想象的没有什么差别，只是喜剧化一些而已："东西，……直走进去打开箱子来：元宝，洋钱，洋纱衫，……秀才娘子的一张宁式床。"然后就是邹七嫂的女儿、假洋鬼子的老婆和吴妈什么的。山寨也好，阿Q也好，人间的秩序是先于造反者而存在的，要从构成原理上改变这个秩序，则超出了造反者的能力和想象力，就像人不可拔住头发而飞升一样，先在的秩序不是怀抱怨恨的造反者就可以改变的。任何声称将诞生"黄金世界"的言论，不过是别有用心的蛊惑而已。

笔者不知道宋江是否真懂得上述道理，但看他的行为，似乎明白。因为他宁可不要颜面，不要尊严，也不能不要卢俊义。宋江明白，卢俊义是山寨"转型"不可缺少的棋子。卢俊义加入山寨，代表了造反的理想逐渐褪色。原来被压迫和贫穷刺激出来的想象——成瓮吃酒大块吃肉的新世界，已经无法继续维持。不可持续的原初理想终于在现实的压力之下，转向谋求现世的生存。卢俊义是否入伙，决定山寨今后的前途。梁山的众好汉忍人所不能忍，伏地求食，原因便在于此。既然如此，真想问一句上山的好汉：既有今日，何必当初？

127 梁山抬举卢俊义

128 宋江削山头

晁盖死后，宋江接棒，第一回在忠义堂上发号施令，重新排布山寨人马，便将如何处置众多山头派系的用人智慧发挥到淋漓尽致的地步。郓城小吏，名不虚传。

宋江名义上继晁盖而登基，事实上也是晁盖原班人马中最有资望和能力的林冲、吴用搀扶他坐上第一把交椅的，但宋江动的最大手术却是拆散老梁山的晁盖班底，削平这个山寨最大的小山头。他将吴用与公孙胜留在自己身边，一个是"军师"，另一个是"法师"。而护卫宋江的战将是花荣、秦明、吕方、郭盛。这四人全是宋江基本人马。宋江遭官府追捕时想到的三个安身之所，其一便是花荣的清风寨，可见关系之深。秦明虽是败将出身，但系宋江亲自招降，后来与花荣又有翁婿之亲，而吕方和郭盛也是宋江较早招揽的山寨强人。至于晁盖时期的"造反元勋"林冲、刘唐、杜迁、宋万，被派到"左军寨内"。三阮本系水军，却无一人能任水军的头领。水军的第一位是李俊，他是宋江流放江州路上招揽来的豪杰，与童威、童猛、张横、张顺是一伙的。这个安排也可以解读为用自己人节制不安分的三阮。被拆散的小山头还有黄门山投奔过来的欧鹏、蒋敬、马麟、陶宗旺。欧鹏任"右军第六位"，马麟任"前军第六位"。最奇怪的是黄门山上落第秀才出身、有神算子之称的蒋敬，被派去管钱粮。其实他与吴用的经历十分接近，至少考过试，比吴用还显赫一些，却被宋江"冷藏"。另一个好汉陶宗旺被分派掌管筑城垣。

被削弱的山头还有鲁智深为首的二龙山。二龙山上有七条好汉：鲁智深、武松、杨志、施恩、曹正、张青、孙二娘。其中武松与宋江结拜兄弟，关系较近。前四位获派同在"前军寨内"，但无人任得首位。首位由李应出任，李应是祝家庄邻近东村庄主出身，资历远在二龙山诸好汉之下。这个安排也有打压的嫌疑。只有那些二三条好汉聚义的较小的山头才获得原班安置，如李忠、周通的桃花山，朱武、陈达、杨春的少华山。前者被派去鸭嘴滩守小寨，后者获委任把守"旱寨"。宋江主导的梁山，已经颇有"江山一统"的意味，一旦诸路好汉五湖四海聚在一处而号令一律，则原来山头的利益不可避免受到影响，或者成为内部残酷斗争的牺牲。《水浒传》并没有在这方面多用笔墨，但仔细分析宋江掌门之后的号令，其实是有描写宋江弄权的用意在内的。金圣叹屡屡指责宋江权术、奸诈，也是有文本根据的，不完全是一面之词。只可惜施耐庵点到为止，未有大事铺陈。叙述这些内容，都要透过微妙的人际关系才能显现，写起来"雅"的色彩浓厚一些，不合民间说书的风格。可能是这个原因，宋江的奸诈权术，在故事里隐而未发。

129 谁是梁山始祖

相信这个问题难不倒读者诸君,但是容与堂本《水浒传》第六十回,写晁盖中箭身亡后,宋江"比似丧考妣一般,哭得发昏"。经过吴用、公孙胜劝慰,才出来主理丧事。"宋江哭罢,便教把香汤沐浴了尸首,装殓衣服巾帻,停在聚义厅上。众头领都来举哀祭祀。……中间设个神主,上写道'梁山泊始祖天王晁盖公神主'。"封个什么"天王"、什么"公"等都没有问题,那都是事后追加的,但称之为"始祖"却有隐瞒历史、篡改事实之嫌。如果要叙辈分,则梁山始祖非王伦莫属。开山基业是他打下来的。当初八百里水泊并没有强盗栖身,全因王伦秀才落第,"因鸟气,合着杜迁来这里落草,续后宋万来,聚集这许多人马伴当"。等到林冲经柴进介绍来投托梁山的时候,"那三个好汉,聚集着七八百小喽啰",可见已经颇有规模了。无论王伦多么不成器,晁盖都不能封为梁山泊的"始祖"。晁盖可以火并王伦,头领之间,不妨血腥。但抹杀王伦,当王伦不曾存在过一样,这是不行的。

尊晁盖为"始祖"的是宋江,而后来还王伦历史地位的也是宋江。第八十二回宋江招安成功,忠义堂即将人去楼空。宋江召集全伙好汉训话:"众弟兄在此,自从王伦开创山寨以来,次后晁天王上山建业,如此兴旺。我自江州得众兄弟相救到此,推我为尊,已经数载。"话讲得非常明白,梁山的辉煌史一共三代,王伦一代、晁盖一代,宋江又是一代。宋江之所以将大白话挑明,乃是因为好汉已经接受招安,梁山"打家劫舍"式的"奋斗"已经不重要了,等着他们的是另外一条路。还是用宋江的话说:"早晚要去朝京,与国家出力,图个荫子封妻,共享太平之福。"既是国家的人，山寨的一页就翻过去了。这个时候才道明真相，颇有点"人之将死，其言也善"的味道。当初晁盖死，他宋江也要为尊者隐，将晁盖的功劳抬到天上去。这样可以一石二鸟，一来表示与死者情同父子，二来借祭奠亡人巩固自己的权位。

小小一个梁山，经历无非三代头领，却要这样来歪曲隐瞒，真是令人浩叹。放大到中国历史，那多少歪曲隐瞒，不可胜道。虽说中国自古以来就是重视记录历史的国度，亦产生如司马迁那样优秀的历史家。但是历朝历代有意抹杀，千方百计隐瞒，多少真相莫辨，多少沉冤莫雪，数之不尽。史家陈寅恪曾著文论唐高祖李渊向突厥毕始可汗称臣纳贡，此事有唐一朝一直隐瞒。鲁迅《论睁了眼看》说："中国人的不敢正视各方面，用瞒和骗，造出奇妙的逃路来，而自以为正路。在这路上，就证明着国民性的怯弱，懒惰，而又巧滑。"鲁迅说的"不敢"，属于弱者。其实更多的时候是"有意"，这属于掌握权力的人。因为叙述也是一种权力，如同宋江那样，用符合自己利益的叙述隐蔽地支配人们的历史记忆，从而支配读者。看到写在纸上的历史，真是要打醒十二分精神。

130 恶人自有天收

有句新诗广为人知："卑鄙是卑鄙者的通行证，高尚是高尚者的墓志铭。"它颇有高贵而悲壮的气格，对人世的真相亦有洞见。但若以为卑鄙者信奉卑鄙即可在人世间畅行无阻，那就错了。卑鄙者和高贵者一样，都有软肋。当卑鄙遇到高贵，可能得逞于一时。像无数水浒故事说的那样，如高衙内遇到林冲、晁盖遇到杨志，无不战而胜之，得而逞之。然而当卑鄙遇到更卑鄙，那卑鄙的就要倒霉了。所以民谚说"恶人自有恶人磨"，并不完全是好人的自我安慰之词。

李固原本是卢俊义的管家，与卢贾氏有私情。即使是女方主动，也是奴才的大忌。待到卢俊义被梁山诱骗陷害，这个小人更起了窃夺主人家产的心思，干起财色兼收的勾当。鹊巢鸠占，何有天理？不过李固居然成功了。卑鄙者仰赖卑鄙，过了一关。卢俊义被梁中书屈打成招，叹道："果然命中合当横死"，枷钉在死牢里。但是对李固来说，卢俊义一日不身首异处，他便一日寝食难安。于是拿了五十两金子去收买牢头蔡福，希望早点"光前绝后"。蔡福是个知道事情原委的人，便趁机敲诈一把，一句"你那瞒心昧己勾当，怕我不知？"李固哑口无言，只得将价码增加一倍。蔡福却道："北京有名恁地一个卢员外，只值得这一百两金子？"非五百两金子不干。李固只得答应。得到明早来扛尸的话，欢天喜地去了。但是李固前脚走，梁山泊柴进后脚进来，将价码加到一千两蒜条金，务要留下卢俊义的性命。光闪闪的金奉到蔡福手上，焉有不从之理。更兼柴进明白警告，如若不从，兵临城下，无老无幼，尽皆斩首。两相掂量，哪个深，哪个浅，蔡福知道，而李固的命运就被决定了。

人世间经常被描绘成善与恶的较量，也许我们不可避免要采取这种二元论的立场，但仍不妨放宽心胸，俯瞰人间。除恶之外，还有更恶。恶与更恶，邪与更邪，不会站在同一战线，它们之间亦在殊死搏斗。笔者的朋友告诉笔者一个故事，某贪官卷巨款潜逃加拿大，以为做寓公可以享福过世。孰料巨款来路不正之事被当地黑社会知晓，黑社会隔三岔五就来敲诈。贪官有苦难言，不堪其扰。最后还是回头是岸，返国自首了事。天地之间有没有正义，这是一个古老而耐人寻味的问题。笔者的看法是，与其信无，不如信有。但是遏制或惩罚邪恶的力量却不一定是善。所谓邪不胜正的看法，多少有点幼稚。笔者以为，更邪、更恶的力量，作为一种存在，对正义的兑现，是必不可少的。否则，为什么黑格尔说恶是历史前进的动力呢？敲诈是违反道德原则的，但若没有蔡福的敲诈，不便宜死李固了吗？威逼利诱也是不道德的，但若没有柴进的一番威胁，蔡福亦可以两头尽食之后逃之夭夭。天道昭昭，小人也有软肋，也有对头。其对头就是更小人，奇怪吗？是的，但这就是人间。

131 梁中书的犹豫

举国体制的本意当然是上下一心，令行禁止。这是理想的状态，但事实上，有的时候做到了，有的时候做不到。凡做不到的时候，"举国"不成"体制"，朝政涣散，各行其是。《水浒传》第六十二回写梁中书好不容易捉到杀官潜逃的卢俊义和自称"老爷"而骂自己"奴才"的石秀，若按朝廷的刑法律例，应当即时名正典刑才是，而梁中书偏偏犹豫起来。原因是接到梁山泊散发的恐吓信："倘若故伤羽翼，屈坏股肱，便当拔寨兴师，同心雪恨。大兵到处，玉石俱焚。"梁中书身在大名府，与朝廷所在的开封府，相隔一千三百余里路。他即时的安危，朝廷无法顾及，他必须为一家老少着想而将朝廷的律例放在一边。手上捏着的两个"强盗"，既是"专政对象"，也是暂时苟安的"人质"。正如王太守进言所云："若将这两个一时杀坏，诚恐寇兵临城。一者无兵解救，二者朝廷见怪，三乃百姓惊慌，城中扰乱，深为未便。"于是梁中书一面吩咐牢头好生看管"两个贼徒"，一面"申奏朝廷"，请求援兵。

一封恐吓信居然能虎口拔牙，堂堂的朝廷命官，斗不过占山为王的强盗。事件虽小但令人深思。笔者以为，这当然与梁中书、王太守性格懦弱有关，但根源仍出在举国体制之上。"体制"而需要"举国"，官员便不能不是流官，这从秦始皇大一统以来就是如此。"流官"这两个字非常生动，表明他们的命运如同浮萍一样，四海漂流，没有固定的根基。九州之内，任由朝廷指派，今日在东，明日在西，后日在哪，连自己都不知道。这个设计的本意是使官员，也就是朝廷的股肱能够凡事服从朝廷，唯上是瞻，唯命是从。如心之驱使手足，令行禁止。但国土幅员辽阔，情况千变万化，朝廷远水不救近火。流官当政办事便不得不多个心眼，这个心眼当然就是以自己的乌纱、性命为第一考虑。至于食朝廷之禄，忠朝廷之事，是第二位的。如果眼前之事与朝廷意旨一致，那当然再好不过。如果眼前之事与朝廷意旨相悖，那就只好对不起了。像梁中书那样，如果不能保得乌纱帽，保得身家性命，还谈什么流官呢？

从朝廷的角度看，只能用乌纱帽这一招来控制流官。但若从流官的角度看，则得了乌纱帽就可以山高皇帝远地做一些随心所欲的事情。遇上清官，平民百姓就可以舒一口气，得几件实实在在的好事。遇上贪官，搜刮民脂民膏，老百姓就不胜其苦。鲁迅讲得非常生动："百姓固然怕流寇，也很怕'流官'。记得民元革命以后，我在故乡，不知怎地县知事常常掉换了，每一掉换，农民们便愁苦着相告道：'怎么好呢？又换了一只空肚鸭来了！'"梁中书这等看中头上的乌纱，玩弄手头的"两个贼徒"，当然是为了苟延时日，更好地搜刮大名府老百姓的钱财。他有十万贯生辰纲的前例，还有什么不敢做呢？

132 鬼神有灵

容与堂本《水浒传》第六十五回，宋江正领兵攻打大名府，一连数日，攻城不破。闷闷不乐之际，施耐庵忽作南柯之笔，写"托塔天王梦中显圣"。晁盖的阴魂来访宋江，宋江先"吃了一惊"，以为冤仇不曾报得，鬼神见责。晁盖阴魂劝宋江勿疑，只是好言预告前程："贤弟有百日血光之灾，则除江南地灵星可治，你可早日收兵。"宋江还是半信半疑，但撒然觉来，就请吴用来商议。吴用坚信不疑："既是天王显圣，不可不信其有。"次日果然"身体发热，头如斧劈，一卧不起"。原来背脊上生了一个痈疽，"鏊子一般红肿起来"。

这类事情今人或以为荒诞不经，却甚有意味，值得探究。在中国文化传统里，鬼神以及阴间世界是一个特别的存在。其实伟大的文明在其文明初曙的阶段，无不建立在人间与阴间的对峙灵通之上，所谓阴间就是感官不能知觉的那个世界。古埃及人以为，人死之后，灵魂就要接受鹭头神主司的"最后的审判"。如果代表灵魂的心脏过秤轻过一根羽毛，就表示清白。只有清白的亡灵才能受到冥界之神俄塞利斯引导，安然渡过种种考验，乘船渡过冥河，达到永生和永恒的世界。我们熟悉的佛教也有类似的教义，称作"六道轮回"，有天道、修罗道、人间道、畜生道、饿鬼道、地狱道之说。如果一生作恶，下世投胎就会转入下一道；如果生时为善积德，再投胎则会层递上升，而无论哪一道，都不是佛教人生的目的。学佛修行，根本上是要超脱轮回，进入"西天极乐世界"。古希腊人尽管不谈论死后的世界，但活着时则笃信宙斯主导的上天世界，人的一切皆由神决定。神谕对人而言，就是不可逃脱的命运。但是我们发现，无论古埃及、佛教和古希腊，人间与冥世或天上世界根本上是相互隔绝的，灵魂是不可返回人间或参与阳间人世事务的。但是渊源深厚的先祖崇拜所产生的两个世界却不是这样的。在中国，冥世的鬼神是可以不断、定期或不定期返回人世的，阳世和阴间绝不是相互隔绝的。人死为鬼，鬼而有功德者为神灵，也就是说，人可以转化为神。

鬼神如何返回人间参与到人间事务中来呢？占卜、打卦、扶乩，还有托梦，都是方式之一。因为鬼神可以保佑活着的人，自然也可以给活着的人增添麻烦或带来灾难，所以就要敬鬼神。清明、重阳拜祭，是不可缺少的。人有四时节庆，鬼也有"鬼节"。如果你敬鬼神，祖宗有灵，可以保佑你福禄寿齐聚，五世其昌。中国人至今最大的忌讳依然是被刨祖坟，刨了祖坟，断了祖恩祖德，鬼神不保佑，就会当灾。宋江继晁盖为山寨之主，晁盖亦算是"山寨的祖灵"，余威尚在。宋江在大战不利的危难时刻，紧绷的神经和心理活动使他梦中浮现晁盖这个"山寨的祖灵"，也是极其自然的。吴用明白这个道理，自然不敢轻慢，日后果然应验。施耐庵的用笔当然有迷信色彩，但迷信操作的背后却是一套文化，这是我们不可不知道的。

133 梁中书放灯

刘姥姥初进大观园,到贾府"打秋风"。她的心思被凤姐一眼看穿。凤姐告诉她,贾府"外头看着虽是轰轰烈烈的,殊不知大有大的艰难去处,说与人也未必信罢"。刘姥姥就是不信的人。她说:"你们拔一根寒毛比咱们的腰还粗。"凤姐的意思很明白,贾府进的多,出的也多,花钱如流水,用度并不好调度。不过,大的难处何止用度不好调度,看看《水浒传》第六十五回写大名府梁中书寻思元宵放灯还是不放灯就知道了。按照惯例,元宵灯节当然大张放灯,庆赏元宵,然而这次不同,梁山泊大兵压境。如果万民熙熙,与民同乐,则正中贼怀,"只恐放灯因而惹祸"。梁中书因此心情忐忑,定不下来。但是他的手下将军闻达告诉他,不仅要放灯,而且要大放,比照东京体例。他的理由是,"若还今年不放灯时,这厮们细作探知,必然被他耻笑"。就这样,一个性命攸关紧急关头的决定,被"面子"带上了邪路。梁中书决定大放其灯,水浒好汉果然利用放灯的机会夜袭,救出卢俊义和石秀,而梁中书差一点丢了小命。"大"居然可以使人做出不理智的决策,你说是不是"大有大的难处"?

大,有表有里。所谓表就是外观,看上去的那个样子,而里就是实力。但表与里有时候不一致。外观并不代表实力,看上去很强大并不等于实际上很强大。但是当你习惯了大之后,就往往不能分清表里。因为自己的自我期待和他人对自己的期待高度一致,"大"成了牢不可破的自我认同。当表里一致时,不会发生什么。例如初盛唐,唐太宗很显摆威风,连诗风都是宫体的,他有显摆的资格,那时唐朝的表和里都很

"大"。康熙朝的时候也可以这么说，但乾隆后期"大"的表和里已经开始分离了，乾隆在英使马戛尔尼面前的显摆就没有什么道理。乾隆的子孙继续显摆，就要为他们的显摆付出代价。通常这个代价是很高的，清朝把自己的命都赔进去了。由此我们可以知道，"大"的另一个难处是它的"面子"。因为当你习惯了"大"，"耻笑"就是很有杀伤力的武器。为了不被"耻笑"，凡事要首先顾及"面子"。面子光鲜，表面文章做足，无人够胆"耻笑"。近代史上，慈禧太后六十寿辰，为了不被"耻笑"，挪用海军军费修葺颐和园，举行庆典。庆典是八面风光，无人"耻笑"，但海军没钱了，便不能打仗，而终于有北洋水师的覆没。历史无情，"耻笑"早晚是要到来的。

笔者相信，如果梁中书能够放下面子，笑骂任由他人，取消元宵放灯，全城严阵以待，则大名府不一定失陷，至少可以多较量几个回合。人总是有惰性的，"大"会放大这种惰性，以致失去对客观环境的清晰判断，历史上这类教训数之不尽。

134　山寨双簧戏

人们常把政治比作一台戏，政治人物一定要会演戏，而且要演得活灵活现，把自己的内心世界隐藏起来，至少不要让人一眼就看出来。这就是马基雅维利《君主论》讲的君主要"像狐狸那样狡猾"的意思。因为只有"像狐狸那样狡猾""像狮子那样凶猛"才能真正令对手胆寒。光狡猾则没有力量，光凶猛又缺乏智谋，非狡猾与凶猛叠加一起不能实现政治的欲望。宋江其实也是一个玩弄政治的高手，厌恶还是赞赏倒在其次，他的演艺水准不是山寨中任何人能比肩的。他有一个绝好的道具，那就是江州酒楼上结识的"忠直汉子"李逵。

随着山寨事业的壮大，上山人物也不局限于打家劫舍的粗豪，连虏获的官军将领的层级也越来越高，更不用说"赚得"了卢俊义那样有身份地位的大人物。宋江的招数是"以诚待人"。怎样让对方明白自己的真诚呢？宋江的一贯策略是"情愿让位"。先是呼延灼，此人是汝宁州统军司，获道君皇帝赐踢雪乌骓征梁山。打败仗被绑上山寨，宋江"喝叫快解了绳索，亲自扶呼延灼上帐坐定"。在解释过山寨只反贪官，不反朝廷的方针之后，宋江表白："倘蒙将军不弃山寨微贱，宋江情愿让位与将军。"明眼人一看便知，即使有心受降，败军之将，如何敢贸然充当山寨之主？宋江内心是怎么想的，施耐庵没说。笔者以常识推断，这当然是说说而已，哪里是真心让位呢？关胜上山，这一幕又重演，这回是宋江"喝退军卒，亲解其缚。把关胜扶在正中交椅上，纳头便拜，叩首伏罪"。就算关胜够胆，也不敢长坐"正中交椅"。呼延灼与关胜，有勇无谋，不谙政治之道。待到卢俊义上山，非唱双簧不能达到目的。

第六十六回卢俊义被救上山，其实已经没有第二条路了，落草为寇是唯一的选择。但宋江要让卢俊义心服，也得做足工夫。"当下宋江要卢员外坐第一把交椅。"卢员外也是个有常识的人，大惊道："卢某是何等人，敢为山寨之主？"但是宋江却是"再三拜请"。戏演到这里，如果没有第二个人出来，那就僵死了。幸好有李逵出来，大声喝道："前日肯坐，坐了今日，又让别人。这把鸟交椅便真个是金子做的？只管让来让去！不要讨我杀将起来！"读者设身处地，如若自己是卢俊义，忠义堂上听了这番话，吓也吓得一身冷汗，哪里还有推托的余地？都说宋江深知李逵，看了这一幕，才知李逵也深知宋江。因李逵知宋江"哥哥偏不直性"。所谓"不直性"，就是所讲的并不真要那样做。都说李逵是粗人，但今次李逵粗中有细。宋江并不是要卢员外坐第一把交椅，只是借这把交椅表达诚邀落草的好意。为了防备他人会错意，李逵挺身而出，虽获斥责，实在是帮了大忙。戏演到这份上，卢员外便只得二者择一，或者坐了第一把交椅，或者服从山寨安排。然而李逵说得很分明，坐第一把交椅是条人头落地的死路。聪明如卢员外，如何能够再不答应落草加盟呢？忠义堂上的巧妙，不能单看一面，不能只看一个角色的表演。不要忘记，它其实是一台戏。

135 兵不厌诈

梁山泊与曾头市结怨，缘于那匹照夜玉狮子马。江湖好汉段景住欲将此马作为见面礼送予梁山，路过曾头市时被抢夺去了。但那匹良驹本也不是段景住的，而是他往北地偷的大金王子的坐骑。此事本来分不得是非，总之一个地头蛇，一个强梁，两相打斗起来。梁山为报夺马之仇，折了晁盖，可见曾头市也不是好惹的。双方本来势均力敌，梁山没有必胜的把握。而最终曾头市一败涂地，曾家覆亡，源自一个"诈"字。

兵家对峙，本身就是一个零和博弈，一日不见出输赢，一日游戏不止。即使讲和，那也是暂时的，要想双赢，根本痴人说梦。梁山得到卢俊义上山之后，自觉羽翼丰满，遂倾巢出动，为报晁盖之仇。曾头市也早做好准备，严阵以待。曾头市的战略本来是固地坚守，绝不对阵，然后等官军来援。这本来是正确的，梁山泊纵然兵多，也无可奈何。怎料曾家一虎急于取胜，出阵身亡。众兄弟嚷着要为哥哥报仇，而曾头市主曾弄却要和梁山讲和，祸根由此种下。兵家在对峙的情形下，最忌方针犹豫不一。历史上很多大失败皆起于和战不定，远有宋金之争、晚明万历崇祯间与满洲之争、鸦片战争时期清对英法列强之和战首鼠两端，近有民国时期对日寇大举侵华举棋不定。盖人皆有侥幸之心，势力相差无几，一时欲战，一时欲和。曾头市在外部的压力下，主帅动摇，一主于战，一主于和，出发点虽好，最终却是被人利用。零和博弈是人类最为残酷无情的游戏，博弈的局面一旦形成，就意味着有赢家有输家。任何一方的出路都是竭尽全部智慧和力量避免成为输家。这一命运是与人类良心和人道感情相冲突的，却是与人类工于计算和理性的进化赋得相吻合的。所以零和博弈是一个仅供施展智慧和力量的场合，也是一个容不得半点良心和人道感情的杀戮平台，任何所谓"良好的愿望"只是开启通往失败的大门。

  吴用一看曾家和书送到，就知道机会来了。他一来假装同意讲和，二来向对方要人质。曾头市主不知是计，同意质典盗马人郁保四。梁山一面派李逵为首的五条好汉做"人质"；另一面金银酒肉款待来人，并许诺事成上山做头领。然后让郁保四伪装潜逃，教唆曾头市夜半劫寨。曾头市以为得胜在望，遂落入败亡的深渊。中国自古以来兵家文化发达，冠绝全球，权谋奸诈可谓首屈一指。像春秋宋襄公那样具有高贵气质的国主，不肯乘人之危，击半渡之敌，竟被后世称为"蠢猪式的仁义道德"，以至于成为愚蠢的代名词。不错，宋襄公是失败了，但他的行动所包含的诚实、高贵的价值观，是不应随着他的失败而被抛弃的。然而我们却在历史上见到，零和博弈的无处不在及其严峻性导致了贵族式的高贵文化的崩坏，与兵家式的权谋奸诈的兴起和发达。人的历史既有冷酷无情的历史主义，又有温柔敦厚的伦理主义，缺一不可。问题是准确判断具体情境，不要在该温柔敦厚的情形冷酷无情，也不要在该冷酷无情的情形温柔敦厚。

136 晁盖的遗嘱

晁盖临死留下一句话："若那个捉得射死我的，便教他做梁山泊主。"明眼人很容易看出，这是一个不负责任的"政治遗嘱"。山寨有众多武艺高强的好汉，谁知史文恭会落在谁的手里？若是捉得史文恭的人并无做梁山泊主之德，如李逵或时迁之流，难道也立为山寨之主？这显然是把为自己复仇的愿望凌驾在山寨利益之上，不惜用梁山泊主的权位去激励众豪杰为自己报仇。事实上，这个遗嘱在捉到史文恭的时候真的也给山寨带来了不必要的分歧。第六十七回"卢俊义活捉史文恭"，当仇人被解上山寨，晁盖的遗嘱马上发酵了。宋江无论出于真心还是假意，当即表明让位予卢俊义。可是卢俊义哪里敢造次，再三推托之际，李逵、武松、刘唐、鲁智深先后放话。李逵讲得最粗鲁："你只管让来让去假甚鸟！我便杀将起来，各自散伙！"如此过火的话无疑埋藏下日后的杀机。鲁智深也大叫道："若还兄长要这许多礼数，洒家们各自撒开！"观梁山泊三代头领的造反史，大危机都围绕两类问题。一是招安。这是"路线问题"，另文再讲。二就是谁做山寨之主。这是权位问题。而作为山寨之主的晁盖，临死留下的竟是几乎导致山寨分裂的政治遗产，可见问题的严重性。

亚里士多德说："人是政治的动物。"这句话广为引用，但实际上不如康德讲得好。康德说："人是需要主人的动物。"如果亚氏的话意味着人离不开政治生活，那康德的话便是把人类政治生活的根本特征都连带指出来了。政治离不开组织，组织则必有规则，必有首领，规则和首领皆是康德说的"主人"。康德的意思是说，人只有在"主人"的引领下，合乎善的目的理性才能最终发展并成熟起来。但是这位旷世不一见的哲人亦意识到自己陷入不可解决的悖论：人世间所眼见的国王、首领、教皇，他们固然是别人的主人，但他们的主人何处去觅呢？如果不能替他们找到"主人"，那这些万人之上的"主人"岂不是一些没有"主人"的动物？至少对康德的定义来说，存在了例外。这样的例外在人类社会意味着什么呢？没有主人的动物不受约束，可以为所欲为，那康德陈述的政治理想不是一样要落空？聪明如康德也一定意识到问题的所在。这是任何制度都不能解决的千古难题。康德最后将它归咎为政治悖论：人需要主人，但又不能为最高的主人寻得主人。

　　康德所陈述的推论和悖论也许过于书斋化，但放到现实生活中就很容易理解。梁山泊为了上下一心，行动一致，立晁盖为山寨"主人"。他讲过的每一句话"仆人们"都要听，他却是人群中的例外，他没有"主人"的引领。谁能保证没有"主人"引领的人，他的理性能够成熟起来呢？事实果然如此，他滥用了"仆人们"授予的权力，在山寨事业孤悬一线的情形下，把替自己报仇看得比山寨事业更重要，留下消极的政治遗产。人类社会，既需要权力，也需要对权力的限制，这是不可化解的悖论。人间政治的多少悲喜剧都是这个康德悖论的展开。

137 宋江何以堪当山寨之主

卢俊义上山落草，宋江得偿所愿，让位的好戏再次开锣。宋江"自轻自贱"，列了三件不如卢员外之处："第一件，宋江身材黑矮，员外堂堂一表"；"第二件，宋江出身小吏，……员外生于富贵之家，长有豪杰之誉"；"第三件，宋江文不能安邦，武不能附众，……员外力敌万人，通今博古，一发众人无能得及"。在崇尚自我价值、流行自我表扬的当今，读了如此"自曝其丑"的话，或以为如果不是窝囊，就是过于奸诈。然而笔者却以为这正是宋江的过人之处，奸诈或许有之，窝囊则绝对不是。宋江正是靠着这一手，镇抚群雄，稳坐梁山泊第一把交椅。

古人有将将与将兵之分。将将者并不需要将兵者的打仗才能，相反，若果精明过人，将将者而兼将兵之才，雄才大略，运筹帷幄，则属下臣民必受其荼毒。盖将将者只要得人敬畏心服，有才能者自然望风跟从，才为所用，事业自然可成。然而要人敬畏心服，待人以诚，甚至收买人心，是必不可少的。在收服人心的诸种江湖手段中，谦让扮演了非常重要的角色。透过谦让，传递宽仁待人、海纳百川的信息。金圣叹不理解这一点，凡宋江演"让位秀"，必然挖苦讽刺。我们固然不知道宋江这方面的本领是从哪里学来的，但司马迁笔下的刘邦，亦是"让位秀"高手。宋江的江湖手段，与这位前辈一脉相承。

未揭竿的时候，刘邦就交结沛地诸父老豪杰，形成以他为核心的地缘小集团。斩白蛇揭竿后，刘邦说服沛地诸父老杀秦守令。但事成以后，他表示不愿为首，"愿更相推择可者"。这个"可者"其实非他莫属，因为事情因他一手策划而起。如今却要谦让，当然只是手段而已。在"刘季数让"之后,"众莫敢为,乃立季为沛公"。待到灭了项羽,"诸侯及将相相与共请尊汉王为皇帝",刘邦表态:"吾不敢当帝位。"他不当,谁还敢当?这与忠义堂上宋江"让位"的行为,有什么两样?"汉王三让,不得已。"他还补充一句示自己清白:"诸君必以为便,便国家。"不过读者应记得,刘邦早年到洛阳,看到秦皇帝出行,行仪威严盛大,触发肺腑感叹:"嗟乎,大丈夫当如此也!"登基之后,在洛阳宫里,与群臣探讨"吾所以有天下者何"的问题,刘邦亦能"自轻自贱":"夫运筹策帷帐之中,决胜于千里之外,吾不如子房。镇国家、抚百姓,给馈饷,不绝粮道,吾不如萧何。连百万之军,战必胜,攻必取,吾不如韩信。此三者,皆人杰也,吾能用之,此吾所以取天下也。"

刘邦能取天下,宋江能将诸多好汉团聚在水泊梁山,靠的就是这种能够"自轻自贱"的江湖手段。不过宋江之于刘邦,水准相距天壤。刘邦的"自轻自贱",在情在理。宋江的"自轻自贱",一望而知其奸诈。这或许就是刘邦能在西京称孤道寡,而宋江只能在忠义堂上做山大王的原因。不过自谦之为德,行得通的年代只有古代,如今已经过去了。假使当时卢俊义鬼使神差,顺势就坐了第一把交椅,宋江的戏就演不下去了。宋江的戏能演得下去,刘邦三让而最终"不得已",乃是因为古代社会人际简单,相互之间的辨识度高,自谦在人际交往中是重要的伦理要求。但现代社会高度复杂,交往纵横,日见千面,人际变得高度不可辨识。若然在相互陌生的现代社会里自谦起来,难免被那些对你一知半解的人认为弱智。

138　平民的末路

俗话说，"宁为太平犬，不做离乱人"。太平与乱世，居然可以使人们情愿人犬换位，这情形的背后到底是什么呢？在中国，英雄是喜欢乱世的。有道是乱世出英雄。沧海横流，方显英雄本色。统治腐败，秩序崩坏，英雄正可以跃出江湖，大有一番作为。正所谓，"吾曹不出，如苍生何？"然而苍生又是深厌恶乱世的。他们的人生所求不多，日谋两餐，夜求一宿。有酒有肉当然乐意，但小康温饱也就过得去了。正因为小民百姓所求不多，凡俗的生活待乱世一来临，便无以为继了，无以为继则猪狗不如。

宋江领着大军来到东平府，招降借粮不成。踌躇之际，史进想起与自己有一腿之交的城中李姓娼户。遂自献计，以为里应外合，成其大事。谋生而至于开院子，可谓凡俗之至，虽然道德可议，但鉴于"无烟工业"比人的文明史还久远，在古代也是无可奈何。娼户生涯在风平浪静的太平时世，遇有史进一流人物来帮衬一二，日子还可以对付过下去。但如今史进换了身份，怀揣大把银子，二话不说，闯进昔日的勾栏。对娼户来说，真是一石激起千层浪。以他们局限的人生经验和眼光，当然意识不到就在不远的可怕结局。当史进说明来意，他们即刻面临站队的困境。是举报史进做官府的顺民，还是收下银子做梁山的内应。李娼户一面思忖："梁山泊宋江这伙好汉，不是好惹的。但打城池，无有不破。若还出了言语，他们有日打破城子入来，和我们不干罢！"但另一面又执着"蜂刺入怀，解衣去赶"古训，以为"自首者即免本罪。你快去东平府里首告，拿了他去，省得日后负累不好"。无论选择哪条路，皆意味着安稳的日子差不多到尽头了。首告当然可以免罪，但大兵压境，官府尚且如泥菩萨，免罪有什么意义？反过来，做了梁山的内应又如何？恐怕也没有什么好果子吃。上山做贼，日子固然可能快活，但上山是要讲本事的。平日操贱业，一不会拳脚，二没有人脉，三没有时迁一流鸡鸣狗盗的本领，梁山凭什么让你饮酒吃肉？史进一时夸口，不过病急乱投医而已。如若当真，日后吃亏的还是自己。

吾辈读史阅世，凡人一个。然也遭遇过社会的离乱，体验过这厢也不是，那厢也开罪的困境，深觉平民生活的艰难。这难处不独在柴米油盐，最难的就是李媪户遭遇的"站队"难题。当两种本身相互冲突而又比你大、你所不能驾驭的势力来到你面前的时候，站队难题便出现了。史进不来，李媪户匍伏在官府之下，虽受轻贱，犹可笑骂由人，自己"搵两餐饭食"。史进一来拍门，便意味着这卑微而安稳的日子完结了。卑微而安稳的日子结束，会是更好日子的开端吗？绝无可能。因为自身的卑微就决定了安稳日子一旦结束，接着的就是生存的末路。都说背靠大树好乘凉，但这话在需要"站队"的动荡岁月就要细加分析。能不能好乘凉不但关乎那棵乘凉的大树靠不靠得住——树大而朽，大风一吹，树毁人亡；也关乎乘凉的那个人本身是否身强体健。如果自身弱不禁风，大树底下凉风一吹，难免寒气侵体，大病一场。所以小民百姓，从生活的直觉出发，确实是稳定压倒一切的。因为自身的弱小，不得不依赖于和平安稳的秩序。和平安稳的秩序，虽然平凡，虽然不免有苟且，却是弱者生存唯一的仰赖。将这唯一的仰赖打破，使他们强行"站队"，就要造成无数人生活的悲剧。"宁为太平犬，不做离乱人"，这是古代社会小民百姓最强烈的心声。

139 罗天大醮

《水浒传》第七十回，一百单八条好汉梁山共聚，宋江对着一众豪杰说："我心中欲建一罗天大醮，报答天地神明眷佑之恩。"用宋江的说法，一来"祈保众弟兄身心安乐"，二来"惟愿朝廷早降恩光"，三来"上荐晁天王早生天界"。宋江此时何以生出建罗天大醮的念头呢？金圣叹并不相信宋江的话，不断旁批"假话"两字。事实上，金圣叹的怀疑并不是没有道理的。

醮，是道教祭仪的说法，而罗天大醮是道教最隆重的祭天法仪。过去是要由皇帝主祭的，其科仪的繁复此处不能细道，单是祭期就要七七四十九日。梁山之上刚好有道教的法师——自七星聚义时起就投身江湖的"造反元勋"公孙胜。由他来主持，乃天造地设。我们知道，人是一种凡事皆追问其正当性的动物。如某事没有正当性，即使做了，也会问心有愧。小到一人一事，大到一国一政，无不如此。梁山聚义，是一团伙性的事业。虽然各路英雄实际上所求的无非"成瓮吃酒，大块吃肉"的舒心日子，但这事的背后依然存在是否正当的问题。尤其对于首领而言，如果不能寻找它的正当理由，天长日久，团伙事业便土崩瓦解。饮酒食肉等物质欲念，虽然人所共趋之，但天然不能作为意识形态的高尚理由放在明面上。没有高尚的理由加持，造反热情不能持久。一旦理想的热情熄灭，末路也就近了。通过仪式、宣言不断唤起理想的热情，是一项持久的攸关事业命运的大事。以历史经验来说，最普通、最常见的正当性的理由是来自天意或神意。天和神皆高于人，因而无人能提出反诘。正因为如此，君主、教皇继位登基，皆需要加冕的仪式。而开山建政，一样需要"开山大典"，罗天大醮就是宋江的开山大典。用这仪式昭告天下，申明开山建政是源于超越人事的自然赋予或神明赋予的正当性。

宋江由私放晁盖一伙开始，三灾八难连绵相继，刺配、流放，差一点就丢了脑袋，而卒成大事，成为山寨头领。用他的话来说："今者一百八人，皆在面前聚会，端的古往今来，实为罕有。"这个"罕有"是无法用经验或逻辑来解释的，只能归之于天意。既然天意如此，众人也只好跟随，官府也莫可奈何。但是天意怎样传递到人间呢？那便只有道教仪式了。宋江以一介身份未明的草民，举行皇帝才能主祭的仪式，其用心可想而知。宋江之所以钟情于罗天大醮，表面理由是他讲的那些，但实际上，他需要一场自我加冕的仪式，来证明他的权位及事业不是个人野心，而是来自上天的赋予。这项仪式最终的社会功能是巩固他业已取得的权位。由此对比宋江所陈的三条理由，"祈保众兄弟身心安乐"，与罗天大醮实在没有什么关系。"惟愿朝廷早降恩光"，倒是他的内心日思夜想，但与鲁智深、三阮、李逵一类出身江湖的好汉没有什么关系，招安了，他们的日子更加不舒心。"上荐晁天王早生天界"，唯独此点与建醮大有关系，表明宋江所继承的梁山法统渊源有自。

140 钻入正南地下去了

人生可以万千不同，各有活法，但不论何种活法都面临未卜的前程。谁也不知道下一步将要到来的是什么，人生的此在生存乃是高度未知而不稳定的。所以古往今来，不甘心的才人哲士便发明了各式各样的话语系统来应付这未卜的神秘。小到个人的福祸寿夭、姻缘前程，大到国家的治乱兴衰、灾祸突变，都可以由这些话语来解释。如果没有解释，任由未卜的状况存在下去，当下的生活便乱糟糟一团，难以进行下去。长期以来被称为迷信的各种说法，其实就是这样的话语系统，它们的功能在于预卜前程，明示凶吉，最终安定人心。

《水浒传》繁本第七十一回"忠义堂石碣受天文"，写宋江正举行罗天大醮，至第七日三更时分，忽然西北乾方天门开，"里面毫光射人眼目，霞彩缭绕。从中间卷出一块火来，如栲栳之形，直滚下虚皇坛来。那团火绕坛滚了一遭，竟钻入正南地下去了"。宋江即叫人掘开泥土，挖出那块从天而降的石碣，上面写满了蝌蚪天文，原来是水浒一百单八条好汉对应的天罡地煞一百单八颗星的星名。现代读者可能觉得这段文字神秘兮兮，难以理解而轻轻带过。但实际上，正是在这些地方，隐藏了作者对宋江一伙"替天行道"的态度。

在《周易》的卦象系统里，乾卦对应的方位正是西北，五行属金，属性为阳。中原大地属季风气候区，每到秋冬，西北方吹来冷冽寒风，所到之处，万物肃杀，一片萧瑟，或因此而启示古人定西北为阳刚的乾位，而来自西北的罡风煞气正对应了以拳棍起家、使官府望风披靡的梁山好汉。《水浒传》第一回"洪太尉误走妖魔"，讲到殿内井中镇锁着

"一百单八个魔君在里面"。属性为魔，故有煞气。西北五行属金，虽然有披靡的阳刚之气，但按照相生相克的易理，金是最怕火的，因为火能熔金。而方位正南在五行中属火，属性为阴，卦象则是离卦。春天南风吹来，带着丰沛的雨水，滋润万物生长。罡风煞气遇着和煦的南风，必定烟消云散。由此可知，从西北方滚下来的石碣，钻入了正南的地下，不是胡乱写的，它正好暗示了梁山好汉的黯淡收场。施耐庵讲故事到第七十一回，按故事的节奏未必是高潮，但水浒好汉揭竿却来到了事态的转折点。罗天大醮是揭竿事态的极盛，极盛之后便是衰落。古人讲故事一定会照草蛇灰线的原理，早早预埋伏笔。这个在烈火煎油的极盛时刻出现的从西北乾方天门滚入正南地下的石碣，就是水浒好汉下场的伏笔。他们未来的命运由天入地，回到该回的地方。与第一回洪太尉误走妖魔，一道黑气从地井冲天而起的写法，遥相呼应。轰轰烈烈一场，最终归于冷清沉寂。人间生相百态，无非生灭。小到个体，难逃一死。大到事业，亦无非一个聚散。古人这种建立在易道和佛教哲理基础上的世界观是根深蒂固的，它使小说家讲故事都难以逃出由聚至散、由生至灭的大循环。

141 梁山杏黄旗

宋江建过罗天大醮，由石碣的蝌蚪文知道自己"上应星魁，众多弟兄也原来都是一会之人"，由此而开始重整山头。首先大书"忠义堂"三字，作为牌额立于堂上。晁盖死后，只是将"聚义厅"改为"忠义堂"，还未来得及立个牌额。还新置旌旗三面。"山顶上立一面杏黄旗，上书'替天行道'四字"；然后是"忠义堂前绣字红旗二面：一书'山东呼保义'，一书'河北玉麒麟'"。红旗表示两人各领一军，而杏黄旗表示的却是梁山的精神纲领。

"替天行道"这个精神纲领看起来好像一以贯之，由晁盖七星聚义一直绵延到宋江梁山泊英雄排定座次。然而仔细观察，实际上已经物换星移，今非昔比了。宋江自掌梁山，脱离了晁盖的既定方针，实施了自己的想法，他的做法是名副其实的"修正主义"。有两处细节可以说明问题。第一，晁盖做寨主时便称王，自称"晁天王"，甚至做东溪村保正时外号就是"托塔天王"。一个小小的保正居然敢称王，不得不说是一个鲁莽的挑衅。挑衅谁，不言自明。宋江却从来没有称过王。英雄排定了座次，宋江的正式名号是"梁山泊总兵都头领"，而且这个名号是与卢俊义一同分享的。"总兵都头领"这个名号听起来，与后来的"民团司令""把总"差不多，活脱脱地方军的名号，一点儿也没有"反骨"的气象。这说明虽然还未受招安，宋江已经自视为朝廷的鹰犬了。第二是"忠义堂"正式挂牌开张。虽然早就改了名，但匾额未立，不算大张旗鼓。如今立了匾额，说明招安已经进入日程安排了。

有意思的是为什么内里乾坤已经完全改观，外表的"替天行道"却可以照旧杏黄旗高举呢？原因在于"天"这个概念在古代思想的脉络中本来就有复杂的含义。苍苍者天，它不能言。举头上望，昊天在上。想赋予天什么含义，完全取决仰望苍天者的内心意志和欲望。它唯一清晰的含义是比主体者更高的特征，而具体指向什么那完全是主观的。它既可以指人们想象中的人间正义和至善，也可以指落实为具体的社会秩序的化身。如"天视自我民视，天听自我民听"当中的"天"显然就是前者，而"天子"中的"天"显然就是后者。所以既可以将路见不平拔刀相助一类的行为称作"替天行道"，又可以将"为王前驱"的征伐看作"替天行道"。宋江巧妙地偷天换日了，因为既然曰"忠义"，那所忠的对象就一定有具体所指，非大宋朝廷莫属，而"替天行道"中的"天"无疑就是当朝的道君皇帝。文字可以不变，含义则完全相反。中文的世界真是深奥莫名，执行的路线已经完全南辕北辙了，而宋江仍然可以说吾道一以贯之。

142 宋江为何盼招安

话说重阳节，忠义堂上众头领觥筹交错，开怀痛饮。宋江诗兴大发，命人取来纸笔，借酒抒怀，作满江红词。一如当年浔阳楼上题反诗一样，宋江作诗，便不见得有什么好事发生。词唱到末尾，卒章显志："望天王降诏，早招安，心方足。"刚唱罢，武松便不让了，闹道："今日也要招安，明日也要招安去，冷了弟兄们的心！"接着李逵又嚷起来："招安，招安，招甚鸟安！"这两人与宋江均有结拜之谊，故亲不避疏，敢于当面指斥。而头领之中，不赞成招安的大有人在，他们只是默不作声而已。施耐庵写由武松和李逵出面反对招安，也是大有深意的。

中国社会凡是揭竿造反而略成一些气候的，都离不开两股力量的参与合作。一是草根的力量，如李逵、武松、鲁智深、三阮等。他们大字不识，怀有朴素的正义感，做事直率、义无反顾，当对生活秩序不满揭竿而起时，往往能够勇往直前。二是书生的力量，如宋江、卢俊义、吴用、公孙胜等。他们具体情形略有不同，但都可归入书生一类。他们的共同点是粗识书礼，能操弄文墨，皆因怀才不遇，或为外利的诱惑，而加入揭竿造反的事业中来。因为出身、经历和识见的不同，这两类人虽能合在一起反抗官家，但他们的人生展望在根本上是不同的。前一类人沉浸于"异姓一家、兄弟手足"的幻想之中，但有大碗饮酒、大块吃肉的日子便心满意足。而后一类人绝对不满足于这种饮酒吃肉的日子，他们要出人头地，青史留名。这种根本的分歧使这两种人迟早闹出内讧，而前一类人难以避免被利用的宿命。既然要青史留名，封妻荫子，就不可避免认同既有的秩序，而招安就是认同既有秩序的一种。宋江在梁山初成规模之际，便急于招安，就是这种人生期待的迫切流露。

　　如武松、李逵等人的民粹理想不免落入空想，然而造反上山，他们却是意志坚定的，既然走上亡命的路，便不会作他想。即使赔上性命，也在所不惜。但像宋江、吴用等人就十分不同，投身水泊而充满了投机的考虑，是非善恶反而不是一事当前的第一义。第一义反倒是个人的地位、功名、福禄、名声等。造反上山对他们而言其实是"曲线救国"。社会秩序给他们指明正途，由于环境与自身的原因，他们备受挫折不能顺利上车，但又放不下功名福禄的执念，于是不得已才干起"杀人放火"的勾当以引起朝廷的招安。水泊梁山之上的这两种人，人生观是不同的，因此对待赵官家的态度也不同。用鲁智深的话说："只今满朝文武，多是奸邪，蒙蔽圣聪，就比俺的直裰染做皂了，洗杀怎得干净？"而宋江则说："今皇上至圣至明，只被奸臣闭塞，暂时昏昧，有日云开见日。"鲁智深认为天下乌鸦一般黑，宋江却认为云开有日。终于在他认为筹码已经赚够，可以和朝廷开一开价码的时候，不失时机马上提出招安议题。

143　　　　　　　　　　　　　　排座次的秘密

石碣上的蝌蚪文字被道士破译出来，上天显应，原来是一百单八条好汉的星宿名。这个名单，正如宋江所说："上苍分定位数，为大小二等。天罡地煞星辰，都已分定次序。"可见即便是天上，也要讲个辈分伦次，不是胡乱排列的。个人处于社会秩序中最显著的特征就是每个人的分量轻重不同，斤两有别，在秩序的序列中，所处的位置就不同。我们可以通过追问一个人所处位置的原因而认识社会。水浒好汉何以如此排座次，十分耐人寻味，颇值得在此一说。

卢俊义位列第二是意料中事。盖因他是诸人中唯一一个落草之前在仕途上有功名的人。他的到来犹如佛法里讲的"加持"，经他这一"加持"，更增加了"替天行道"的分量，对日后招安有莫大的好处。卢俊义虽然后来占先，但并非没有缘由。吴用与公孙胜，一儒一道，掌管着梁山的"意识形态"，而且他们俩也是劫夺生辰纲、闹上梁山的造反原始股，与宋江、卢俊义互为表里，成为最核心的领导中坚，故排在第三、第四也是恰如其分的。

三十六天罡星中，其后所排的座次就见仁见智了。招降纳叛得来的武将，居然排在了诸"造反元勋"之前。如：第五位关胜，排在第六位林冲前。如讲资历，林冲上山前是东京禁军教头，而关胜只是蒲东巡检。林冲有上山草创之功，更非关胜能比。再如刘唐和三阮，是七星聚义时的"老前辈"，但他们统统排在曾经败于梁山手下的官府降将秦明、呼延灼、花荣、李应、杨志、徐宁、索超之后，令人感觉世态炎凉，厚此薄彼。这有两种解释，其一，梁山在宋江领导下因为要执行"投降主义"路线，显出奴颜媚骨，为日后招安积累资本，又兼打压造反坚定的前辈。其二，人世间本来贵远贱近，降将属于远来的和尚，给他们排位靠前，可以为后来者示范，以吸引更多的人，当然也可能两者兼而有之。梁山之上有以宋江为代表的媚骨，这是肯定的。

最有意思的是地煞星之中，三个做贼出身的人白胜、时迁、段景住排在了最末的三位。尤其是白胜，应该对自己的排名愤愤不平。他的资历比绝大多数好汉都深得多。读者应该记得，劫夺生辰纲时那个挑酒卖的"闲汉"就是白胜。后来上山之后，晁盖曾头市中箭，还是他和刘唐赶忙来扶起，救下阵去。时迁靠"做些飞檐走壁、跳篱骗马的勾当"活命，上了山所立的功，也是去偷金枪手徐宁的甲。段景住"平生只靠去北边地面盗马"。三个名副其实的贼排在最末，毫无疑问反映了传统社会的伦理观：即便是"替天行道"，靠鼠窃狗偷为本领，也是要被看低一线的。只要是人世间，不论任何社会，江湖还是魏阙，贼都是不受欢迎的。

▶ 水浒丛话

梁山泊英雄排座次

144　人情练达

《红楼梦》第五回写宝玉中午在宁府将息，来到上房内间，见门前一副对联曰："世事洞明皆学问，人情练达即文章。"宝玉一见即满心生厌，"断断乎不肯"在此小憩，走到嫂子秦可卿的睡房，见悬着《海棠春睡图》，软玉温香，才心满意足。一个不知世道艰辛的富贵公子，活灵活现于笔端。对联所说的"文章"，是一个借词，并非指写在纸上的玩儿，而是能成其事的意思。在中国社会，人情练达是一种重要的本领，多少飞黄腾达皆是由此玉成，而多少坎坷辛酸亦皆兆因于此一念之差。

宋江之所以点了柴进、燕青同去东京元宵节看灯，乃是因为水浒好汉之中，只有这两人最上得台面，出得厅堂。换言之，这两人的人情练达，非梁山其他人可比。两人足可当得粤语说的"醒目仔"。宋江虽有江湖手段，但比起两人的机灵四达，也要自忖不如。读者看看第七十二回两人入东京城内扮演的双簧就可知机灵练达的手段非同一般。先是燕青巧套近乎，骗得值班的官员来到楼上喝酒，再由柴进与之周旋，套出当日的暗号、信息，又灌醉了官员，换了服装，进入宫中走了一遭，取了文德殿内四大寇"山东宋江"的御书。这一切居然做得滴水不漏。两人的默契、言语机巧、人情火候的掌握，真是做得天衣无缝。

人情练达，粤语即"醒目"。一个"醒目仔"眼观六路耳听八方，对上司、老板、客人的任何微小动作，哪怕一个眼神，立即心领神会。其打点得周到，服侍得入微，直如太监之对皇上。柴进属于"太子党"出身，长期周旋于达官富贵和三教九流的行列，而燕青服侍卢俊义，看惯主人眼色，故两人如鱼得水。中国是一个人情社会，人际的周旋、交际，是人生十分重要的节目。高尚也好，卑俗也罢，它在这方水土就是任何事业取得成功的前提。君不见，凡交际场所，茶楼酒馆、桑拿、夜总会，总是热气腾腾，喧哗鼎沸，其实这才是中国人生真正搏杀的战场。所谓人情练达其实就是人际的周旋，周旋得灵光与不灵光，结果有天壤之别。有此种周旋的本领，意味着安稳的时候，所办的事情顺利；而危机的时刻，能够脚底抹油，溜之大吉。如果缺乏此种本领，纵然艺高，也得寸步难行。笔者有个朋友，在比利时鲁汶大学读书十年，回来报效。他洋面包吃得太多，凡事讲是非曲直，据理直言，三天两头便与院系领导顶撞起来，振振有词，书生意气，背上了恃才傲物的黑锅，由此而被穿小鞋，终于不能适应故乡水土，以再次流落异国收场。笔者看在眼里，替他抱不平的同时，也劝他不能"言必称希腊"。因为中国这一方水土与别处不同，光有本领还不能打出一片人生的天地，必得有驾驭本领的本领。前一种本领是专业技能，驾驭专业技能的本领就是人情练达。两种本领配合得好，才能顺利做得成事业。

145 早招安，心方足

在传统社会，要飞黄腾达，有两条路可走。头一条路当然是仕途经济，正所谓"十年寒窗无人问，一朝成名天下知"。走这条路，没有风险，但要讲运气。看官可记得《儒林外史》"范进中举"的故事。屡试不中，一朝得逞，高兴过度而癫疯发狂。这是一个被仕途经济所荼毒的倒霉蛋的故事。第二条路就是水浒豪杰的例子，"杀人放火受招安"。或许以为这是罕见的个案，社会体制怎能容许如此胡来的人修成正果呢？其实不然，这后一条路只是风险很高而已，并不罕见，代不乏人，非胆略过人者不可尝试。

皇权之外的文武百官，说穿了就是治天下"一人"的代理人。他们就像孙猴子身上的毛，被拔出来，吹散到全国各地，每人任一职，佐"一人"治理天下。这些被拔出来的毛，与那个真身，远隔千山万水，路途遥远，就是传个信也不能及时。所以紫禁城内的真身，对散处各地的毛，大到封疆大吏，小到百里侯，也不能做到收放自如。只好像代理制那样，将全国上下层层分包给大小官员代理，由他们来负责缉盗抚绥、刑名钱谷的事务。这个疏漏的管理制度，对上而言是奉旨办事，对下而言则是封土食邑。既然为民之父母，那贪渎之心未泯的各层大员，难免将封土任官范围之内视作家产。于是分包而治既提供了大大小小"百里侯"贪污行贿的方便，也养成了他们苟且偷安的行事作风。一旦地方出事，难免一手硬、一手软。弹压不了，就委曲了事。"父母官"怕出事，更怕事情闹大了。因为这是和政绩连在一起的，无事大家好，出了事政绩有污点，必然影响仕途升迁。一旦皇上怪罪下来，刺配流放是小事，更有甚者连身家性命都不保。因此治理地方最好就是太平无事，而招安的运用正是由此而来。历朝历代招安的方略，不是策略性，而是出于制度的软肋。纵然紫禁城不情愿宽恕绿林强盗，也得依赖文武百官讨伐弹压，而这些人一旦腐败无能，计将安出？《水浒传》写宋徽宗文德殿屏风上大书宋江等"四大寇"的名字，可见皇上也寝食难安。想来想去，不得不网开一面，将这些亡命招纳进体制，授予一官半职。何况那个时代，官匪双方，并无理念的分歧，强盗所求，无非封妻荫子。这个也是给，那个也是给，不如就顺水推舟罢了。

强盗看准了官府的软肋，于是都来捏这个"软柿子"，招安也就成了一条另类的"终南捷径"。过去认为宋江"只反贪官，不反皇帝"，是造反不够彻底。这有点儿将现代革命的理念套到古人的头上了。其实站在宋江的立场，他才是眼光远大，至少比范进远大。范进只看到十年寒窗的仕途，宋江则在熙熙攘攘的士林中，看到了"终南捷径"。历朝历代，不少"雄才大略"的强盗都是如此。远的不说，少帅张学良的父亲张作霖就是东北响马出身，最初只有十几条枪，从绿林起步。官府剿之不灭，只得招安。招安之后，怎知张作霖十分得力，遂从管带一直做到"大帅"，时称"东北王"。

146　宋江为什么看中李师师

宋江对女色既无自信也无兴趣，但为何要到东京走一遭并花上一百两黄金的代价见京城的头牌李师师一面呢？他托词生长山东，未曾到过京师，借元宵灯节之际看灯，与民同乐。实际上却精挑人选，带上最为人情练达的柴进、燕青两人。宋江一行入得封丘门，直奔"歌舞神仙女，风流花月魁"的烟花巷。宋江第一个问题是："前面角妓是谁家？"得到东京上厅行首的回答之后，接着问："莫不是和今上打得热的？"确定之后，叫过燕青吩咐："我要见李师师一面，暗里取事。"读到这里才明白，原来宋江要借李师师"过桥"，直通今上，求降诏招安。

宋江没有在忠义堂上和盘托出，恐怕顾忌被英雄耻笑。堂堂好汉，横行江湖，又兼数败官军，缘何不远千里拜倒在石榴裙下。李逵就一直怀疑宋江妄图与当朝天子勾搭成同靴之谊，与宋江闹得很不愉快。但这显然是个误会。当着李师师的面，宋江的乐府词很有自知之明："神仙体态，薄幸如何消得？"他期望的只是"六六雁行连八九，只等金鸡消息"。在古代中国办事，最为讲究窍门机巧。其中法宝之一就是"公事私办"。意思是通过私人的途径办成正经的公事。招安对于"忠义堂"上的好汉是小团体之私，但对于朝廷则是抚绥安危的公家大事。宋江想替朝廷办成这件大事，起的念头不是循官府的途径，请求招降，而是走李师师的后门。这样做似乎有悖常理。其实在中国社会的日常生活里，走后门循一己之私，固然大有人在，但更常见的却是为了将公事办得妥帖周详而走后门。只要办事，无论公私，皆要循私人途径。由于有此社会习惯，堂堂正正的"公事公办"，才会成为搪塞不办的意思。如果有一件负责的事被主管"公事公办"了，那大概也就是办不成了。宋江要办成招安，也要走这条"由私而公"的路。

朝廷命官执掌方面大权，一言而生，一言而死。他们办理日常公事，被一层层幕僚、秉笔、门客、走卒、亲戚、属下所包围，除非十分精明能干，否则难以知晓实情。大员决策的方向，往往被引导至有利于属下利益而不是朝廷利益的方向。甚至你要循公事的途径陈情剖白，虽于理至当，但于情不容。晚清左宗棠奉旨来京晋见，入崇文门时都要奉上银子给把门提督，否则把门提督可以借故不准入城，误了日期自担责任。封疆大吏都得罪不起区区把门官，也要为把门提督折腰，何况他人？因为这层文化土壤，那些包围大官权贵的各式幕僚、门客就十分重要了。如果与他们熟悉，或者肯花钱行贿，通过他们，那公事就非常顺利"上达天听"。属吏无所求，但凡收人钱财替人消灾，就算公事也要雁过拔毛。天长日久，这便成为官场的惯例，公事也要私办，私办才能办得顺利。无论是保乌纱帽还是将公事办成，下官对大员的门下属吏走卒低声下气有之，委曲求全有之。宋江文吏出身，当然十分明白此中巧妙。为了招安，他第一个想起的就是操贱业的李师师，因为打通这个关节，他可以直达宋徽宗。

147　官家走地道

"官家从地道中来至后门。"笔者读至第七十二回的这一句，不禁哑然失笑。施耐庵固然是小说家笔法，但也活灵活现地透露出哪怕手握国家最高权柄的皇帝，也是"大有大的难处"。宋徽宗贵为当朝皇帝，要访一个京师的相好，也要如偷鸡摸狗一般，走"地道"，从"后门"进出，不能堂堂正正。或者以为，以天子之尊，弄一轿子将李师师抬入皇宫，娶为妃子，不就省了麻烦了吗？可惜，如果宋徽宗能够办到，也轮不到我们千载以下去替他"打抱不平"了。

宋徽宗和李师师的故事正史没有记载，但从宋代起，野史笔记就写之不断。佚名的《大宋宣和遗事》有六分之一的笔墨落在两人身上。宋徽宗是中国两千多年帝制史上艺术才华堪称第一的皇帝，不妨以风流才子目之。万一真的有些出格的风流逸闻，笔者以为与其信其无，不如信其有。野史里的宋徽宗虽然没有走"地道"，但也易装成一介儒生，深夜避人耳目，才敢走动。李师师问："陛下缘何来晚？"答道："朕恐街市小民认的，看相不好，故来迟也。"可见也是有避忌的。宋徽宗所避忌的显然是自己的品德形象，这与我们从前相信的专制皇帝为所欲为的教条大不相同。野史说"易装"，施耐庵说走"地道"，都传递出个中消息。中国帝制的中心角色皇帝，也不是为所欲为的。有时事情至小，只要违背儒家的道德教诲，哪怕贵为皇帝，要办也办不成。如宋徽宗要见李师师，不得不偷偷摸摸。缘由何在？

中国朝廷的权力结构实质上颇似一个"夫妻档"。若要维持良好的经营，全赖双方相互忍让的"和衷共济"。任何一方"踢炮"，那全盘生意就瓦解。以皇帝为一方，以大小臣工为另一方组成这个"夫妻档"。皇帝虽掌握生杀大权，但权力的行使也要不出格，不违背道德准则和祖宗惯例。这道德准则和祖宗惯例是捏在大小臣工手里的，尤其是那些不畏贬官破家的谏官。他们的敢言者对万人之上的"天子"构成了实实在在的压力，使贵为皇帝也不能为所欲为，有时甚至到了动辄不得的地步。我们不用怀疑唐明皇与杨贵妃的真实爱情，但当遭遇"渔阳鼙鼓动地来"的情境，撤退的官兵都归咎于"红颜祸水"之时，唐明皇也只得接受"宛转蛾眉马前死"的结果。史称当时六军不发，"从官郎吏伏上（玄宗）马前，请诛晁错（杨氏哥妹）以谢天下"。唐明皇也不得不从。还有一个例子就是明代万历帝，他与郑贵妃感情深笃，欲升之为皇后，但此议屡被朝臣驳斥。尽管他是皇帝，握有无上的大权，但这件事就是做不成。不但他活着的时候做不成，就连遗愿两人合葬也不被执行。万历在世的时候，为此十分气恼，但他束手无策。他能想到的反抗就是不上朝，万历有二十余年不理朝政，不批奏折，不任命空出的官缺。万历身藏后宫，大门不出，二门不迈。万历的做法近乎"夫妻档"的软拆伙。实实在在的历史和虚构故事的戏剧化叙述，让我们反思被贴上标签的"专制"到底是什么意思。

148 礼失求诸野

　　如今中国大地已经见不到相扑的影子了，而《水浒传》第七十四回"燕青智扑擎天柱"中的"扑"就是相扑。写得丝丝入扣，是文献里关于相扑最详细的记载了。水浒故事背景虽然是宋代，却成书于明代，可见到明代相扑还是活生生的民俗。由明入清，相扑就渐渐不见了踪影。相扑由中原大地传至日本，是当今日本的"国技"。它作为体育运动而为日本人喜爱，但当初相扑并不是体育运动，而是一种搏击术，可以取人性命。只因为它是公开的较量，所以衍生出娱乐大众的功能，节庆时日，为庙会人群助兴。

　　燕青自小跟卢俊义学相扑，江湖不曾逢着对手。忽然闻说太原府来了一个自称"相扑世间无对手"的擎天柱任原，当下心里不服。豪杰逞强本是大忌，但燕青技痒，一意下山。到比试的时候，"部署"就是今称裁判的，要读"相扑社条"即比赛规则，要双方许下生死文书。又兼知州观阵，还出了"那匹全副鞍马"作为"利物"即胜者的奖赏，可见阵势之轰动。知州和裁判见燕青跳出来叫阵，但个子太小，似乎没有取胜的可能，就叫他退阵，不要白白送死。怎知燕青明白相扑是"有力使力，无力斗智"的活儿。燕青避过任原的锋芒，三两下躲闪，虚跃一跃，"又在右胁下钻过去"，待得任原脚步乱了，"抢将入去，用右手扭住任原，探左手插入任原交裆"，"把任原直托将起来，头重脚轻，借力便旋四五旋，旋到献台边，叫一声'下去'"。如今看电视里日本相扑，都是旗鼓相当的两个肥汉对阵，再也见不到如燕青这般精彩的强弱不等的对撼。

中原大地数千年来就是一个各族群相互竞技磨合的大熔炉,新的要素添加进来,很快就会脱离原来的演变轨道,任何民俗生活形式演变的速率都远较封闭的环境为快。就说相扑,原是草原地带蒙古人的习俗,先秦称"角抵",或与当今蒙古摔跤相似也未可知。但相扑与之不同,只穿裤兜,较量仅限于小小"献台"。那时的相扑,脚掌除外,身体任何部分触地皆输。这些惯例或许是传入汉地之后演变出来,然而又曾几何时,终于消失于茫茫九州。即如华夏人最顽强的先祖崇拜,看看历代祭祖用的礼器的变化,就知其变化的速率有多快。虞夏之时多用玉器,商周时期以青铜礼器为主,战国渐渐出现铁制,两汉一般用陶,相沿至明清,如今则改用纸品。如要写一部中华祭仪、祭器的变迁史,要寻正宗的传统,真不知从何处说起。凡一处地方的人民生活演变成大熔炉,它的各种风俗、观念、习惯的变化,就比相对封闭、孤立的地方快得多。怪不得早在春秋时期,孔夫子就感叹,"礼失求诸野"。孔子的感叹一方面表示了先哲的博大胸怀,不因为礼在"野"而弃置不顾,但另一方面也让我们感到大熔炉生活的严酷,转眼消逝,沧海桑田,传统的保持十分不易。面对滔滔之势,与其排拒,不如与时俱进。

149 宋江的忍德

做个山大王也不是件容易的事。虽说各路豪杰拜服,归于麾下,但也是各怀心计,各有出处,不见得什么事都百依百顺。看宋江的招安大计一波三折,就可知其中奥秘。宋江要实施招安路线,开始想走捷径,趁天子与京师头牌李师师幽会的当儿,"就此告一道招安赦书"。正犹豫之际,李逵闹将起来,坏了好事。回到山寨,无计可施,忽传朝廷差一员大臣,赍赐丹书御酒前来招安。喜事从天而降,宋江"未见真实,心中甚喜"。在忠义堂上聚众相会道:"我们受了招安,得为国家臣子,不枉吃了许多时磨难!今日方成正果!"

可是忠义堂上的众头领都不像宋江那样乐观,有的是不看好今次朝廷缺乏诚意的招安,有的是根本反对招安。如吴用、林冲、徐宁等属于前者,三阮、李逵等出自草根的粗豪属于后者。朝廷没有十分诚意,山寨里又有众多"持不同政见者",招安成为闹剧是可以预期的。先是三阮用漏船装御酒,然后偷龙转凤,先行喝光了御酒。然后是李逵暗自藏身忠义堂的梁上,待到宣读招安丹书,跳将下来,将诏书扯得粉碎。遇到这局面,宋江的尴尬可想而知,然而他的过人之处就在于按捺得住。一面善言抚恤朝廷官员,说些"非宋江等无心归降,实是草诏的官员不知我梁山泊的弯曲"的话头,赶忙送别早已惊魂的招安命官;另一面对闹事的头领也不多责怪,只说他们"忒性躁"就了事。盖因宋江深谙要成大事,务在得人的古训。

英雄起草莽,无论是问鼎大位还是招安归顺,事成之前一定要有"忍德",面子是小,目标是大。古往今来的豪杰,事成之前无不有五湖四海的胸怀，无不有包纳百川的气度。明朝的开国皇帝朱元璋，以诛杀功臣、刻薄寡恩载于史册。可是人们忘了他刚剪灭群雄登大位，与群臣论取天下时说过的自我评价："士诚恃富，友谅恃强。朕独无所恃，惟不嗜杀人，布信义，行节俭，与卿等同心共济。"朱元璋"不嗜杀人"的自评会让读史的吾辈大吃一惊。其实"不嗜杀人"的朱元璋和滥杀无度的朱元璋都是真实的。问题是"与卿等同心共济"是未曾取天下之时，而取了天下就是另一回事了。未得天下需要众人扶持，即使想杀，也要忍住。宋江之所以不追究三阮、李逵破坏招安，其实也是投鼠忌器，暂且忍了下来。征过方腊之后，宋江知道朝廷放心不下自己，已经时日无多。他想起自己死后，李逵一定作反，坏他的名声，于是毒死李逵。这等心思，当从李逵破坏招安的时候种下的——无毒不丈夫。

150 招安如生意

朝廷和割据称雄的山寨本来是水火不相容的两方。朝廷需要和谐稳定的社会环境，而啸聚山林的粗豪则专门"对着干"。就如《水浒传》所写的大小山头，如梁山、少华山、桃花山，无一不是朝廷的眼中钉、肉中刺。照理看来专在朝廷敏感的命门"上眼药"，双方本无和解的可能，用今天的新词，它们进行的应是零和博弈。欧洲人的逻辑也是如此，任何谋反的"逆贼"都是不可饶恕的，他们只有两条出路，一是战死，二是投降任由处置。绝没有招安这一回事儿。圣女贞德的故事为人熟知，她为法国国王查理七世保住王位，夺回国土立下汗马功劳，可是她并没有得到任何官爵的奖赏，最后还为法人出卖，致使遭受火刑。究其原因，还不是在贵族的眼里，声称亲见天使、听到"神的启示"的文盲村女简直如同"异端"，不除不足以维持贵族的高贵。欧洲史上任何奴隶、平民揭竿皆是没有好的收场也可以为旁证。在中国却是不同，身为"逆贼"却犹有转机，这转机便是招安。

中国传统的政治惯例中有一条非常有意思的规则：政治的死结可以转化为利益的交换。因为没有什么意识形态分歧是绝对对立、不可调和的。那些看似不相容的对峙，其实都有共同的基础，这共同的基础就是利益。这和欧洲历史上神与异端的对立不同，神与异端的对立是不容调和的。一旦认定了唯一神，其他神就是异端。两者的斗争是生死存亡的斗争。神的唯一性和它追求的纯粹性决定了它与自己同质的异类不可能同戴蓝天。然而出现在传统中国的这类政治死结没有唯一性，而且它也不追求纯粹性。政治的死结之所以是死结，根本原因是物质利益圜转不到一起来。一旦像生意那样谈起来，说不定就能盘活。

招安就是一盘大生意。宋江微服进东京元宵节观灯，本就想以最小的本钱做成生意，怎料时机不对。朝廷第一次派遣使臣前去招安，也想下小本得大利。看诏书中还留有"倘或仍昧良心，违戾诏制，天兵一至，龆齔不留"等恫吓言辞，就显示朝廷为了招安，还舍不得下本钱。与其说是招安，不如说是下投降通牒。这个价码，梁山好汉当然不甘心成交。于是朝廷先派童贯，后派高太尉来征剿。一来二往，战而不胜，朝廷第二次招安。这次言辞好听一点，但仍不想出大价钱，所有赦免的好汉中要"除宋江"，这是一个想分化梁山的价钱，当然不为接受。虽然一波三折，但只要存在双方默认的交换条件，事情就好办。招安的基本思路是将政治的死结转化为利益的交换，从而创出非武力化解的可能性。朝廷需要和谐稳定，粗豪欲求立身扬名，这就不妨两相交换。在中国历史上，这盘大生意就一直做个不停，以致成为另类的"终南捷径"。君不见，跟随高太尉征梁山的十路军马，"这十节度使，旧日都是绿林丛中出身，后来受了招安，直做到许大官职"。

151　枕头上关节最快

燕青不愧为众好汉中最"醒目"的人物。如无燕青，梁山的招安还不知是个如何结局。当第八十一回高俅一去无消息，宋江无计可施，急得如热锅上的蚂蚁之时，燕青自告奋勇，他以为从李师师处"入肩"，此计一定可行。外人看来，此事风险极大。类似的事史进干过一回，六十八回史进请缨，潜入东平城内，欲在与有一腿之交的妓女家落脚，以便里应外合，打破东平府。结果却被妓家首告官府，捉将去了。今回燕青潜入李师师家求一见道君皇帝，如若李师师不愿担这个生死干系，燕青必然凶多吉少。可是了身达命的燕青说出了千古名句："枕头上关节最快。"办事千条路、万条路，枕头上的路最近。燕青说这话的时候，他与李师师并无"枕头上关节"。他这句话在故事里一语双关。宋徽宗与李师师固然有"枕头上关节"，但燕青也看准了，凭自己一表人才和八面玲珑的本事，与李师师结成一层近似的"枕头上关节"，并非难事。有了燕青此等过人的识见，办成招安颇有可能。一旦通了"枕头上关节"，不仅平添性命的保障，又能替梁山办成招安大事。果然金珠财宝送过，身份委曲道明，李师师即有意于燕青。她"见了燕青这表人物，能言快说，口舌利便，倒有心看上他"。伶俐过人的燕青当即会意，趁未曾挑明，就拜了李师师为姐姐，挽住了这层近似的"枕头上关节"，方便干正经的大事。

传统所讲究的人伦关系，无非姻亲和血亲两重，前者本于性别，后者本于遗传，同是先天自然之性所使然。其余忠、义、信等人伦规范都不存在先天基础，皆是后天文化的产物。所谓先天自然之性所使然，意思是作为文化规范，它们是建立在生物基础之上的。生物比之文化，当然基础更为深厚，有数百万年乃至更久远的自然演化史的积淀，而人类懂得驯化植物和动物的新石器文化仅有万年左右的历史，两者在进化历程中积淀的深浅，怎能相比？这就是为什么罗密欧与朱丽叶可以冲破不共戴天的家族仇恨而相爱，不求同生但愿同眠；爱德华八世可以不爱江山爱美人，放弃王位之尊而娶一平民女子；贾宝玉既有金玉良缘还是"终不忘，世外仙姝寂寞林"，由悲剧而悟"色即是空"，"披一领大红猩猩毡的斗篷"消失于茫茫大地。李商隐一试"灵药"便"碧海青天夜夜心"，忘不了"蜡照半笼金翡翠，麝熏微度绣芙蓉"的甜蜜。这些虚构和现实的例子都说明，异性情爱的力量可以冲破任何人间创设的文化藩篱。异性间的情爱是上天赐予不同个体之间的神奇而巧妙的黏合剂。如果不是这黏合剂，怎么可以想象孤独而来孤独而去的个体，可以同在一屋檐下数年或数十年，有的还直到金婚、钻石婚？怎么可以想象任何人类社会将彼此隔阂的藩篱，诸如种族、肤色、阶级、血缘、信仰、语言等都奈何不了性爱的吸引力，只要有爱，便直教人生死相许？

燕青当然是从世俗的意义去理解和利用这种人伦关系，可也无形中一语道破。如果宋徽宗与李师师没有这一层"枕头"上的关节，他燕青怎能攀附得上天子？如果李师师不是暧昧情迷于燕青，又怎可能心甘情愿被燕青利用？然而事情也并非一定，坊间有同床异梦的说法。既然异梦，同床也是白搭。还是燕青说得妥帖。他并没有说枕头上关节一定好使，只是说在多种途径里它"最快"而已。

152 利动人心

如果说神是宗教价值的核心，那钱就是世俗价值的核心。人类社会的演变历程，有很长的时间神是压制住钱的，这个中外皆然。但从某个时候起，钱就逐渐"翻身"了，它翻上来压在神的身上，于是就有了"钱神"的说法，意指钱能通神或简直就是"神"了。西晋鲁褒就写过一篇至今流传的《钱神论》。其中名句："钱之为体，有乾坤之象。""无德而尊，无势而热，排金门，入紫闼。危可使安，死可使活，贵可使贱，生可使杀。"歌德的传世名作《浮士德》特意写了一场魔鬼靡非斯特带着浮士德来到宫廷领略富贵浮华的人间风光，结果他发现钞票无比奇妙，不仅胜过"机智和巧辩"，还能将原来死气沉沉的城市变得"如今却熙来攘往，无比繁荣"。钞票令"世界皆大欢喜，宫殿、园囿、酥胸、红颊等等，务必有求必应"。写到金钱，两人皆极有见解，歌德生活于18、19世纪之交，而鲁褒则是3世纪时人。要是以钱的作用为社会世俗化程度的尺度，则中国社会的世俗化程度要远远超前于欧洲社会。

《水浒传》第八十一回"燕青月夜遇道君"就可作为以上所述的旁证。既然钞票被看高一线，则无事不需金钱的润泽。社会这部大机器的挟成模样全在于人情人脉齿轮的相互咬合，而机器的运转又全赖金钱的动力和润滑。燕青下山，"收拾金珠细软之物两大笼子"，和戴宗两人星夜兼程来到东京。第一关，到得李师师那里，"今俺哥哥无可拜送，只有些少微物在此"。这"微物"却是一帕子"金珠宝贝器皿"。虔婆见了这个，如何不喜！燕青得以留宿烟花巷，与李师师诳称姐弟，骗过宋徽宗，上达天听，求得赦书。如无此"微物"，则不可想象。第二关见宿太尉，

· 327 ·

刚报上姓名，"随即出来，取了笼子"。"宋江哥哥有些微物相送，聊表我哥哥寸心。"宿太尉是朝廷心腹，招抚草莽，亦是他的本职。然而事情妙就妙在这件公事宿太尉可做亦可不做，于是便"钱到公事办，火到猪头烂"。第三关要从高太尉府上救出被压做人质的乐和、萧让。这件事也还得银子开路。将把门的虞候哄出来，被一口拒绝了，"戴宗便向袖内取出一锭大银，放在桌子上"。结果可想而知。一趟如此有难度的行程，在"微物"的润滑下，无不妥帖完成。

神代表精神的力量，而钱代表物质的力量。生产力不发达的时代，社会的结成、人际关系的维护和组织的有效黏合运转，主要依赖精神的纽带作用。以新石器时代华夏社会发展起来的先祖崇拜为例，先祖神在西周发展到登峰造极的地步。华夏人以最宝贵的金属材料、最精湛的青铜技术工艺、最神圣的美学理念制造出精美绝伦的青铜礼器敬拜祖宗。这是多么高的物质成本，而周人毫不足惜，为了取悦先祖神而奉上最矜贵的物质。春秋礼崩乐坏开始，华夏社会便进入世俗化的快车道。标志就在祭祀先祖神的礼器制作越来越不用心，不讲究，不舍得下本钱。历代每况愈下，用铁，用陶，竟而至于用纸。这世俗化的历史既是生产力进步提高的历史，同时也是钱的地位上升的历史。简言之，神在很久以前曾经是战无不胜的，但到鲁褒和燕青的年代同样战无不胜的，只能是鲁褒言辞里的"钱神"和燕青手上的"微物"。

153　为何三招始成安

笔者有一个海外朋友，叹息两地办事细节的不同。在外面，申诉递了上去，必定有书面回复，署明收到日期和经办之人。办文的流程公开，层层皆是如此，到期可以查询。哪个环节出了差错，哪个环节的经办人背责任。这个程序的好处是堵塞了经办人上下其手的漏洞。如果申诉收进去了，却无白纸黑字为证，往往石沉大海。要问进展如何，就得托人打点，否则干等。社会生活里这些细枝末节显示法治不是一蹴可就的，要经无数点滴积累，才能使我们的生活"有法可依"。纸上的法条有时与生活隔得很远。

施耐庵写朝廷招抚梁山，前两次均以失败告终。最后一次宋江与宿太尉里应外合，招安方才告成。这个过程颇耐人寻味。第一次朝廷派陈太尉前去，但被蔡京与高俅以"协助"为名，加派府里的心腹张干办和李虞候协同。两人一路故意用言语激怒众好汉，更加上诏书颇多冒犯言辞，遂使双方破裂。第二次正当高俅征剿进退维谷之际，招安使臣到来。高俅踌躇的心态被一个刀笔老吏摸准了，从诏书的病句中找到破绽。遂上一计，将诏书中的句子按照己意读破，搅了招安的局。诏书写道："除宋江、卢俊义等大小人众，所犯过恶，并与赦免。"句子中"除"是免除的意思，高俅转读为除了宋江，其余赦免之意。第三次幸得宋江吸取教训，一面在"枕头上关节"多用功夫，另一面大撒金钱，买通朝臣，内外夹攻，才将这个安招成了。

朝廷是决策中枢，战和两端无论推行哪一策，总会形成有利于主和的朝臣或主战的朝臣的格局，对一派有利则意味着对另一派不利。如果没有一套免除个人责任的办事规则和流程，一旦朝廷主和，则主战派一定暗中阻挠；而一旦朝廷改为主战，主和派也会出来阻挠。因为对方的失败会证明自己的正确，对方的成功就坐实了自己的错误。这样，即使一个符合实际的决策，推行起来，也会被对立的一方搞得大打折扣。中枢的决策推行不了，是其中一个问题，更危险的是官员趁机假公济私，中饱私囊。那个献计破读的刀笔老吏王瑾，就因大得高俅欢心，"随即升为帅府长史"。当朝廷任何一项政策的推行最终都变成各级官员升官、发财和钩心斗角的平台，也就难怪高高在上的道君皇帝坐卧不安了。朝廷是否推行一项决策，往往不是取决于决策背离实际情形，而是因为任何决策的外溢效应对不同理念的执行者有不同的影响。执行者皆是倾向于将它引导到让自己升迁、获益的有利轨道上。这种执行者之间的斗争使得符合实际的决策得不到有效施行。如果不是宋江、吴用等精明，单等朝廷前来招安，套用一句俗话，真是黄花菜都凉了。

154　进入体制

第八十二回"宋公明全伙受招安",看上去是皆大欢喜。朝廷省了一心腹大患,草莽英雄得一"为国家出力"的机会,封妻荫子。昔日专与朝廷作对、割据称雄的"逆贼",如今进入体制,都成了"自己人"。然而事情并没有那么简单。当年鲁迅说宋江等人,"大军一到,便受招安,替国家打别的强盗——不'替天行道'的强盗去了。终于是奴才",看来还是缺少分别。受了招安的奴才,还是不同于早就卖身朝廷的奴才。后者是"老奴才",前者只能算"半路奴才"。总之在体制之内,此奴才不同彼奴才。正是这种不同,给水浒众英雄埋下了毁灭的祸根。

招安成定局,两边都喜气洋洋。众好汉打着"顺天""护国"的杏黄旗,戎装袍甲,列队进京,宋徽宗与文武百官在宣德楼上检阅一行粗豪。道君皇帝大概没有见识过如此豪气冲天的军容,"喜动龙颜,心中大悦",发出"此辈好汉,真英雄也"的感叹。然而宋徽宗的感叹并非肺腑之叹,而是羡慕不得之叹,否则他不会当即赞同宿太尉派宋江征辽的奏议。征辽之议表面上是为国建功,实际上是借刀杀人。可以说朝廷上下,无分忠奸,都不信任这伙昔日的强盗今日的朝臣。作者还特意写了一个细节,朝廷恩赏的酒肉被中书省官员克减,惹得士卒不满。中书省的厢官骂将起来:"你这大胆,剐不尽、杀不绝的贼!梁山泊反性,尚不改!"这个不知死活的厢官挨了一刀,于是事情闹大了。虽然宋江手法高明,演了出"挥泪斩马谡"的好戏平息了事态,但一叶知秋,从这事可以看出"半路奴才"还不算"自己人"。

对于庞大的体制来说，忠诚度是首要的基本原则。不过忠诚度是非常难以验证的，它不像才能，办一件半件事情就可以检验出来。俗话说，是骡子是马拉出来遛遛。可是检验忠诚度，拉出来遛遛也一定不好使。多少大奸若忠的潜伏在身边都看不出来，何况遇到不是洞若观火的皇上，那更容易骗过去了。忠诚之所以重要就是因为它是决定事业成败的根本保证。任是才华盖世，如若不忠，则等同大害。然而一个组织如何衡量加入者的忠诚度呢？答案是出身和时间。如果"根正苗红"，从血脉处便打通，那忠诚的可信度就有保证。如果不是血脉处打通，时间的久暂也是一个是否可靠的判断要素。路遥知马力，早早入伙加盟，数十年如一日，也自然日久见人心。宋江新近受招安，既不符合血脉打通的先天要素标准，又不符合时间考验的经验标准，无论如何忠义，如何高举"顺天""护国"两面旗帜，都无法洗清前半生为强盗的案底。在朝廷的眼中，即便受了招安，也是一股危险的力量。进入体制，不是事情的了结，只不过拾一个烫手的山芋，穿了一件湿棉袄，这也不是，那也不是。他们的选择，将自己陷于一个"围城"的困境。

154 进入体制

155 庙食与封侯

庙食与封侯是两种不同的人生追求。庙食表示死后名垂青史，而封侯代表活着的时候尽享福禄富贵，死后如何，不在考虑之内。宋江全伙受了招安，但并不表示全伙好汉都能如同第八十五回罗真人指点宋江说的"生当封侯，死当庙食"。除宋江或可兼得之外，其余封侯或许有望，名垂青史则不用妄想了。"进入历史"的荣耀从来只给予"带头大哥"一人，其余追随者身在名册之外。如此看来，单论福禄富贵，其余头领，招安不招安没有什么大的分别。山寨有的是酒肉、金银，一众小喽啰呼来喝去，也一样威风，何必在朝廷之下讨生活呢？这就解释了为什么只有宋江念念不忘招安，因为只有他比其他好汉格外多得一样好处。也正因为如此，招了安就兆示了树倒猢狲散的开始。施耐庵非常清楚地将这个结局暗示给读者。

刚刚出征辽国，仗才打到一半，还未建功，最有见识的军师吴用、公孙胜就流露出离心离德了。辽国派侍郎来营中说项，劝宋江弃宋投辽，吴用居然赞同此议。他以为朝有奸臣，日后必无升赏，说："若论我小子愚意，弃宋从辽，岂不为胜，只是负了兄长忠义之心。"宋江听了，说出四字："军师差矣！"这是宋江落草以来第一次表示与军师意见不同。宋江之前无不言听计从，如今忽然有了主意，并说出"纵使宋朝负我，我忠心不负宋朝"这样吓人的话，背后起作用的皆是那个名垂青史的欲望。宋江大概也预感到众人并不能跟他一心一德，劝来说项的辽国侍郎不要当着众人多言。"我等弟兄中间，多有性直刚勇之士。"如果辽国使者聪明一点，上一道离间计到朝廷，不怕不能实现借刀杀人的目的。宋江的忌讳实在于队伍人心因招安而涣散了。公孙胜更聪明，由师父罗真人出面让宋江放人，说是"一者使贫道有传道之人，二乃免他老母倚门之望"。这个安排便是有先见之明的急流勇退之举。一旦有人萌生退意，所谓不求同生但愿同死的誓言不攻自破，必将引起雪崩效应。

　　传统道德最忌首鼠两端，投机取巧。无论为人抑或做事，都是大忌。朝廷给个好听的名号叫招安也好，宋江自我安慰叫"忠义"也好，在道德价值面前，宋江的招安之举，不能不说是投机取巧。宋江一意招安，其行动相当于质押上其他好汉的身家性命，当作自己名垂青史的砝码。此种"私心"是人类历史上最为险恶和难以识破的私心。盖因任何组织系统天然具有"挟持"成员的外溢功能，而处于组织头目地位的"带头大哥"占据最有利的先手位置。宋江通过树立梁山水泊"替天行道"的形象，在招安问题上形同"绑架"一众好汉，由不得他们不从。第一百十回，破辽又征田虎、王庆归来，朝廷升赏微薄，李俊、张横和三阮等一时不满奸臣弄权，闭塞贤路，向军师吴用嚷道："就这里杀将起来，把东京劫掠一空，再回梁山泊去，只是落草倒好。"吴用引用自古蛇无头而不行的话劝一众好汉："这话须是哥哥肯时，方才行得；他若不肯做主张，你们要反，也反不出去！"吴用说的是大实话，一众好汉已经被梁山泊组织"挟持"，被宋江"绑架"作为实现他"顺天""护国"愿望的工具。因为宋江从招安获取的实利比其他好汉更多，不仅"封侯"，而且得享"庙食"。其他好汉只得到一个"封侯"的虚名，实在不如梁山上快活。明眼的好汉早晚看得出来，"顺天""护国"旗帜上的口号虽然好听，官军名义上虽然强如"山贼"，可是响亮的口号、动听的名字，与除宋江外的一众好汉有什么相干呢？宋江的招安路线为山寨这个组织系统带来了无可克服的意义危机，众好汉陷入为谁而战、为何而战的无解难题。散伙的味道最先被聪明的军师吴用和公孙胜嗅出来。他俩早萌开溜的念头，这也符合一般的惯例。组织遇到涣散的危机的时候，唯一的出路就是摆脱组织的"绑架"，重获自由。既然走上招安的不归路，那剩下来的事情，就是各人自求多福了。

156 四夷未尝尽灭

招安之后宋江征辽，过程并不顺利，最后还仰赖九天玄女娘娘梦中授法，才破解了辽国的"混天象阵法"。才要乘胜追击，朝廷忽然下诏和戎。宋江征辽之事，于史无征，纯属小说家言。北宋与大辽，自从宋真宗（998—1022年）时双方缔结"澶渊之盟"，至北宋末年，双方保持了一个世纪的和平。辽国的灭亡并非因北宋的"北伐"，倒是遭遇金的"南征"。施耐庵写征辽和战不定、忽和忽战，却透露了中原王朝应对内忧外患的一贯策略。

古代令中原朝廷头痛不已的两件事是内有草莽揭竿，外有夷狄入寇觊觎。这是无法根除的不和谐因素。任是政治如何清明，不轨之徒和戈壁草原之外的威胁总是无法根除。草莽揭竿还好说，政治清明一点，或及时弹压即能消弭，但西北的入寇，来去无踪，忽聚忽散，你退我攻，烧杀抢掠，你攻我退，消失于茫茫戈壁草原。中原能守不能攻。一旦守不住，就只有向南撤退。对于未尝尽灭的四夷，朝廷有力量进攻的时候当然进攻，像西汉武帝时期那样，可惜朝廷能进攻的时候不多，于是发明"和戎"来应付这外患。"和戎"基本上就是用金银爵禄换取太平，与西北游牧民族息事宁人。就如史书昭彰的"澶渊之盟"，北宋也是在战事占优的情况下，同意与辽互称"兄弟之国"，并每年纳银十万两、绢二十万匹与辽，"助军旅之费"。就如同《水浒传》第八十九回所讲，宋江已破了曾经损兵折将的"混天象阵法"，但辽使至东京求和，宋徽宗问计，蔡京等奏曰："自古及今，四夷未尝尽灭。臣等愚意，可存辽国，作北方之屏障。"事情确实如此，一部二十四史，有名有姓的戎狄夷蛮不下百数，蛮荒戈壁草原，得之无益，又驱杀不尽，一意征剿，徒使劳民伤财。朝廷不是不想根除，实在是除之不尽。夷狄之于中原，正是"野火烧不尽，春风吹又生"。虽然宋江想追穷寇，立奇功，但朝廷自有法度，正如宋徽宗的准诏所云："虽中华而有主，岂夷狄之无君？"

此种金银爵禄换太平的手法，碰巧因缘际会，天作之合，那也可以化干戈为玉帛，造福百姓。然而"和戎"也可能化作一厢情愿的苟且。特别是在朝纲废弛、实力不彰的情形下，和戎变成姑息，日后酿出更大的祸端。例如唐代推行民族融合，这是全方位的"和戎"，至玄宗朝任用番人为边镇将领，不但治兵，更兼领政，终于启导番将觊觎大位，发生安史之乱。安禄山本粟特族人，成年之前混迹于突厥部落，后来加入边地军旅。朝廷一再加官进爵，本想换取他的忠诚，但所有这一切都化作打开"潘多拉盒子"之手。因为民族融合一事，非一两代人可以一蹴而就，非得历经数百千年而不见功。如果接壤两地民族差异更兼生产生活方式不同，就像中原定居农耕与西北民族游牧那样，融合的过程非等待生产力的大进步能跨越这种程度的差异不可。在古代，这种程度生产力的进步是不可想象的。所以自《春秋》有史册记载以来，中原农耕民族与周边游牧民族成一拉锯局面，你奈何不了我，我也奈何不了你。蔡太师"四夷未尝尽灭"十足表达这种万般的无奈。

▶ 水浒丛话

呼延灼力擒番将

157 何天之不可飞耶

《水浒传》版本三个系统中，金圣叹贯华堂本加楔子七十一回，其实是他删改、增补和整理自百二十回繁本的。但百二十回繁本与容与堂一百回的简本比较，多用二十回的篇幅讲述征王庆、田虎，遂使本无甚趣味的故事更加拖沓。金圣叹将排完座次之后的繁本五十回全部删去，固然保留最有趣味的情节，却损失了故事的完整性。因为揭竿起义的可笑及其注定的命运，非悲剧性的结局无以揭示。《水浒传》末尾的故事，从完整性和尽量少拖沓考虑，笔者以为简本犹胜过繁本。然而这又不是说，多出来的征王庆、田虎的二十回一无是处。其中一处情节非常精彩，与大结局遥相呼应，特拈出来与看官分享。

这处情节在第一百八回，话说宋江及一众兵马将荆南城团团围住，屡攻不下。正在一筹莫展之际，一位壮士萧嘉穗恰被守将梁永困于城内，感于义气，归家疾书讨贼檄文，张贴于城内，引百姓围观。第二天他又于帅府闹市前散发，登高疾呼，聚集起民众，提大刀一把，杀了守将，冲出城外，与围城的宋江军汇合。他以一人之力夺城，行宋江所不能行。宋江大喜过望，置酒款待萧壮士，亲自把盏劝酒说道："足下鸿才茂德，宋某回朝，面奏天子，一定优擢。"怎料萧壮士当即谢绝，说出一番话令宋江一众粗豪嗟叹失色。他说："萧某今日之举，非为功名富贵。萧某少负不羁之行，长无乡曲之誉，是孤陋寡闻的一个人。……萧某见若干有抱负的英雄，不计生死，赴公家之难者，倘举事一有不当，那些全躯保妻子的，随而媒孽其短，身家性命，都在权奸掌握之中。象萧某今日，无官守之责，却似那闲云野鹤，何天之不可飞耶！"这番话几乎就是对着一众水浒好汉的病根处说的，说得座中公孙胜、鲁智深、武松、燕青、童威、童猛等一千人，"点头玩味"。

中国的传统思想，既有儒家讲兼济的一套，所谓修齐治平，又有老庄释氏讲独善的一套，所谓林泉高致，逍遥自在。一面是入世，另一面又是出世。不像犹太耶回等教的教诲，只有一根弦，直指唯一神。传统的人生价值观有两根弦，两个方向相反的思想资源，可以各取所需。都说"儒道互补"，好像这两端能构成人生问题的完整解决方案。然而这恐怕只是理论上，实际却做不到。所以笔者更愿意用金融学的词"对冲"来形容传统人生观兼济和独善这两端的关系。人生不是协商利益分配，或有两全其美一说。人生是风险投资，每投一处皆有其利弊得失，正所谓有一利必有一弊，见一利时必见其弊，方能做出明智的取舍。人生境界的不同正在价值的取舍上表现出来。思想的资源提供了选择的多样性，但选择的明智与否却在主体的自由意志。有自由的意志，有对人生自由的追求，即使落入樊笼，亦能复返归于自由。就像陶渊明为彭泽令，督邮前来视察索贿，让陶渊明顿时落入意志不自由的陷阱。他有此觉悟，遂挂冠而去，留下"不为五斗米折腰"的佳话。李白诗"安能摧眉折腰事权贵，使我不得开心颜"。个人的"心颜"得开不得开，在李白看来比"事权贵"更为重要，故弃此而取彼。传统人生价值观有两根弦，很重要的意义就在于它能提供反思的角度，提供了觉悟的可能性。然而水浒一众好汉在宋江带领下一门心思追求"封妻荫子"、扬名立万，不懂反思，结果落入悲惨境地。

第一百八回萧嘉穗的故事显然游离于主要故事情节之外，属于"插话"或"闲笔"一类，看官能欣赏，它就是一面反思的镜像，又与开篇第一回孝子王进的故事遥相呼应，古代章回体的叙事奥妙尽在其中。这与巴赫金分析陀思妥耶夫斯基小说时指出的"复调"情形，形同而实异。"复调"是对峙的，不可调和的，因而不能共处同一认识框架之内，但古代人生价值观，乍看虽是两端，彼此相异，却相互可以"对冲"。正如萧嘉穗的反问："何天之不可飞耶！"此处的天固不可飞，但还有彼处的天，彼处的天未必不可飞。可飞不可飞，关键在你是不是追求自由的鹰。

158 飞鸟各投林

古代章回体小说读多了，就会觉得故事具体可以千差万别，但讲的模式却差不多，无非一兴一灭，一聚一散，传递出来的多是世道沧桑的感叹，暗合佛教缘生缘灭、缘起缘消的世界观。《三国演义》是一兴一灭，英雄趁乱世，轰轰烈烈大干一场，收束却是"浪花淘尽英雄""是非成败转头空"。《西游记》庶几近之。无比悲壮的取经，取来的却是无字经。而《水浒传》《金瓶梅》以及《红楼梦》，人物不同，德行各异，然而故事说到底，皆是一聚一散。聚时烈火煎油，散时冷清凄惨。人情喜聚不喜散，故事到了后三分之一，不用看大概也知道讲什么了。所以古典小说为人诟病的，都在高潮过后的部分。《红楼梦》后四十回被认为是水准低劣的"续作"。金圣叹干脆对繁本《水浒传》亲自操刀，将英雄齐聚忠义堂之后的五十回删去，补上卢俊义做噩梦"一齐被斩"结束，声称这个七十回的贯华堂本才是秘传真本。金圣叹之所以要大动干戈，无非就是因为这种情节模式写到后面，实在也是了无生趣，即使讲故事的高手也难为无米之炊，不如直接砍掉。

不过这又引出另一个问题，都说中国文学缺少悲剧，可是灭了，散了，不就是悲剧吗？只不过它们不是西洋的悲剧，而是生长在中国土地的悲剧。它不是俄狄浦斯的悲剧，也不是哈姆雷特的悲剧，而是树倒猢狲散的悲剧，是飞鸟各投林的悲剧而已。戏曲多见大团圆，因为演出场地多在家族、近邻，观者又有老幼妇孺和文盲，太悲不能讨喜，也不合时宜。小说多供阅读，悲一点也可接受。故戏曲、小说在中国同为通俗文学类型，但实际趣味还是有区别的。

该上山的好汉都上山了,英雄齐聚忠义堂,故事就到了高潮一刻。但排座次一过,渐渐就透出悲音。第八十五回写宋江征辽到得蓟州,他求问公孙胜的师傅罗真人指点前程。罗真人告曰:"切勿久恋富贵。"宋江答曰,富贵非所求,"但愿弟兄常常完聚"。罗真人笑道:"大限到来,岂容汝等留恋乎?"赠宋江偈言,"忠心者少,义气者稀","始逢冬暮,鸿雁分飞"。果然征过田虎、王庆,公孙胜就以"从师学道,侍养老母"为由告辞。待到征方腊,好汉一路死伤离散。好汉的出路也没有很多条。战死的属于绝大多数,有五十九人,路途病亡的也有十人。也有返程的路上不愿接受恩赐情愿求去的燕青、李俊、童威、童猛四人,他们的聪明不在公孙胜之下。后三人水路探哨途中在太湖与当地强梁"小结义",等于是自立门户,一俟征毕方腊,便往太湖落草。燕青途中辞别他的主公卢俊义,卢俊义不解,正待衣锦还乡之际,"你如何却寻这等没结果?"燕青笑答道:"小乙此去,正有结果,只恐主人此去无结果耳。"事后果然如燕青所言,卢俊义被朝奸毒死。水浒一众结义好汉,除却辞别的数人外,有好结果的只有鲁智深一人,他算修成正果,在杭州六和寺坐化。最惨的是宋江、卢俊义、吴用、李逵、花荣等人。他们是各个时期结义的核心分子。宋江、卢俊义死于御赐毒酒。宋江临死,又下毒李逵,对后者吐露真言:"我死之后,恐怕你造反,坏了我梁山泊替天行道忠义之名。"而吴用和花荣因梦相约在宋江坟前上吊而死。《水浒传》繁本后五十回虽有不少败笔,这个结尾却十分精彩。水浒诸人因结义而聚,因结义而散。所谓结义,不过一时缘起,终归虚幻,抵挡不过生活的洪流。

158 飞鸟各投林

后　记

　　三十年前，我忽地做起了博士梦。那时国家恢复学位制度已超过十年。执教鞭者博士虽不多见，却已不新鲜了。不过潮流既已如此，总算有胜于无。想继续诲人生涯，也得有个好看的"执照"。至于有副唬人的铠甲，抵挡宵小，那是它的额外功能。于是投考暨南大学饶师芃子教授领衔的文艺学博士点，拜在门下。刚好齐鲁书社重新整理校点出版明代"四大奇书"的评点本，笔弄明清评点之学尚未成为热门。一则材料不多不少，二则还有发挥的余地，于是就以此为博士论文的题目。

　　金圣叹最为出色，这位三个多世纪前的评点家不仅对文学有独到的解会，且更对世俗人间的人情冷暖和洒扫应对有不同凡响的见解。它们被掖藏在回评、夹批、旁批的字里行间，启发细心的读者知人论世，细品人生。然而这些属于对社会和人性的认知，与学位论文的题旨不合，只萦绕心间。虽觉有趣，也未有畅言的机缘。

　　2008年初，深圳《晶报》编辑汪小玲约我写个周末闲评的专栏，每周一期千字文。那时我已经离开深圳大学，回到母校中山大学执教多年，正值"学科建设"如火如荼开展，我却有闲，想起了多年前读得烂熟的《水浒传》，于是忙里偷闲写起这些不算"科研成果"的喷饭文字。一来换点薄酬糊口；二来也借古人酒杯，浇自己的块垒。吾辈读史阅世，当在正史、正经文献上下功夫，然野史笔记、章回演义等又不可放过。施耐庵其实是将自己对中国社会、传统和文化的解悟藏在故事和文字里面，我的短文笔札则致力于将古人的精微发掘出来，或与史印证，或略加己见。求有所启发，不问是否学术。记得当时栏目取名《水浒与中国社会》。连载了两年多，还余二十篇左右未刊，栏目就结束了。

后　记

广东高等教育出版社愿意出版，我十分快意。感谢前总编、副编审黄红丽的不弃。十余年前的文字，不曾想到结集。旧稿取出来，竟有一百五十余篇。今次存旧貌，略加修订。感谢责编刘丽丽一一查证校对，改正了不少误植。当初的单篇文字，如今合在一处，便看得缺乏全面统一的布局，难免有文意的重复。丛残琐语，集为一编，曰《水浒丛话》。又，幸蒙刘斯奋前辈赐墨题签，为拙书增色不少，敬致谢意！

林　岗

2025 年 5 月